El jurado integrado por Rebecca Beltrán, Elisabeth Falomir, Abigail Frías y Rosa Samper otorgó a esta obra el Premio Jaén de Narrativa Juenil 2015, convocado y patrocinado por CajaGRANADA Fundación.

Primera edición: noviembre 2015

De esta edición: Editorial Vanir, 2025

Del texto: Lena Valenti, 2015

Del diseño de la cubierta: Marta Benito

Editorial Vanir

www.editorialvanir.com

valenbailon@editorialvanir.com

Barcelona

ISBN: 978-84-17932-98-5

Depósito legal: DL B 22398-2024

Imprime: iVerso

LENA VALENTI

DESAFÍAME

(HASTA LOS HUESOS I)

EDITORIAL VANIR

Prólogo

En la habitación solo había encendidas las lámparas de las dos mesillas de noche. Fuera, la fiesta no iba a cesar hasta altas horas de la mañana.

Los gritos de sus compañeros y la música atronadora se colaban por la ventana del apartamento.

Los dos solos. Cara a cara. Frente a frente, descubrieron que no tenían tiempo que perder.

Él no tardó nada en desnudarla.

Sabía cómo la quería, cuándo y dónde. Y en ese instante, la quería en su cama, entregada, y enamorada de él hasta el tuétano.

Pasó sus dedos entre su larga melena, le echó el cuello hacia atrás y la besó aceptando el juego que ella le ofrecía.

La joven gimió perdida en el sabor de su lengua y en su textura, disfrutando de esas manos que le bajaban los pantalones. Después, él la tumbó sobre el colchón y se le puso encima, entre las piernas.

—Dime qué es lo que quieres —dijo.

—Ya lo sabes.

Él negó con la cabeza.

—Me gusta que me lo digas. Dímelo.

—Te quiero a ti —le contestó ella sin ninguna vergüenza.

Él sonrió y le quitó la camiseta que aún tenía puesta hasta subírsela por la cabeza y cubrirle el rostro.

Pero ella rió y suspiró de antelación. Deseaba aquello como a él le gustara hacérselo. Estaba entregada y ya no tenía ni reparos ni pudores.

El chico se quitó los pantalones y se quedó desnudo ante ella.

La admiró, desnuda como estaba, con el sostén aún puesto y la camiseta que le privaba la visión, y su rostro se tiñó de placer y alegría.

Después, se tumbó encima de ella y agarró sus muñecas para colocarlas encima de la cabeza.

—¿Lo quieres ahora? —le preguntó al oído con un gruñido.

—Sí —afirmó, decidida, abriendo más las piernas.

Él dejó ir una risotada mientras entró en su cuerpo con el ímpetu que siempre caracterizaba sus encuentros.

Con ella todo era explosivo, y mágico. No necesitaban decirse tonterías al oído, ni tampoco hacerse promesas de amor; se trataba de disfrutar del sexo más loco de su vida, y de pasarlo bien.

Estaban en esa edad en la que la universidad era la única vida real que les interesaba, y el día a día lo marcaban sus problemas y sus relaciones.

Empezó a bombear. Le gritaba en el oído, y le mordía el hombro absorbiendo cada envite poderoso en su interior. La cama bamboleaba de un lado al otro, el cabezal golpeaba la pared y sus respiraciones acompasaban aquel ritmo parecido al de un martillo.

En ese momento, ella se arqueó debajo de él y se estremeció de pies a cabeza barrida por ese orgasmo placentero y loco que le giraba la cabeza.

Él no tardó nada en unirse a ella y, mientras se vaciaba, se impulsaba más profundamente hasta que el ruido de la carne contra la carne les llenó los oídos.

Disfrutaban con el sexo, no cabía duda.

Entonces, él se dejó caer sobre ella y la ayudó a quitarse la camiseta por la cabeza.

—No me digas que ya no puedes más —murmuró ella rodeándole la cintura con las piernas.

Él se echó a reír, hundió los dedos en su pelo y contestó:

—Esto solo acaba de empezar.

La imagen del televisor se quedó congelada después de que se oyera como ese chico aseguraba que «esto solo acaba de empezar».

Estaban en una sala en penumbra, cubierta de libros, cuyo centro era un altar de piedra, como un lugar hecho para un orador.

El señor se dio la vuelta para mirar cara a cara al protagonista de aquel encuentro tan tórrido. Alzó la barbilla moteada de una perilla negra, con un mechón blanco, y clavó sus ojos claros en el joven.

Su rostro inflexible no tenía ni un gramo de amabilidad.

—¡Mírame a los ojos! —le gritó.

El joven, avergonzado por verse en la pantalla, dio un respingo e hizo lo que le pedían.

—No tengas vergüenza ahora, muchacho, cuando no la has tenido para tener el culo en pompa con la mujer que puede destruirnos.

—Yo... yo no tenía ni idea.

—Si esa chica consigue lo que busca... ¿Tienes idea de la información de la que dispondrá? —Las aletas de la nariz se le abrieron y los ojos se le inyectaron en sangre—. ¡¿Eh?! ¡¿La tienes?!

—Señor... Repito que no lo sabía... No me imaginé que... —Hizo negaciones con la cabeza—. Lo lamento mucho. Yo no tenía ni idea.

—¡No bajes la mirada!

¡Plas! Le dio una bofetada tan fuerte que le giró la cabeza, pero no le movió del sitio. Cuando el joven se recuperó, intentó mantener la compostura. Volvió a fijar su vista en el mayor y se relamió con la lengua la sangre que se deslizaba por la comisura del labio.

El señor tomó aire y relajó su tensión al comprobar que había herido al chico.

—¡Esto lo tienes que arreglar! ¡¿Me has oído?! ¡No puede haber un topo entre nosotros! ¡Nos jugamos nuestro prestigio! ¿Sabes cuántos ojos nos miran?

—S-sí, señor —contestó el chico—. Haré lo que sea necesario para arreglar mi error.

—Por supuesto que harás lo que sea necesario —dijo con voz ronca, limpiándose las manos con un pañuelo blanco que guardaba en el bolsillo de su americana—. Ahora, sal de mi vista. Y prepara las malditas maletas.

—Está bien. —Hizo una reverencia—. Gracias, señor.

El hombre se dio la vuelta y cruzó las manos tras la espalda, quedándose bajo el solitario rayo de luz que entraba por una de las ventanas de aquella cueva subterránea plagada de libros y altares de piedra.

—Y otra cosa.

El chico se detuvo antes de partir.

—Sí, lo que usted diga.

—Si cuando regreses no has limpiado la mierda que tenemos alrededor, tu futuro prometedor se va a ir al traste. Y reza para que el de tu familia no se vea afectado.

El chico palideció. No tardó en salir de allí corriendo, decidido a hacer lo que fuera para salvar su pellejo, aunque para ello tuviera que poner a otro en serios problemas.

Uno

Me lo merecía.

Me merecía cada minuto en ese avión, observando las espesas nubes que como nata montada yacían a mis pies, como si me invitaran a nadar entre ellas.

Era mi premio, mi recompensa después de cuatro años clavando los codos sin otro propósito que conseguir una beca para una de las siete universidades más prestigiosas del mundo.

Y al fin había cruzado la meta.

Harvard, Oxford, UCLA... A todas envié solicitud y, al final, me quedé con Yale, que había sido desde siempre mi prioridad. En breve, formaría parte de ese seis por ciento de estudiantes del cam pus procedentes de otros países. Sería la guiri de allí.

No tenía ni idea de cuántos españoles podrían estar estudiando en New Haven, pero yo sería una de ellos y la perspectiva era un poco incómoda, porque odiaba ser el centro de atención, prefería pasar desapercibida y centrarme en lo mío.

Mi madre, Eugene, tenía sangre irlandesa y americana, y mi padre, Cesc, era catalán. Yo hablaba tres lenguas perfectamente: el castellano, el catalán y el inglés; y un poco de francés.

Sabía que mi manejo del inglés, una lengua materna para mí, sumaba puntos para que me aceptaran en universidades de Estados Unidos. Y eso, añadido a mi matrícula de honor en todas y cada unas de las asignaturas cursadas, había facilitado que me dieran la beca, y me aceptaran en Yale.

Desde parvularios hasta bachillerato, mi vida había transcurrido entre las paredes doctrinales de Saint Paul's School de Barcelona, un colegio privado internacional trilingüe, ubicado en la avenida Pearson, al pie del parque natural de Collserola. El color de las nubes que atravesábamos me recordaba al tono impoluto de las aulas, y lo más curioso era que no sentía la añoranza propia de alguien que estaba acostumbrado a pisar día tras día el mismo suelo. De hecho, no creía que fuera a sentirla jamás, pues la necesidad de abrazar lo que iba a venir era más poderosa que la posible nostalgia que en algún momento pudiera llegar.

Yale era mi sueño. Mi objetivo.

Era justo lo que quería. Mi nueva vida se alejaría mucho de la seguridad de mi escuela de toda la vida, y de la sobreprotección de mi familia. Pero necesitaba volar del nido y continuar con mi propósito.

Había dado mi promesa de que no desfallecería en conseguir mis objetivos. Y yo nunca rompía una promesa.

El hecho era que, aunque parecía inevitable no pensar en mi futura estancia en Yale, en esos momentos no quería darle demasiadas vueltas a la cabeza, porque a la universidad no iría hasta pasados diez días, y antes de viajar a Connecticut, en Estados Unidos, para estudiar la carrera que había elegido, tenía por delante cinco días de maravillosas vacaciones, un pequeño capricho que me había marcado con mi panda de raritos frikis.

Mi pequeño paréntesis antes de que diera inicio lo verdaderamente importante para mí.

La idea era disfrutar ese *impasse* por todas las veces que no me fui de fiesta con los chicos, y por todas las vacaciones que me perdí al anteponer mis estudios y mis responsabilidades a la diversión y la juerga.

Saqué de mi bolsa de mano Misako una cajita con un poco de colorete. La abrí y observé mi reflejo en el pequeño espejo cuadrado.

A la loca de Gema, la mujer de mi padre, le encantaba comprarme muchas virguerías de la marca Mac.

Yo no solía maquillarme, siempre he preferido ir más natural, no porque no me gustara, sino porque prefería no perder el tiempo en pintarme la cara.

Con decir que no sabía que hubiera una marca de cosméticos que se llamara igual que mi ordenador, ya dejo bastante clara mi ignorancia al respecto.

Gema decía siempre que mi belleza se tenía que explotar, que debía ser más presumida: «Con ese cuerpo y esa cara...», me repetía apretándome las mejillas hasta ponerme boca de pez.

A mí, simplemente, no me interesaba, porque no me veía tan guapa como ella me decía ni tan princesita como mi padre señalaba que era. Creo que siempre tuvieron una idea distorsionada de mí y que proyectaban en mi persona lo que querían que fuera.

Pero les salí rana. Ni coqueta, ni creída ni presumida... Me gustaban las gorras de béisbol, porque me ocultaban el rostro; y a veces me vestía como un chico: tejanos, sudaderas, Converse o deportivas, botas militares, ropa holgada y mangas demasiado largas que me cubrían hasta las manos.

No me consideraba ninguna beldad, y estaba en una fase en la que no tenía ningún interés en mi físico, puesto que tampoco nadie me llamaba la atención como para esmerarme en gustarle.

En fin, una vez mi padre me preguntó si era lesbiana. La cara que le puse sirvió para que nunca volviese a cuestionárselo.

Así que después de asegurarme de que mis ojos rasgados seguían siendo azul hielo, como mi madre los describía, y tras comprobar que mi diadema continuaba sobre la cabeza y no en la frente, coloqué mi melena castaño oscuro sobre mi hombro derecho y guardé de nuevo el espejito dentro del bolso. Volví el rostro hacia la ventana.

El lienzo que veía a través de la ventana del avión me sobrecogió de pleno; las nubes se abrieron y, al disiparse, apareció un pueblo que, visto desde el cielo, parecía sacado de las leyendas medievales de caballeros y princesas.

Era Lucca. Y allí me dirigía para disfrutar del Festival Internacional del Cómic, Series y Videojuegos junto a mis amigos. Aquel era el primer año que se celebraba dicho evento durante la primera semana de agosto y, siendo verano, nadie se lo quería perder.

Sonreí de oreja a oreja como lo haría una niña y dejé que la emoción me embargara.

Gema y mi padre no daban crédito a que a alguien tan serio como yo, con las aspiraciones que tenía, le gustaran los cómics y los mangas japoneses.

Pero así era.

Me encantaban, porque a los bichos raros nos gustan las cosas raras y especiales.

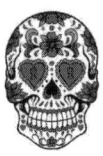

Dos

Nunca había estado en la Toscana, pero era uno de esos destinos que siempre soñé visitar. Cuando ese mismo año me enteré de que el Festival Internacional del Cómic, Series y Videojuegos lo iban a hacer en la ciudad de Lucca, pensé: «Mato dos pájaros de un tiro». Vería esa parte del centro norte de Italia que me apasionaba y viviría la experiencia suprema de los frikis.

Cuando llegué al aeropuerto de Pisa, un magnífico sol me dio la bienvenida e inmediatamente me las apañé para coger el primer taxi que me llevara al hotel donde mi mejor amigo, Taka, mi mejor amiga, Thaïs, y yo nos íbamos a hospedar.

El taxista, que se llamaba Pietro, según me contaba en ese inglés toscano, se estaba hartando de hacer viajes a Lucca con motivo del evento internacional que reunía a miles de jóvenes de todo el mundo. Venían de todas partes, me explicaba.

—De la América, de la *Spagna*, de *Japan... Tutti* están aquí —me comentó emocionadísimo—. Y visten esas ropas *piu* extrañas, y llevan pelo de colores —se señaló la cabeza—, y maquillaje de todo tipo. *Ma...* ¡no hay zombis!

Yo sonreí tímidamente y le dije:

—No es una convención de zombis, ni una reunión de *Walking Dead*. Aunque es probable que alguno vaya de *Death Note*.

El taxista me miró a través del retrovisor como si mi idioma fuese el arameo. Obviamente, como la mayor parte de la humanidad, no sabía de lo que le hablaba. Superado el incómodo silencio, carraspeé y me centré en el bucólico paisaje que dejábamos atrás.

Todavía no había llegado a Lucca y lo que veía ya me fascinaba. Tras kilómetros de parajes verdes y campiña italiana, divisé una ciudad amurallada que emergía en la llanura fértil como por arte de magia, como un espíritu libre y un último reducto de rebeldía que había permanecido en pie tras el paso inquebrantable de los siglos.

Era ese mi destino. Y el de todos los taxis que se habían colocado en fila detrás de nosotros.

Lucca vivía protegida tras una vieja muralla de cuatro kilómetros y medio de largo, que había ocultado toda su historia con celo, a pesar de las sacudidas del tiempo. Situada sobre el río Serchio, la llamaban la ciudad de las cien torres y las cien iglesias.

Pasé por delante de un viejo avión de combate blanco y rojo, que pertenecía al ejército italiano y que lucía como un elemento ornamental en la rotonda antes de llegar a la ciudad.

La parte superior de la muralla, lo que sería el adarve, se había convertido en un manto ajardinado por el que pasaban muchas bicicletas y que ofrecía, seguramente, una perspectiva de la ciudad increíble.

Me iba a hartar de hacer fotos.

Tras cruzar la Porta San Pietro, una de las seis entradas por las que se podía acceder al interior, los adjetivos se me quedaron cortos.

Ya habría tiempo para admirar la belleza etrusca de Lucca en todo su esplendor, pero no era el momento entonces. Aquello estaba intransitable y parecía el Apocalipsis.

Nunca había visto tantos frikis juntos, y de repente me sentí como en casa.

El coche pasaba entre las callecitas como podía, dándole al claxon para que la gente, distraída y muy metida en su personaje, se apartara. Me daba miedo que Pietro atropellara a alguien, pero no hizo falta que él lo hiciera. Dos zombis de *Death Note*, tal y como yo había vaticinado, se echaron encima del capó emitiendo todo tipo de exabruptos. Pietro palideció y a mí la situación me hizo sonreír.

Los dos chicos cayeron del capó y, una vez en el suelo, se levantaron para continuar con su paseo de los muertos.

—*Mamma mia...* —susurró—. *Ma bella...* —Pietro frenó el coche y se secó el sudor de la frente—. Su hotel está justo ahí. —Y señaló con su regordete índice—. No puedo adentrarme más con el coche.

—No se preocupe —le contesté sacando los euros del monedero Tous de mi bolso. Todas estas pijadas eran de Gema, que insistía en convertirme en la Barbie que no era—. Ya está bien. Iré andando.

El hombre aceptó el dinero con cara de disculpa. Después salió del coche y abrió el portón trasero para darme la maleta.

—Tenga cuidado. Usted es muy bonita y delicada para estar entre *tutta* esta... locura.

—Es divertido —le dije cargando con mi maleta de ruedas y con mi bolso colgando del hombro—. Estaré bien.

Las apariencias engañaban. En pocas horas yo sería una loca más, una Otaku a medias, dividida entre mi admiración por los dibujos japoneses y mi fanatismo por los cómics de Marvel.

En ese lugar, todo tenía cabida.

Nos hospedábamos en el hotel Camera con Vista, un B&B en la Via San Paolino cerca de la Piazza Napoleone. Estaba en el centro histórico y era una de las mejores opciones para pasar unos días en Lucca, a tenor de todas las recomendaciones que habíamos encontrado por Internet. Además, con todas las actividades que iba a preparar la organización de la cómic con, el hotel estaba muy bien ubicado para no perdernos ni una.

Le pregunté a la recepcionista si Taka o Thaïs habían llegado, pero ella me informó educadamente de que esos clientes aún no se habían registrado.

Así que me dirigí a la habitación que había reservado para mí, de la que me enamoré al instante.

Era una preciosidad. El suelo de parqué oscuro, el mobiliario blanco, las paredes de tonos pastel y una cama revestida con una colcha verde de topos un par de tonos más oscuros, y que hacía juego con la lamparita del mismo color que teñía todo el habitáculo de esmeralda.

Cerca de la cama, una escalera metálica de color azul claro ascendía casi hasta el techo, donde aguardaba un amplio ventanal con un pequeño balcón parecido a una buhardilla por el que poder admirar el centro de la fortaleza italiana, llena de vida, de color y de personas de mi edad que iban y venían presas de la emoción de estar en el mundo en el que querían estar.

Suspiré al contemplar la calle y sonreí por dentro.

Sí, aquel también era un lugar en el que me gustaba estar, al menos por unos días. Un lugar en el que poder imaginar el mundo de otra manera, rodeada de personajes de fantasía, y haciéndome pasar, solo durante unas horas, por uno de ellos.

Bajé las escaleras pensando en todo lo que me gustaría experimentar esos días en Italia y deshice la maleta para colocar la ropa en los armarios.

Era muy metódica y ordenada. Mi padre y Gema aseguraban que lo mío era un trastorno obsesivo compulsivo por el control y la perfección.

Pero no era verdad. Lo que me pasaba era que me gustaban las cosas recogidas y que todo estuviera en su lugar. Tal vez porque yo sabía qué lugar quería para mí en el mundo, y el caos alrededor me ponía nerviosa.

Me conecté al wi-fi gratis del hotel y escribí un whatsapp a mi padre para decirle que estaba todo ok.

Él, como era de esperar, no tardó ni un minuto en llamarme.

—*Ciao*, Francesco —le dije en broma.

Mi padre se rió. Tenía una de esas risas silenciosas que se contagiaban. Me lo podía imaginar negando con la cabeza.

—¿Solo llevas unas horas ahí y ya eres italiana, Larita?

—Casi.

—¿Qué tal ha ido el viaje? ¿Y cómo es el hotel?

—El viaje bien. Mucha nube y eso... Y el hotel es maravilloso. Me encanta —afirmé entrando en el baño de la habitación para comprobar que era un aseo completo, con bañera.

—¿Es céntrico?

—Sí. Mucho.

Abrí el grifo y probé el agua caliente con los dedos.

—Bien. Repíteme los pecados capitales, cariño.

—Papá, ¿en serio? —refunfuñé saliendo del baño para, a continuación, dejarme caer boca arriba sobre el colchón. Me sequé los dedos en el tejano.

—Lara, repítemelos.

Resoplé mientras rebotaba.

—No beberé. No me drogaré. No beberé de otro vaso que no sea el mío. No aceptaré caramelos de extraños. No dejaré entrar a desconocidos en mi habitación. Y no jugaré al teto.

—Ese último pecado te lo acabas de inventar —aseguró mi padre con el asomo de una sonrisa.

—Todos son inventados, papá. ¿No te das cuenta de que no hace falta que seas un dictador conmigo? Soy tu hija más inofensiva y obediente.

—Eres mi única hija —me recordó él.

—¡Francesc, deja a mi hijastra tranquila! ¡Que ya es mayor de edad y tiene que divertirse! —oí gritar a Gema.

Ella siempre se ponía de mi parte y me defendía.

—Haz caso a mi pijastra —le pedí cariñosamente. Así la llamaba porque era una madrastra muy pija, estilo mujer de *Sexo en Nueva York*—. Gema es muy sabia cuando quiere.

Nadie tenía más ganas que ella de que me echara un noviete o un ligue. Seguramente, habría hecho una apuesta con mi padre. Les encantaba jugar a hacer apuestas con cosas ridículas como el tiempo, un partido de fútbol o..., no sé, mi virginidad. Así de modernos eran.

—Gema, no me pongas nervioso —le advirtió mi padre.

—Y tú no seas carca —contestó ella—. Lara, ¡ni caso!

Sonreí y les interrumpí antes de que se enzarzaran en uno de sus intercambios de pullas amistosas.

—Papá, te tengo que colgar. No te preocupes, que estoy muy bien. Soy buena y no hago tonterías.

—Lo sé, pero es el primer viaje que haces sola fuera de España. Tengo derecho a ponerme ansioso.

—Sabes que nunca te he dado motivos para ello. Tienes una hija muy virgen y muy aburrida.

—Y espero que así sea por mucho tiempo.

— Ya te iré escribiendo por WhatsApp cada vez que esté en el hotel, que es donde tengo wi-fi.

—Vale, preciosa. Envíame fotos de lo que ves y de lo que haces, y cualquier problema que tengas me llamas.

—Sí, pesado. Un beso.

—Te quiero, bicho raro.

—Y yo a ti.

Cuando colgué, me di cuenta de que cualquier chica de mi edad podría valorar negativamente el hecho de que hablara abiertamente con mi padre sobre mi sexualidad. «Esos temas no se hablaban con los papis», dirían mis compañeras del insti.

Pero nuestra naturalidad era fruto de que ambos sabíamos que yo no tenía el menor interés en cruzar ninguna línea todavía, y que era algo que no nos tomábamos en serio, como si fuera imposible que yo alguna vez tuviera intención de llegar más allá con un chico, al menos hasta que no acabara la universidad, como si yo no estuviera hecha para eso. O al menos eso era lo que a él le gustaba pensar.

En cierta manera, así era. Una relación no estaba entre mis prioridades; muy al contrario, era una distracción que no me apetecía probar.

Alguien golpeó a mi puerta con los nudillos y yo me levanté de un salto de la cama.

En tres largas zancadas estaba abriendo la puerta y sonriendo abiertamente al apuesto rostro asiático de Taka, mi mejor amigo.

—¡Takataka! —exclamé sonriendo de oreja a oreja.

Taka era dos palmos más alto que yo, sus ojos negros y rasgados hacia arriba eran cautivadores, cubiertos de espesas pestañas. Su mandíbula cuadrada y sus labios gruesos seguramente serían la obsesión de muchas chicas; pero no era la mía, porque Taka, aunque cuanto más pasaba el tiempo más guapo estaba, no era mi tipo.

Hacía tiempo que se había quedado en la zona mejor amigo. Tenía una cresta de color azul, y los laterales del cráneo rapados casi al cero. Vestía de negro, con pantalones anchos, botas de estilo militar, una chaqueta con el cuello hacia arriba y un pañuelo que le cubría la garganta como a un bandolero. Yo nunca había visto a un japonés guapo, hasta que lo vi a él por primera vez.

Taka me señaló con el índice, inclinó la cabeza a un lado y, emitiendo una carcajada, exclamó:

—¡Pequeña Hobbit!

Y nos fundimos en un sincero y loco abrazo propio de frikis como nosotros.

Tres

Mi amistad con Taka venía de casi ocho años atrás. De hecho, mi amistad con mi cuadrilla de raritos adorables e inteligentes nació en un foro de mangas japoneses. No sé muy bien cómo pueden llegar a congeniar de ese modo personas que nunca se han visto en la vida. Supongo que esos lazos se crean por la necesidad de querer pertenecer a algo diferente y especial. Para mí el foro se convirtió en un refugio en el que poder cobijarme de la mierda y de la oscuridad que tenía mi vida entonces.

En realidad, a todos les pasaba más o menos lo mismo. Teníamos problemas, fuera o dentro de casa, y el foro sirvió para que unos nos apoyáramos en los otros y encontráramos el hogar que habíamos perdido en nuestra realidad.

Taka me ayudó mucho, por eso valoro tantísimo su amistad. Y no solo su amistad, sino su inteligencia; estoy enamorada de su cerebro.

—¿Has crecido? —me preguntó poniéndome la mano sobre la cabeza.

Se la aparté de golpe. Lo hacía para picarme.

—Deja de meterte con mi estatura. Soy más alta que la media de las chicas de tu país.

—En eso tienes razón. Pero tienes los pies más grandes.

—Solo porque no me los vendaban para convertirme en geisha como a las japonesas.

—Solo a algunas.

—Taka..., veo que llevas el pelo de otro color. —Observé detenidamente—. ¿Qué pasó con el amarillo pollo?

—Me aburrí de él.

Lo entendía. Para Taka lo normal era aburrido, por eso probaba con todos los colores habidos y por haber.

—¿Ya te has registrado? —le pregunté.

—Sí. Estoy en la habitación de debajo de la tuya. —Miró la mía de arriba abajo y añadió—: La mía no tiene escalera, y en la pared hay escrito en español: «*¿Pol* qué lo llaman *amol* cuando *quielen decil* sexo?».

Me eché a reír. Me gustaba escuchar a Taka intentando farfullar el español. Entre nosotros nos comunicábamos en inglés, por eso oírlo hablar en mi lengua paterna me parecía divertido.

—Di «rollito de primavera». —Alcé mi ceja izquierda para tomarle el pelo.

—Corta el rollo, friki.

—¿«Y el perro de san Roque no tiene rabo»?

Taka parpadeó muy serio y no movió ni un solo músculo de la cara. No entendía nada de lo que le había dicho.

—Aguafiestas —me rendí—. ¿Sabes algo de Thaïs?

—Que se hospeda en la habitación de al lado y que nos espera en el café de la plaza. Al menos, eso me ha dicho por WhatsApp.

¿Cómo no? Mi amiga Thaïs, la tercera pieza del tridente, no era nadie sin un café en las manos. Era adicta a la cafeína.

—Entonces, vayamos a su encuentro. Y así nos cuentas de una vez por todas eso que decías que ardías en deseos de contarnos.

En nuestro grupo de WhatsApp, Taka había estado muy emocionado semanas atrás diciéndonos que tenía algo increíble que contarnos, y que nuestra estancia en Lucca iba a ser inolvidable. Yo ya sabía que iba a ser increíble. ¿Cómo no iba a serlo si íbamos a estar rodeados del mundo de los animes, los cómics y los videojuegos y, además, íbamos a estar los tres juntos? Ese iba a ser el mejor viaje de mi vida.

Sin embargo, con Taka nunca se sabía, y tanto Thaïs como yo intuíamos que nuestro japo la había liado bien gorda.

Solo teníamos que esperar a escuchar su revelación.

—Me muero de ganas —aseguró esperando a que cogiera la llave de la habitación y me colgara el bolso al hombro—. ¿Vas a ir así? —añadió estudiándome de arriba abajo.

—¿Qué pasa? —pregunté mirándome el atuendo.

Llevaba unos tejanos Levi's desgastados, una camiseta de Paul Frank roja y unas deportivas Adidas de Rita Ora que me parecían fascinantes. Sabía que eran muy raras, pero me daba igual.

—¿Cómo que qué pasa? Estás en Lucca rodeada de héroes de Marvel, héroes de videojuegos y personajes de manga, y ¿no te vas a meter en el papel?

—Ah... ¿Acaso vamos a ir ya cambiados?

—Por supuesto. —Se sacó una gorra negra de detrás del cinturón y se la puso. Después, cubrió su rostro con el pañuelo que llevaba al cuello, como si fuera un ladrón, y añadió—: ¿Eres una Watch Dog o no?

Yo asentí, emocionada. Taka no quería perder el tiempo.

Nosotros íbamos a ir durante todo el festival disfrazados de Watch Dogs: unos personajes de videojuego que se encargaban de proteger la ciudad hackeando la red para que la mafia y los poderosos no se salieran con la suya.

Saqué la gorra azul oscura y desgastada que había guardado previamente en el cajón y me até un pañuelo parecido al de Taka alrededor de la cabeza, hasta que cubrió parte de mi nariz y la totalidad de mi boca. Cambié el bolso por mi mochila Eastpak negra, y me la colgué a la espalda.

—¿Estás lista para Lucca? —me preguntó, expectante.

—Claro que sí.

—Entonces... —Dio un paso atrás y salió de la habitación. Extendió el brazo hacia delante, señalando el pasillo, y añadió—: Después de ti.

En una convención de este tipo, un japonés guapo como Taka se convertía en el objetivo de una fan zone. Llamaba la atención, y eso a pesar de llevar media cara cubierta por el pañuelo. Pero era alto, estilizado y sus ojos, grandes para un asiático, atraían las miradas. Y qué decir de su pelo...

Iba a pasármelo muy bien comprobando cómo el arisco de mi mejor amigo se sacaba de encima a las féminas que no solo querrían hacerse selfies con él. Con las hormonas por las nubes, esas chicas aprovecharían cualquier ocasión para secuestrarlo, meterlo en un callejón y violarlo si podían.

Y yo me iba a tronchar de la risa oyendo a Taka y sus contestaciones bordes y faltas de tacto. Y no porque fuera mala persona, sino porque Taka no aguantaba a la gente en general. Tenía un carácter especial debido a su grandísima inteligencia y tolerancia cero a la mediocridad. Era un genio en lo suyo. Una auténtica eminencia que, a sus veintidós años, había recibido una beca de Apple para trabajar con ellos en el departamento de nanoingeniería. Y Google también lo había intentado fichar. Como él nos decía: «Escucho ofertas pero me iré con quien me ofrezca el proyecto más interesante».

Con doce años entró en los ficheros de la NASA y sacó a la luz información confidencial del gobierno de Estados Unidos. Entonces estaba obsesionado con los extraterrestres y sabía que los americanos no decían toda la verdad.

Obviamente, le inhabilitaron, le prohibieron tocar un ordenador hasta que fuera mayor de edad. Pero, si Taka les hubiera hecho caso, yo jamás le hubiera conocido. Así que se las arregló para seguir haciendo de las suyas.

Diez años después, no solo se había convertido en uno de los tres hackers menores de veinticinco más importantes y marcados del mundo, sino que además tenía ofertas de las principales empresas internacionales para incorporarlo a su nómina. Nóminas con muchos ceros.

Él ya tenía el futuro asegurado.

Yo todavía me lo tenía que labrar.

Lucca todavía conserva su aspecto de pueblo medieval, y sus calles son estrechas, bordeadas por casas con fachadas de estilo etrusco y balcones poblados de flores.

Los habitantes de aquel lugar se habían volcado con el evento de tal forma que terrazas, ventanales, fachadas, monumentos, restaurantes y cafeterías lucían adornados con cintas y carteles publicitarios del festival. En la plaza central había un increíble rótulo desplegable que cubría todo el frontispicio de un edificio con la imagen del último *Assassin's Creed*, y abajo había una carpa dedicada a ese juego.

A través de los altavoces intercambiaban la información del nuevo lanzamiento junto con los últimos hits que golpeaban con fuerza en todas las emisoras, como el «First» de Cold War Kids.

Caminamos dos manzanas hasta el café de la Piazza Napoleone, en cuyo centro ejercía de guardiana una escultura de María Luisa de Borbón. Entonces divisé a una multitud de chicos alrededor de una de las mesas de la terraza cubiertas por parasoles blancos. No tenía ninguna duda de lo que estaban admirando como groupies.

Sentada, con las piernas cruzadas, una larga melena rubia que ondeaba al viento como los animes, y unos labios muy gruesos y muy pintados, se encontraba Thaïs, disfrazada de Ino Yamanaka, un personaje de *Naruto*. Estaba esperándonos, sabedora sin duda de lo que provocaba a su alrededor, disfrutando de lo que su ropa ajustada, sus botas altas, su pantalón estrecho y su top azul eléctrico y aquel escote provocaban en los demás. Cuando nos vio, sonrió y levantó una mano para saludarnos desde la lejanía como si dijera: «¿Habéis visto a mi nuevo séquito?».

Ella personificaba la antítesis de lo que yo encarnaba.

Thaïs era el imposible del mundo friki, y también el sueño húmedo de los adolescentes cachondos que como locos babeaban por ella nada más verla.

Era alta como Taka, delgada, de proporciones y medidas casi perfectas, o eso decía ella, porque yo de verdad creía que lo eran sin el casi. Tenía los ojos verdes y unos pechos que triplicaban los míos. Yo era más bien una especie de tabla de planchar, aunque con protuberancias.

Era como si ella se hubiera desarrollado como mujer y se sintiera todo lo cómoda y familiarizada con su cuerpo que yo no me sentía.

En realidad, yo no tenía nada por lo que quejarme: estaba delgada, tenía una figura aceptable y al menos no me obsesionaba por lo que comía o dejaba de comer, como la mayoría de las chicas de mi colegio. Pero a esa edad supongo que todas nos sentimos inseguras.

Menos Thaïs. Ella y yo éramos dos caras diferentes de una misma moneda. Diferentes por nuestros estilos opuestos.

Yo era muy observadora y también reservada, me costaba dar confianza de buenas a primeras y no tenía ni idea de coquetear.

Thaïs era muy extrovertida, soltaba lo primero que se le cruzaba por esa cabecita brillante que poseía y ligaba hasta con su sombra. Tenía la capacidad de seducir e impulsar a la gente a hacer lo que ella quisiera que hicieran. Por eso era una periodista cibernética de vanguardia, por la facilidad que tenía para obtener cualquier tipo de información. Gracias a su tenacidad, cuando se graduó en el instituto, presentó como proyecto de final de curso un blog llamado *Frikinews*, de cosecha propia, en el que los periodistas e informadores eran los mismos usuarios que podían colgar sus artículos con facilidad desde cualquier parte del mundo.

De ese modo, Thaïs creo una especie de agencia informativa con más de medio millón de seguidores, todos periodistas de vocación a su cargo, personas que la veneraban, aunque ella nunca reveló su identidad. Obviamente, le habían comprado los derechos de su blog por muchísimo dinero, más del que ella podría llegar a gastarse alguna vez en esta vida. *Frikileaks* seguía en pie, y Thaïs era su mayor accionista. De su blog habían salido suculentas y relevantes noticias, ya que, en su mayoría, el blog lo regentaban hackers que se colaban en las bases de información de todo tipo de instituciones, incluso de las que guardaban sus secretos más oscuros y jugosos bajo llave con códigos cifrados. En fin, que mi amiga era todo un portento.

Para colmo, su madre había sido una top model de los noventa, y ella había heredado su gracia y su manera de moverse y de mirar, como si estuviera posando a cada momento. De hecho, cuando nos pasó su foto por mail, después de haber entablado amistad por el foro de mangas japoneses, Taka y yo creímos que nos tomaba el pelo y que había cogido una foto de una modelo de revista para ocultar sus inseguridades respecto a su físico.

Pero al final resultó que no tenía nada por lo que sentirse insegura, porque Thaïs era guapa a rabiar y lo sabía.

No obstante, aunque ambas fuéramos muy diferentes, también éramos indivisibles e inseparables, como las caras de esa misma moneda.

La quería como a una hermana mayor, tanto como ella me quería a mí, como a la hermana pequeña que había elegido tener.

Hay familia que te toca y familia que se elige. Nosotros tres éramos familia porque así lo habíamos decidido.

Finalmente llegamos donde ella estaba, y apartamos a su legión de admiradores y lacayos entre codazos, fastidiando las fotos y los primeros planos de más de uno.

Thaïs se levantó de la silla, abrió los brazos y me sepultó entre ellos de tal modo que mi mejilla quedó apoyada entre sus tetas. Le encantaba hacer eso.

—¡Pequeña Hobbit!

Mi gorra se descolocó y tuve que ponerla en su sitio mientras me reía. Taka y ella siempre se metían con mi altura solo porque ellos eran más altos. Aunque yo no era bajita: ellos eran demasiado larguiruchos.

—¿Dónde está tu gorra y tu cubrebocas, Thaïs?

Taka no le dijo ni hola ni nada. Se fue directo a la yugular, como siempre hacía cada vez que la veía.

Thaïs me apartó con amabilidad, me guiñó un ojo y espetó dirigiéndole una mirada coqueta:

—Ya está el Takaguafiestas...

Aun así, se volvió hacia él y le dio un abrazo amistoso, aunque mi amigo se quedara tieso como un palo.

—Hola a ti también, Taka —dijo, animada. Taka refunfuñó entre dientes y añadió un hola forzado—. ¿Me lo parece o te ha poseído el pitufo gruñón? —Le señaló la cabeza con el dedo índice.

Los dos eran mayores que yo. Thaïs tenía veinte años y Taka veintidós. Se suponía que los maduros del trío debían ser ellos, pero no era así. Yo era la más madura de todos.

—Y ya veo que tú te has dejado la mitad de la ropa en casa —murmuró él, disgustado, mirando de reojo su escote y su vientre plano al aire.

Thaïs sonrió y alzó la barbilla.

—¿Me estás mirando las tetas? —preguntó ella directamente—. ¿Tú qué dices, Lara?, ¿crees que al japo se le van los ojos?

Yo no entendía demasiado bien el juego que se traían los dos. Su relación siempre parecía tensa y a veces demasiado mordaz. Pero daba la sensación de que estaban a gusto con ello, como pez en el agua lanzándose pullas.

—¿Y quién lo va a culpar? —pregunté soltando una risita y encogiéndome de hombros—. Se me van a mí y soy una chica...

—A Thaïs le gusta demasiado revolucionar el gallinero.

—Eso es porque no hay un gallo que me dé la réplica —contestó sin mirar a Taka pero dirigiéndose a él veladamente.

Dado mi carácter más huidizo, me sentiría incómoda si alguien me hablase así. Pero daba la impresión de que ellos se retroalimentaban jugando de ese modo. Fuera como fuese, hacía tiempo que yo había dejado de meter mis narices en su modo de hablarse y de hostigarse.

—Me voy a por cafés —les dije al tiempo que puse los ojos en blanco. No quería estar presente cuando empezaran a lanzarse rayos con los ojos—. ¿Queréis algo?

Taka pidió una cerveza, y Thaïs asintió sonriendo relajada.

—Otro café con nata por encima.

Tomé nota y me alejé de ahí sin demasiados aspavientos.

Cuatro

Me dirigía al interior de la cafetería, cuya construcción y fachada granate me recordaban a las tiendas de la Roca Village, un centro comercial adonde mi pijastra me llevó alguna vez para vestirme como ella quería.

Estaba abriendo mi mochila para sacar la cartera cuando, justo al entrar en la cafetería, choqué contra un gigante verde disfrazado de Hulk. Reboté en la masa de músculos de ese tío y caí hacia atrás como una tabla.

Pero no golpeé el suelo. Unos brazos fuertes me sostuvieron y mantuvieron mi cabeza y mi trasero a salvo. Iba a darme un soberano porrazo, pero alguien lo amortiguó con sus manos, sus brazos y los reflejos que yo no tenía.

—¡Eh, Hulk! —oí la voz del chico que me había sostenido y una sensación de vacío se apoderó de mí. Me estremecí por dentro. No lo sabría explicar—. ¡Mira por dónde vas, tío!

Hulk se volvió, alzó la mano en señal de disculpa y dijo algo en alemán que no comprendí.

Sentía cómo las manos que me agarraban me ayudaban a incorporarme. El tipo me miró por encima del hombro, yo alcé el rostro y la visera de la gorra me dejó ver poco. Tuve que levantármela con los dedos para mirarle.

Cuando le vi, tuve la sensación de que ese día aún no había amanecido para mí; había abierto los ojos, sí, pero no estuve despierta hasta que me sumergí en sus pupilas y contemplé mi reflejo en aquel mar dorado y amarillo, delineado por una espesa y negra franja de pestañas rizadas y largas, las más largas que había visto jamás en un hombre.

Me quedé sin palabras.

Era como estar entre las garras de un enorme gato sin domar; un puma de pelo negro cuyos ojos exóticos me absorbían como los imanes al metal.

Tenía el pelo azabache rasurado, muy corto, con tres rayas finas, pronunciadas y hechas a máquina en un lateral. Sus cejas gruesas enmarcaban una cautivadora mirada y la intensificaban hasta lo imposible. Su boca ocultaba una sonrisa algo impertinente, y parecía decir que el mundo en general no iba con él; como si fuera demasiado hermoso para ser mortal. ¿Quién sobraba?, ¿el mundo o él? ¿Acaso importaba?

Yo no sabría catalogarlo, pero esa cara tan guapa bien podía pertenecer a un ángel o a un demonio. Y por aquel gesto socarrón y la falta de ternura en sus ojos, diría que era la faz de un diablo.

Fui muy consciente de cómo le ardían las manos y de cómo su calor traspasaba la tela de mi chaqueta de verano hasta marcarme la piel.

Era la primera vez que tenía tanta consciencia de la presencia de un chico junto a mí, y me pareció imposible apartar mis ojos de él.

Hasta que vi que movía los labios, me estaba hablando y yo no me enteraba de nada.

—¿Qué? —dije sin comprender.

—Que tú también mires por dónde vas.

Parpadeé sorprendida. Me reñía por mi torpeza. Carraspeé y me aparté de él, aunque mi independiente cuerpo se rebeló al dejar de sentir su contacto, y eso me incomodó.

—Me ha sorprendido —expliqué colocándome bien la visera—. Estaba sacando el monedero y...

Entonces, él centró su atención en mis deportivas Adidas de Rita Ora, que eran de muchos colores porque estaban inspiradas en una colección de cómic.

—Bonitas zapatillas —espetó, burlón.

Yo les eché un vistazo. A mí me encantaban, pero al parecer él las encontraba ridículas.

—Deberías prestar más atención —dejó escapar de nuevo.

Tuve la sensación de que todo en mí le desagradaba, y no me sentó nada bien.

—¿Cómo dices?

—Una Watch Dog no tiene esos descuidos —me interrumpió, cortante—. Una Watch Dog vigila y está atenta a todo y a todos. No pareces un perro guardián; debes de ser una cachorrita.

El segundo reproche. Vaya con el diablo. De repente parecía mi padre.

Me puse roja como un tomate.

—Hulk ha creado un error en mi sistema —espeté. Era malísima haciendo bromas, aunque los demás sonrieran cuando soltaba alguna parida—. No contaba con él. Me ha desconcertado. Pero gracias por detener el golpe.

Ese chico no rió en absoluto. Solo continuó traspasándome con aquellos ojos de embrujo, pensando seguramente que era tonta y torpe. Fuera lo que fuera, no añadió nada más.

Se encogió de hombros y se alejó de mí como si tuviera la lepra o cualquier otra enfermedad altamente contagiosa.

«Pero qué borde es», pensé. Si tanto le molestaba, que no me hubiera recogido haciéndose el héroe o el caballero que no era. Tú no salvas a una chica para después meterte con ella, ¿no?

Lo vi alejarse de la cafetería, con una sensación extraña en mi estómago, de rabia y también de curiosidad. Tomó una de las callecitas ascendentes que desembocaban en la plaza y me quedé admirando su espalda y su cuerpo ancho y estilizado hasta que desapareció por una de las esquinas. Caminaba grácilmente con mucha decisión y elegancia. Llevaba unas Vans a cuadros blancos y negros, unos tejanos largo rotos y desgastados, y una camiseta de manga corta muy ajustada que delineaba a la perfección cada uno de los músculos que tomaban vida propia con cada uno de sus movimientos. Era moreno de piel y también era mayor que yo. Puede que tuviera la edad de Taka.

Una de las cosas en las que más me fijé fue en su acento norteamericano. Lo sabía porque mi profesora de biología del instituto era de Washington y yo ya conocía los matices.

Lucca estaba lleno de gente de todas partes del mundo, pero el inglés era el idioma oficial. Si lo hablabas bien, no tenías problemas para comunicarte.

Pensando aún en los ojos de aquel chico y con el estómago encogido, me acerqué a la barra y pedí las consumiciones para mis amigos y para mí.

Esperaba no volver a verlo, porque odiaba sentirme como me sentía en ese instante: extraña y ligeramente vulnerable.

No les conté ni a Thaïs ni a Taka mi pequeño y turbador desencuentro con ese chico. No sabía por qué razón, pero preferí no decir nada al respecto, para no darle la importancia —esa era mi impresión— que mi mente le estaba dando.

Así que me senté en la terraza con ellos y, ya sentados y en calma, esperé a que Taka nos dijera lo que fuera que nos tenía que decir.

—Lo he hecho —nos explicó Taka finalmente.

—¿Que has hecho el qué? —pregunté interesada sorbiendo de mi Coca-Cola Zero.

—Lucca es mucho más que un festival europeo de cómics, series y videojuegos —contestó con cara de interesante e inclinándose hacia delante para acaparar toda la atención—. Camuflado tras este evento hay una gincana organizada por el Premio Alan Turing. Un exclusivo concurso internacional que durará hasta el domingo y tendrá lugar en esta ciudad amurallada. El premio para el ganador será la financiación total de su proyecto vigente hasta su finalización, sea cual sea este.

Thaïs frunció el ceño incrédulamente y yo dejé mi bebida a medio camino de mi boca, sorprendida por lo que acababa de oír.

Ese premio era un galardón de patrocinio privado que ofrecían empresas líderes y pioneras en sus respectivas ramas para localizar a personas cuya habilidad y conocimientos sobresalieran por encima de los del resto. Era una beca especial y muy valiosa dirigida a superdotados, individuos distintos y llenos de creatividad.

—¿El Premio Alan Turing? —repitió Thaïs dándole vueltas con la cucharilla metálica a su café—. Ese concurso no existe —resopló escépticamente—. Es una leyenda urbana.

—No lo es, rubita —aseguró Taka, pagado de sí mismo, frotándose las uñas en el hombro—. Y nosotros vamos a participar para ver hasta dónde podemos llegar con nuestro ingenio. Nos hemos apuntado.

—¿Nos has apuntado? —grité, estupefacta, con los ojos a punto de salírseme de las cuencas—. ¡¿Te has vuelto loco?!

—Sí —afirmó, feliz.

—¡Pero si no tenemos ningún proyecto en mente! —protesté.

—Lo sé. Pero ya se nos ocurrirá qué hacer con el dinero del premio.

—Pero... ¿para qué vamos a competir?

—Para ganar por puro placer.

Thaïs se echó a reír también, porque no le dio importancia al hecho de que íbamos a competir seguramente contra los cerebros más brillantes de nuestra generación.

—No entiendo nada —intervine un tanto perdida—. Taka, tú casi has fichado por Apple, a punto de acabar la carrera; y tú, Thaïs, más o menos lo mismo: tienes tu vida solucionada y a miles de personas que han creído en tu proyecto y que te veneran. Ya destacáis en vuestras modalidades, uno en hackeo y decodificación y la otra en información. —Me reí por no llorar—. ¿Y yo? ¿Qué pinto en todo esto? Yo no tengo ningún talento. Nada que...

—Ah, no. Claro —murmuró Thaïs echando por tierra mi afirmación—. La niña que se va becada a Yale, como número uno de España, porque tiene una media de diez y unas aptitudes únicas para adquirir conocimientos y observar todo a su alrededor, resulta que ahora no tiene ningún talento, según ella. No seas tan modesta —apostilló.

—¡No lo soy! —protesté, realista. ¿Por qué ellos no veían nuestras diferencias?

—Gallina —me dijo ella.

—¡Thaïs, no me piques! —No soportaba que me desafiaran.

—Además —continuó Thaïs—, si el Premio Alan Turing es real, quiénes seamos y lo que hayamos conseguido no significará nada, ¿a que no, papá pitufo? —Desvió sus ojos verdes hasta Taka.

—Que te den, Barbie —soltó Taka sonriendo sin ganas, cuando lo que de verdad le apetecía era arrancarle la cabeza.

—Nuestro éxito dependerá de nuestro ingenio. —Thaïs parecía satisfecha al provocarnos con sus pullitas—. Nada más. Tenemos que desarrollar nuestra habilidades. Creo que puede ser muy divertido.

No supe qué contestar. Se suponía que había venido a relajarme, a disfrutar de lo que me gustaba durante cinco días, no a competir contra nadie. Eso sería estresante, porque odiaba perder, y, si jugaba, era solo para ganar.

Siempre me esforzaba en dar lo mejor de mí en todo lo que hacía.

—Da igual. Ya no podéis decir que no. Nos hemos apuntado, y he pagado nuestra inscripción —finalizó Taka.

—¿Qué quiere decir que has pagado nuestra inscripción? —quise saber, cada vez más molesta.

—Que ya tengo todo lo que necesitamos justo aquí mismo.

Sacó tres bolsas negras, una para cada uno. Las abrió y de allí salieron tres buscas, tres gafas Ray-Ban y una pulserita amarilla.

—Pero ¿qué has hecho, Taka? —pregunté, nerviosa. ¿Para qué necesitábamos todo eso?

—Pues sí que parece real —murmuró Thaïs tomando los objetos entre los dedos y encendiendo el busca. Después se puso las gafas de sol y comprobó a través de la cámara de su iPhone 6 Plus cómo le quedaban. Parecía satisfecha.

—Ya os lo he dicho: os he inscrito. Somos el equipo Watch Dogs. —Alzó dos dedos victoriosos y sacó su lengua dejando la boca abierta—. ¡Mooola! —exclamó.

Mi amiga y yo nos miramos de reojo. El japo siempre acababa metiéndonos en líos cuando menos los esperábamos. Como la vez que nos hizo jugar a un trivial internacional en línea.

Yo no estaba segura de querer pasar mis días de vacaciones antes de empezar la universidad participando en una gincana para cerebritos. Quería distraerme y cargar energías, no agotarme y cabrearme por haber perdido. Porque de una cosa estaba segura, la competición iba a estar repleta de frikis más frikis incluso que nosotros.

Me cubrí el rostro con las manos y me froté la cara.

—Cómo te envidio, Lara —soltó Thaïs.

Retiré las manos de la cara y la pillé mirándome fijamente.

—¿Me envidias? ¿Por qué?

—Si yo hiciera lo que acabas de hacer, echaría a perder todo mi maquillaje —contestó con obviedad.

—Pues no te pintes como una puerta —soltó Taka.

—¿Tú has oído algo? —Thaïs me miró fingiendo no oír a Taka, haciéndolo invisible—. Lo que quiero decir es que... mírate.

Me miré de arriba abajo. Seguía sin comprender nada.

—No necesitas maquillarte para estar bonita. Tienes una belleza natural muy especial. Tu aspecto es aniñado y a la vez atractivo —dijo con admiración y un poco de rabia de la buena, y continuó—: Llevas el pelo suelto y una gorra. Tu flequillo se tuerce hacia un lado para dejar semiocultos esos ojos de ese color tan peculiar.

—Son azul hielo —dije yo.

—No —me corrigió ella—: son azul blanquecino y con motitas amarillas. Mi vecina tiene un gato con tus ojos, y siempre que lo veo me dan escalofríos.

—Gracias —dije irónicamente.

—No, en serio. Pero tú no me das escalofríos.

—Pues menos mal.

—Tus ojos son tiernos. Reclaman muchas cosas, ¿sabes? —Thaïs se llevó un dedo a la barbilla, pensativa—. Solo llevas cacao y rímel, y con eso ya llamas la atención. Podrías vestirte como una muñequita y ser un poco más insinuante, pero en cambio te disfrazas como una lesbiana, a veces con ropa ancha. Y, aun así, atraes miradas.

No sabía que las lesbianas tuvieran un modo particular de vestirse. Thaïs era tan franca y poseía a veces tan poco tacto que, en vez de ofenderme, la escuchaba y me daban ataques de risa, porque me parecía refrescante que no quisiera decorar ni suavizar ninguna de sus lindezas.

Cuando dejé de reír, tomé aire, le puse una mano sobre el hombro y comenté:

—Me ha gustado ese inventario que has hecho sobre mi aspecto. Gracias por subirme la autoestima —añadí, sarcástica.

—De nada —contestó ella sonriendo—. Tienes mucho potencial. Ahora estás a medio camino, como si aún no te hubieras definido. ¿Te gustan los hombres?

—¿En serio? —dije.

—En cualquier caso, eres medio friki y medio fashion, y eso son dos adjetivos que no combinan en absoluto, querida. —Negó con la cabeza.

—¿Por qué dices eso?

—Todo lo que llevas es de marca. Vale, sí. Sin abalorios, ni brillantina ni colores rosas, que al parecer odias —murmuró—. Pero tu calzado, tu gorra y tu ropa en general, aunque no brillan por sus colores o por sus formas, sí son de firmas reconocidas.

—¿Conclusión?

—Estás a medio hacer. —Me guiñó un ojo—. Y aun así, me encantas. —Se encogió de hombros—. Mientras no despiertes, de las dos, yo seré la más guay.

Me eché a reír de nuevo. Thaïs nunca me ofendería, porque la conocía bien y sabía que no tenía otro modo de decir las cosas. Ella era así. Y a mí también me encantaba.

—Pues lamento decirte que estás equivocada. Lo que pasa es que me quieres —me encogí de hombros—, por eso me ves con esos ojos.

Thaïs negó con la cabeza.

—Hazme caso, Pequeña Hobbit —me miró condescendiente—: si te pusieras en mis manos, ibas a tener más éxito que yo.

—Olvidas una cosa —objeté—: no me gusta destacar.

—Pues no lo parece. Eres de Barcelona y vas a ir a una universidad americana con una beca de diez. Si no vas a destacar allí, ya me dirás dónde.

—Puede destacar mi cabeza —me defendí—. Eso no me importa, porque me siento a gusto con ello. Pero yo no.

—Algún día la cosa cambiará —afirmó Thaïs—. Y, entonces, tendrás que venir a mí, pequeña polilla, para que te achicharres con tu propia luz.

—No lo creo —dije, incrédula.

—Por eso nunca te pondrás en sus manos, gracias a Dios —señaló Taka, horrorizado—. Y, por favor, ¿podemos focalizar? Estaba hablando de nuestra participación en el concurso Turing.

—Ah, sí —contestamos las dos a la vez centrando toda nuestra atención en él.

—¿Cuándo se supone que empieza? —quise saber.

—Mañana por la noche hay una convocatoria para que todos los grupos nos reunamos y escuchemos las directrices a seguir.

—¿Mañana por la noche? ¿Dónde? —preguntó Thaïs.

—A partir de las siete de la tarde tendremos que encender nuestro busca para recibir las indicaciones —aseguró Taka—. Hasta entonces, ahora podemos ir a dar una vuelta por el centro. Y por la noche disfrutar de la fiesta que hay en los alrededores de la Piazza San Martino, alrededor de la fuente ornamental. Dicen que podremos utilizarla como piscina —afirmó Taka imaginando maldades—. ¿Qué os parece mi idea?

No tuvimos nada que reprochar a la petición.

Teníamos que familiarizarnos con Lucca, no solo para divisar las carpas que queríamos visitar, sino para conocer las calles principales para movernos mejor en esa misteriosa gincana.

Lucca iba a ser más de lo que me esperaba.

Cinco

Adoraba estar con ellos.

Pasear por Lucca con mis dos mejores amigos, comportándonos como payasos, riéndonos de todo y haciéndonos fotos con toda la gente que iba caracterizada de sus personajes favoritos, me llenó de energía positiva.

Teníamos un acuerdo con nuestro hotel y habíamos alquilado tres bicis para toda la semana. Esa misma tarde iban a estar disponibles, pero, como entonces aún no podíamos hacer uso de ellas, dimos una vuelta a pie por el centro.

Teníamos hasta el sábado para visitar y observar con suma atención cada carpa e ir a las firmas de los autores que habían ido a mostrar sus trabajos.

En ese lugar íbamos a disfrutar y a pasarlo bien, porque nos sentíamos parte de algo enorme y especial. Para mí, Lucca era la antesala de la madurez. Un *impasse* obligado antes de aterrizar en Yale y centrarme solo, única y exclusivamente en mi carrera.

Me enamoré de esa ciudad. Caminamos por la Via Beccheria, apartándonos cada vez que oíamos el timbre de una bici. Las calles no eran demasiado anchas, y cada rincón estaba muy concurrido, así que cada avenida era una marabunta, convirtiéndose en un espectáculo que fotografiar y admirar.

En el recoveco emperifollado con hierbas y flores dedicado a esa ciudad independiente en la Piazza Napoleone, nos tumbamos en el césped al lado de la palabra «Lucca» hecha con flores de diferentes tonalidades y nos hicimos un montón de fotos.

No veríamos toda la ciudad ese día, así que nos fuimos a comer a la Pizzeria Dal Ciaccia. Pedimos bebidas y porciones de pizza diavola y carbonara, y nos sentamos bajo los árboles de la Piazza Napoleone para degustarlas. Allí muchos grupos comían igual que nosotros, tumbados en el césped, algunos con mantelitos de picnic y mejor preparados.

—Auténticas pizzas italianas —musitó Taka, sentado como un indio, con la boca llena y cerrando los ojos con gusto.

Yo también me perdía en el sabor de la masa crujiente y la salsa picante, y la acompañaba con sorbos de mi Pepsi Light, mi bebida favorita, necesaria para llenar mis depósitos de cafeína y aguantar el ritmo de los dos locos que venían conmigo y que no se iban a hartar de hacer cosas.

Mientras mordía una porción de la pizza y me reía de la cara de Thaïs contando carbohidratos cada vez que tragaba —ponía nata en el café, pero contaba las calorías de todo lo demás—, advertimos que se hacía un silencio a nuestro alrededor.

Yo miré por encima del hombro para ver qué sucedía, y observé cómo la multitud se apartaba y hacía un pasillo para dejar pasar a alguien.

A continuación, un grupo de cuatro chicos disfrazados como los personajes de *Assassin's Creed* emergieron como una estampida, corriendo y saltando perfectamente coreografiados por encima de las cabezas de aquellos que estaban sentados y descansaban tranquilamente. No era un cosplay perfecto, pero la indumentaria no dejaba lugar a dudas de que era la de un Assassin.

Se oían exclamaciones de admiración cada vez que un Assassin sobrevolaba una cabeza y caía al suelo con una agilidad y sincronía abrumadoras.

Era hermoso contemplarlos.

El primero de los Assassins era el líder. Todos vestían igual, aunque este se diferenciaba por el tono de la chaqueta abierta con capucha que usaban para ocultar su identidad. Los otros cuatro llevaban una fina chaqueta marrón claro, una camiseta beige con el logo de los Assassins en el pecho en un tono más oscuro; unos pantalones largos militares con una tira lateral que colgaba por su muslo derecho y las botas altas color tierra con la suela blanca, abiertas y ligeramente desabrochadas.

El líder iba igual, a excepción de que la chaqueta era de color negro y brillante.

La capucha le ocultaba el rostro en su totalidad. Me recordaba al estilo de *Arrow*, aunque esta era más ancha.

Corría hacia mí como si le fuera la vida en ello.

Tenía la sensación de que yo era el único objetivo en su vida, un objetivo que placar. Me quedé prendada de sus movimientos, tan iguales a los del videojuego, elegantes y letales como los de un tigre. Incliné la cabeza a un lado e intenté divisar sus facciones.

Pero en un suspiro lo tenía delante.

—¡Cuidado, Lara! —gritó Thaïs.

El Assassin me quitó el trozo de pizza con una habilidad pasmosa al tiempo que saltó haciendo una pirueta por los aires, por encima de mi cabeza, sorteándome a mí y a los demás como si fuéramos un obstáculo insignificante.

A través de mi visera distinguí su mandíbula y parte de la comisura alzada de unos labios perfectos y socarrones. El desafío se reflejaba en ellos.

Noté un vacío en el estómago cuando creí oír en un susurro airado «cachorrita».

—¡Jo-der! —gritó un chico detrás de mí, con gafas de sol Ray-Ban con el cristal de color naranja, una gorra con las siglas NY y por encima de esta la capucha de su camiseta blanca. Lo grababa todo con una GoPro entre las manos—. ¡Ha saltado casi un metro y medio por encima de ti! —señaló tan eufórico como los demás, que jaleaban a los Assassins como a un grupo de rock, a pesar de que el grupo desaparecía de la plaza.

Yo me agaché y me llevé la mano a la frente, y confirmé lo que sospechaba: el tío me había robado la gorra.

—¡Se ha llevado tu gorra! —gritó Thaïs, anonadada.

—Sí —asumí mirando mis dedos vacíos—. Y mi pizza... —Levanté la mirada, con la vista clavada en la calle por la que habían girado.

No podía comprender cómo reaccionaba mi cuerpo ante la presencia de ese desconocido, que sin ninguna duda era el mismo que me había salvado del impacto con la Masa. Era él.

Me quedaba siempre con los detalles más nimios y mi cabeza los retenía como una imagen congelada. Mis profesores lo llamaban «memoria fotográfica».

Fuera quien fuese ese chico, no me caía bien. Además de reírse de mí, era un ladrón.

Me prometí que, fuera quien fuera, iba a dar con él. Y le iba a decir lo que aún no podía decirle porque me dejaba sin palabras, tan nerviosa que me enfadaba conmigo misma por parecer tan palurda.

En un día ya me había dejado sin argumentos dos veces, cuando a mí nadie me dejaba con la palabra en la boca. A veces confundían mi timidez con el hecho de no tener nada inteligente que decir, o con ser selectiva a la hora de escoger a las personas con las que me interesara hablar.

—¿Quiénes son? —pregunté al tipo de la GoPro—. ¿Los conoces?

—Sí, claro —contestó el tipo, moreno, con la cara fina y barba de tres días. Vestía como un skater. Tenía el antebrazo tatuado y sonreía de oreja a oreja. Se parecía a Colin Farrell, pero adolescente y menos fornido—. Este vídeo va directo a YouTube. —Y señaló la cámara con orgullo—. Son los adictos al parkour. Los Assassins Traceurs.

El parkour es una disciplina de origen francés basada en el arte del desplazamiento en el aire, y en cualquier entorno, usando las habilidades del propio cuerpo. Los practicantes de parkour se hacen llamar *traceurs*: «los que hacen el camino» o «trazadores».

Yo lo conocía por una película francesa que había visto hacía un tiempo, pero nunca en mi vida me había encontrado con uno de frente, ni había sido un objeto a «trazar» por nadie.

—Se van a encargar de amenizar el festival haciendo muchas puestas en escena y espectáculos —aseguró.

—Ah, ¿sí? —comenté—. ¿Hay alguna hoja de ruta que vayan a seguir?

—Se supone que el jueves por la noche hacen una exhibición con otros Assassins... Se juntan todos en la Piazza dell'Anfiteatro. Pero será sorpresa. Nadie más conoce este dato. —Nos pidió silencio posando su dedo índice sobre sus labios—. Chitón. Ellos son las estrellas del festival. —Arqueó las cejas y puso los brazos en jarras—. Es lo que tiene ser los protas del videojuego cuyo lanzamiento estrella tiene lugar en esta ciudad.

—Estás muy informado... de todo. ¿Cómo te llamas? —preguntó Thaïs, interesada.

El moreno la miró, y la seguridad que mostraba desapareció de un plumazo. No era culpa de él. A todos les pasaba lo mismo.

—Mi nombre es Raúl.

—Raúl... —repitió Thaïs plenamente consciente de lo inseguro que lo hacía sentir—. Encantada.

Él se quedó sorprendido al ver que esa beldad le sonreía, y a mí me divirtió su expresión. Thaïs abusaba de su poder. No era justo.

—Pues es un placer conocerte, Raúl —añadió Taka levantándose para darle la mano—. ¿Sabes de videojuegos?

Raúl se echó a reír y miró a Taka por encima de la montura de sus gafas.

—¿Quién no sabe de videojuegos por aquí?

—Genial. Necesito que me eches una mano con un juego...

Mientras ellos dos hablaban de niveles de jugabilidad y no sé qué más, y Thaïs escribía información en el bloc de notas de su móvil para luego colgarlo en su blog, yo me quedé de pie, peinándome el pelo con los dedos, con la mente puesta en dar con ese tipo y recuperar mi gorra.

Además, solo tenía otra gorra y distaba mucho de la oscura que llevaba como Watch Dog.

Y no pegaría en absoluto que mi personaje llevara una gorra de Rita Ora a juego con las zapatillas.

Sería un poco raro. Así que tendría que buscar alguna tienda en Lucca donde comprar una menos llamativa.

Aunque, para ser sincera, no era eso lo que más me preocupaba.

Lo que de verdad quería era saber la identidad real del Assassin. Su nombre.

Seis

Después de dar vueltas por Lucca todo el día, nos fuimos al hotel para prepararnos para esa fiesta friki que se iba a celebrar en la Piazza San Martino. Era la primera fiesta de ese tipo a la que asistiría, y me daba miedo encontrarme con un montón de nerds obsesionados con juegos y series tipo *Juego de tronos*. A mí me gustaba, hasta que vi que no podía encariñarme de ningún personaje porque todos morían en algún momento.

Y la muerte me asustaba y me entristecía. Y en esa serie se moría hasta el apuntador. La vida ya era muy dura y muy perra como para que me lo recordaran en mis series favoritas.

Puse la MTV y al ritmo de «Love Me Like You Do» de Ellie Goulding me duché. Después, me cambié de ropa y me sequé el pelo, dejándomelo liso pero con una línea desigual al lado de la cabeza, para que mis mechones escalados camparan libres y caprichosos.

El reflejo que me devolvía el espejo era el de siempre: existía pero no llamaba la atención, tal y como me gustaba.

Estaba a punto de salir cuando oí que golpeaban la puerta y después alguien gritaba:

—¡Lara, ábreme! ¡Necesitas una asistente!

Ya estaba Thaïs con sus histerias. Abrí, no fuera a ser que ella la tirase abajo.

Su imagen me dejó ciega: parecía que irradiara luz por todas partes, con esa melena rubia y suelta, maquillaje por un tubo, y mostrando más de lo que ocultaba con esos minishorts y aquel top con lentejuelas... Ella sonreía, con las manos en las caderas, pero cuando repasó mi atuendo la sonrisa se le desvaneció.

—Pero ¿a qué entierro vas?

—Voy a una fiesta —contesté a punto de salir.

—¿Fiesta tipo funeral?

Ella me empujó y me metió dentro de la habitación otra vez.

—Yo voy a una fiesta —reafirmó señalándose y mostrándome sus zapatos altos—. Tú no. No puedes salir así. Yo no salgo con góticas —soltó abriendo los armarios de la habitación para rebuscar entre mi ropa.

Me senté en la cama y resoplé, pensando en que Gema y Thaïs se llevarían maravillosamente bien. Su mundo giraba alrededor de las sombras, los kohls, los pintalabios y el colorete... Y las cuñas. Zapatos de cuña de todo tipo.

—Es como el armario de un hombre —murmuró, impresionada. Se dio la vuelta y me miró de frente—. Mira, quítate esas zapatillas. Te voy a poner esas Converse blancas que al menos son monas, y vas a enseñar piernas... —agarró un tejano desgastado y corto que me ponía solo para ir a la playa—. Y vamos a ponerte una camiseta de tirantes para que al menos se vean los hombros tan bonitos que tienes.

—Estás obsesionada con enseñar.

—Y tú con ingresar en el primer convento satánico que se te cruce por el camino. —Me tiró de las muñecas y me levantó.

—No tengo ganas, Thaïs...

—No rechistes. Habrá chicos. Chicos a montones. ¿Sabes lo que son?

—Sí. Mi padre es un hombre, ¿recuerdas? —bromeé.

—Vale, de acuerdo. —Y continuó con su perorata—. El ochenta por ciento de esos chicos serán muy feos, pero tenemos que estar atentas al otro veinte, ¿vale? —Me dio una camiseta ajustada negra de tirantes y esperó a que me quitara la que llevaba. Cuando se la di, la dobló y la metió en el armario. Hizo lo mismo con mis pantalones y también guardó mis zapatillas en su sitio. Era tan ordenada como yo—. Bueno, a ver. Esa pijastra tuya ha tenido que regalarte estuches de maquillaje. ¿Dónde están?

—Ahí. —Señalé el escritorio en el que reposaba mi neceser negro de Mark Jacobs con motivos estampados de labios rojos.

Thaïs dio gracias a Dios al ver algo digno entre mis cosas. Abrió la cremallera y cogió lo que pudo.

Cuando se dirigió a mí con las manos llenas de cosméticos, su cara reflejaba más diversión de la que yo sentía.

—Esto te va a encantar —me aseguró soltando una risita.

A regañadientes, después de la sesión de maquillaje, agarré mi gorra Rita Ora y me la puse. A Thaïs no le pareció mal porque dijo que era cool, femenina y que me quedaba muy bien. Y yo la necesitaba como el aire para respirar, para ocultar mi cara polícroma como un cuadro. La verdad era que me sentía ridícula.

Thaïs me cogía de la mano y tiraba de mí entre la multitud que atestaba la Piazza San Martino. El evento lo animaban DJ pinchando todo tipo de música y haciendo sus propias mezclas.

Por supuesto, allí casi todo el mundo iba disfrazado. De hecho, éramos nosotras las que llamábamos la atención por no ir como los demás. Me había encontrado a un Mario Bros bailando con las Sailor Moon y metiéndoles mano por donde podía; y a tres que iban disfrazados de personajes de *Halo* y bailaban a lo breakdance. Todos intentaban moverse a su propio ritmo, mientras bebían cervezas y cubatas en sus vasos de plástico, alrededor de la fuente circular de la Piazza Antelminelli, anexa a la de San Martino.

Me hacía cruces de lo que tenían que pensar los naturales de Lucca, con tanto ruido, sin poder dormir, y la paz de su día a día rota por la locura y el barullo de adolescentes con poco autocontrol.

Se suponía que ahí estaba Taka con aquel chico de la GoPro que habíamos conocido. Raúl.

Me alegraba por él, porque el japo necesitaba un hombre a su lado de vez en cuando, un friki tío como él, y yo no le servía. Y Thaïs muchísimo menos. Con Raúl tenía mucho en común, como su afición a los videojuegos, y reírse de todo quisque con ese tipo de sarcasmo que solo digerían unos pocos después de que pensaran «menudo pedazo de cabrón». Al menos, podrían hablar de sus cosas.

Cuando nos vio, Taka alzó las dos manos y nos saludó efusivamente. Sostenía una cerveza en la mano izquierda que por poco se le derrama entera por la cabeza. Taka seguía siendo un Watch Dog. Seguramente había traído mudas iguales porque no pensaba salirse de su papel durante todo el festival.

Raúl también nos saludó, aburrido de todos los borrachos que tenía alrededor, pero aprovechando para grabarlos en estado comatoso. Me apostaba lo que fuera a que después los editaba y se los pasaba a sus colegas para que se echaran unas risas.

¿Desde cuándo llevaban bebiendo todos allí?

—Mira qué nenas más guapas —dijo Taka sonriéndonos como un tonto.

—Taka, ¿estás borracho? —preguntó Thaïs dirigiéndole una mirada con sorna.

—Como una cuba —contestó al tiempo que se quedó mirando el fondo de su vaso de plástico—. No sé qué demonios le echan a los vasos, pero —bufó—, sea lo que sea, funciona.

—Se llama alcohol —añadí yo.

—¿Cuánto tengo que beber para alcanzarte? —Thaïs buscaba la carpa de las bebidas hasta que la divisó.

—Nunca podrás alcanzarme, rubita —sentenció Taka mirándola fijamente.

Thaïs arqueó las cejas. No parecía tomarlo nada en serio. Y eso molestaba al japonés.

—Uy, te queda mucho —aseveró Raúl apoyándose en el hombro de Taka—. Creo que ya tiene el hígado empapado.

—Pensaba que eras mudo —contestó Thaïs. ¿Cómo no? Haciendo amigos por el mundo—. ¿Beber te suelta la lengua?

Raúl se echó a reír con una carcajada contagiosa y añadió:

—Pero qué borde es... ¡Me encanta! ¿Te puedo grabar y hacer un anuncio de compresas?

—Adorable. ¿Quieres hacerme trenzas en el pelo?

—Claro, para que agarres mi cipote con ellas.

Thaïs se llevó la mano al corazón.

—¡Dios mío! Creo que me estoy enamorando...

—Demasiado tarde. Estoy casado. Tengo mujer. Se llama Sara.

—¿En serio? —pregunté yo. Era muy joven, ¿no?

—Como si lo estuviera —rectificó Raúl.

—Me trae al fresco. Dale un besito de mi parte a Sara la que todo lo acapara. —Mi amiga rubísima le dirigió una sonrisita ladina y coqueta, tomó el vaso de Raúl de sus manos y se lo bebió de un trago, como un marinero. Me quedé ojiplática, pues nunca la había visto beber así.

A continuación, me agarró de la muñeca y tiró de mí hasta que llegamos a la barra donde servían bebidas. Una vez allí, obviamente, llamó la atención de inmediato y, en menos que canta un gallo, ya tenía a dos barmans solícitos solo para ella.

—¿Qué queréis, monadas? —preguntó el más alto de los dos. Tendrían unos veinticinco años cada uno.

—Seis chupitos de tequila —pidió Thaïs.

—¡Hala! ¿Estás loca? —la interrumpí yo, mirándola asustada.

—Lo siento —se disculpó el barman—. No servimos a menores de edad.

Entonces me volví y me di cuenta de que los dos me estaban mirando: pensaban que era menor. Como siempre.

Thaïs se echó a reír hasta que le saltaron las lágrimas. Con los zancos parecía altísima, una mujer, mientras que yo tenía el aspecto de su prima la de párvulos.

—No soy menor —corregí sonriéndoles falsamente—. De todas maneras, no quiero tequila. Ponme una Pepsi...

—Ni hablar —negó Thaïs poniéndome la mano en la boca para hacerme callar.

La aparté de un manotazo y le dije:

—¡Se me va a correr el pintalabios como a Joker!

—¿Ves como no sabes de maquillaje? ¡Es waterproof! —protestó.

—Como sea. No me importa. —Miré al frente otra vez—. Una Pepsi con...

—Una Pepsi con nada. Poned lo que he pedido —les ordenó—. Y tú... Deja de comportarte como una remilgada, Bella Swan. —Me tomó por los hombros—. Estás en Italia durante una semana, en un festival de gente potencialmente desequilibrada y loca como tú. Es la última oportunidad que tienes antes de entrar en la universidad para enclaustrarte y clavar los codos. O te pegas unas buenas fiestas ahora, Lara, o te perderemos para siempre, ¿me has oído? No me hagas perder la paciencia. Abre los ojos, mira a tu alrededor, y... ¡Joder! ¡Móntatelo con alguien!

—¿Qué?

—Tienes dieciocho años, tú ya sabes lo que tienes que hacer.

Yo parpadeé al oír el tono agresivo de Thaïs. Cuando se enfadaba, era un monstruo. El problema era que no sabía lo que tenía que hacer. Aquello era nuevo para mí.

—De acuerdo, Hannibal —cedí finalmente sabiendo que me iba a arrepentir.

Thaïs sonrió como un ángel adorablemente bipolar. Me pareció oír un suspiro de amor de los barmans, a los que no les importó que les metiera prisa para que nos sirvieran. Después los despidió con una mano.

Me hacía gracia el poder hipnótico de mi amiga. Thaïs sería una soberana malvada perfecta, a excepción de que tenía buen corazón, aunque lo cubriera con capas de superficialidad. Pero eso solo lo sabíamos Taka y yo. El resto de sus seguidores no tenían ni idea, y por eso la amaban, porque a las personas les gusta que las traten mal. Una de cal y otra de arena, y eso los tenía enganchados para siempre.

Dios mío. Seis. Tenía seis vasos de tequila en frente. Y se suponía que me tenía que beber tres cuando no toleraba ni el vino. Esa noche iba a acabar realmente mal.

—Además, ¿nunca te han dicho lo aburrido que es ser la única sobria en una fiesta de ebrios? —me repitió Thaïs. Cogió un vaso y me lo dio. Ella se quedó con otro—. Venga, bicho raro. —Alzó la copa y brindó en voz alta—. ¡Por Lucca!

—Skywalker... —susurré yo cerrando los ojos y tapándome la nariz para beber eso de golpe.

En cuanto el líquido cristalino recorrió mi esófago, entendí que no debí haber tragado. Me quemó hasta el punto de sentir dolor y náuseas.

Thaïs dejó el vaso de tequila de golpe en la barra, y no había acabado todavía de llenar de aire sus pulmones cuando ya estaba cogiendo otro vaso y dándomelo para que bebiera sin detenerme.

—E-espera —dije, roja por el sofocón—. Necesito res...

—A callar, Lara. Bebe y hazme compañía para aguantar a Taka borracho. —Se inclinó hacia mí, sin querer dar demasiada importancia a sus palabras, aunque fracasando en el intento—. Porque o me pillo un cebollón o no voy a tolerar sus tonterías —aseguró con una mirada velada y muy verde.

Yo fruncí el ceño y no supe reaccionar cuando, con el vaso en la mano, me obligó a beber de nuevo. Una gota de tequila se me introdujo por la nariz y se me saltaron las lágrimas. Tosí después de beber el segundo vaso, y no noté ni el sabor del tercero.

Thaïs pagó las copas y, cuando acabamos, volvió a tirar de mí y a meterme de lleno en el gentío que bailaba y gritaba sin detenerse.

Me quemaba la garganta y me lloraban los ojos. Estaba asqueroso. Malo a rabiar. No entendía cómo la gente bebía voluntariamente.

Ni tampoco entendí que no nos dirigiéramos hacia donde estaban Taka y Raúl. Thaïs se desvió y nos colocamos sobre el cerco de piedra de la fuente, como si aquello fuera un improvisado pódium.

La música me gustaba en general, sobre todo las canciones melódicas. Pero ese tipo de música que sonaba ahora, y con el que las chicas y los chicos perreaban, no estaba entre mis favoritas. Sin embargo, cuando Thaïs y yo nos subimos en esa improvisada tarima de baile y el tequila se asentó en mi estómago, me empecé a sentir extraña.

Me dejé ir un poco.

Las chicas que aprovecharon la ocasión de ir disfrazadas para vestirse como animes de faldas cortas y escotes insinuantes se volvieron locas con el sonido y la letra que nos envolvían.

Me quedé un poco embelesada contemplando cómo se meneaban, algunas con más ritmo que otras. Después, me fijé en Thaïs, que ya tenía a un club de fans de tíos salidos, vitoreándola y animándola a que moviera las caderas con movimientos pélvicos parecidos a los del coito. Era demasiado sensual. Demasiado explícito. Yo nunca me había ido de fiesta ni había salido de discotecas, pero sí veía las noticias y las películas de baile en las que los jóvenes consideraban que bailar era una antesala del sexo.

Pero a mí no se me daba bien llamar la atención de ese modo. No obstante, solo tuve que copiar los gestos de ella para no desentonar demasiado. Tampoco iba a hacerlo, porque esa gente con poco que le dieras ya estaba contenta. Al final, resultó que las dos bailando animábamos a toda la peña.

No sé cuánto rato estuve ahí arriba, pero cuando empecé a temer por mi seguridad, dado que podía caerme en la fuente, le dije a Thaïs que me bajaba, que estaba mareada y que ya no podía más. Que iba a por agua.

—¡Sé mala! —me gritó aceptando la copa de un nerd.

Y después, entre sorbo y sorbo, añadió que cuando volviera de comprar agua regresara a su lado. Yo asentí, ligeramente tocada y con la boca seca.

Necesitaba salir de allí y coger aire. Aire puro, lejos del mundanal ruido, como el título de la famosa novela de Thomas Hardy, y de la peste a destilería.

Estaba a punto de salir de la marabunta cuando alguien me detuvo cogiéndome de la cintura y pegó todo su cuerpo al mío.

La sensación fue tan extraña que no supe reaccionar. Sonaba la canción «Sexy Dance», de Anand Bhatt.

Sus manos abarcaban mis caderas, ni las subía ni las bajaba, las tenía fijas en su sitio, manteniéndome justo donde él quería, y su espalda dura y caliente se acoplaba a la mía. Se estaba meneando, intentando bailar conmigo.

—¿Adónde vas, cachorrita? —susurró tan cerca de mi oído derecho que rozó mi lóbulo con sus labios.

Miré por encima del hombro, y mi visera azul transparente chocó contra la de su gorra negra.

Me quedé sin aire y sentí que la cabeza se me iba. Era él. Y llevaba mi gorra.

Sus ojos amarillos y brillantes, casi inhumanos, me hicieron perder el norte. Pero recuperé la orientación con rapidez. Al parecer, el alcohol en la sangre me daba la labia que la sobriedad y una inoportuna timidez me quitaban.

—Esa *gora* es mía —protesté dándome media vuelta entre sus brazos.

Era muy alto y ocupaba todo mi espacio visual. Llevaba una camiseta negra de tirantes como la mía, a excepción de que a él le marcaba los músculos y toda esa belleza que su piel protegía. Tenía un pecho ancho y fibrado, y unos hombros que parecía que los habían inflado con aire. Su rostro estaba a apenas dos centímetros del mío. No sabía por qué se había acercado tanto, o puede que fuera yo quien en mi desequilibrio acabara atraída a su cara, pero la cercanía propició que admirase todavía más sus facciones. La mandíbula fuerte y masculina, y un surco perfecto que la dividía; una nariz de proporciones armónicas; la zona del bigote ancha; la boca perfecta, de labios gruesos y dientes blancos y rectos; y esos ojos tan grandes y enigmáticos que me atraían a querer saber el nombre de su propietario. Y, madre mía, qué bien le quedaba mi gorra.

—No lo es.

—¿Eh? ¿El qué?

—Tu gorra. Ahora es mía —contestó negando categóricamente—. Me la encontré.

—¿Además de cleptómano eres mentiroso? Esta tarde, mientras jugabas al Circo del Sol, me la has quitado —espeté, enfadada—. Devuélvemela. —Y levanté la palma de la mano.

Entonces él me la chocó a modo de saludo, y el gesto me dejó descolocada.

—¿Me la vas a dar o no? —insistí apartando la mano.

—Pse... —contestó encogiéndose de hombros—. ¿Qué me vas a dar a cambio, cachorrita?

—Deja de llamarme así —le pedí—. Y yo no te tengo que dar nada. Tú eres el ladrón.

La comisura de sus labios se alzó y dibujó una sonrisa atractiva y letal acompañada de unos divertidos hoyuelos.

—Eres graciosa. ¿Qué hace una niña como tú en una fiesta como esta?

Si alguien volvía a señalar que era una cría por mi aspecto, iban a rodar cabezas.

—¿Niña? Soy mayor de edad, patán.

—¿Patán? —Dejó ir una risotada.

—Te llamas así, ¿no?

—No.

—Pues qué bien. Porque yo tampoco me llamo Cachorrita.

—¿Y cómo te llamas? —quiso saber, realmente interesado en mi nombre. No podía comprender cómo un ejemplar de chico como ese quería hablar conmigo habiendo cientos de chicas a su alrededor bien dispuestas a intercambiar impresiones con él.

—Me llamo Lara. ¿Y tú?

Sus ojos se tiñeron de una extraña dulzura al oír mi nombre, y eso provocó que se me erizara el vello.

—Me llamo Kilian. —Me ofreció la mano con educación.

Kilian. Me gustaba ese nombre. Acepté su mano y comprobé, impresionada, que engullía la mía, mucho más pequeña. Me sentí muy poca cosa a su lado.

—¿Cómo de mayor eres, Lara?

—¿Por qué lo quieres saber?

—Solo por curiosidad.

—Tengo dieciocho. —Alcé la barbilla y me solté de su amarre. Al instante sentí frío en la palma después de perder el contacto—. No soy una cría.

Él dejó caer la cabeza a un lado. La visera negra le cubría los ojos, pero no lo suficiente como para que yo me perdiera en el brillo que destilaban.

—Así que no eres una cría, ¿eh?

Me estaba desafiando y me ponía nerviosa, pero antes muerta que dar un paso atrás ante tanta testosterona.

—Demuéstramelo.

—¿Eh? —dije, perdida.

—Que me demuestres que no eres una cría, cachorrita. Te invito a un tequila. —Y señaló la barra que estaba a un par de metros.

Pfff. Vaya cosa. Había bebido tres tequilas de golpe, y no me iba a impresionar uno más. No sé por qué razón acepté el reto, pero no se me pasó por la cabeza decirle que no. Además, quería mi gorra.

—¿Y me darás la gorra?

—Si me demuestras que no eres una niña, sí —contestó.

—No lo hago para demostrarte nada —quise aclarar. ¿Qué se había creído?—. Lo hago porque me apetece beber —mentí.

—Bien. Entonces, vamos.

—Vale.

Él asintió y no hizo falta que la gente se apartara a su paso: tenía una presencia tan contundente que incluso los mares se hubieran abierto ante él. Lo seguía sin poder apartar los ojos de su persona. Era realmente impresionante.

—¡Eh! —Llamó la atención de uno de los barmans, que no era ninguno de los que antes nos habían servido.

El chico se aproximó y entonces Kilian alzó la mano derecha y pidió:

—Dos chupitos de tequila. Con sal y limón —añadió.

«¿Con sal y limón?», se preguntó mi cabeza embotada. Thaïs y yo no habíamos tomado sal y limón, ¿acaso quería preparar una ensalada? Me abstuve de preguntarle nada y pensé que todo pasaría más rápido en cuanto bebiera el chupito.

Kilian dejó el dinero de los tequilas sobre la barra y se volvió hacia mí.

—Bueno. Señorita Yasoyadulta. —Se encaró a mí y añadió—: ¿Has tomado alguna vez un tequila al estilo Kilian?

—Anda, ¿tienes un estilo? —pregunté fingiendo estar impresionada.

A él le hizo gracia, pero continuó con su juego.

Dio otro paso más hasta que nuestros cuerpos se tocaron. Nunca había estado cara a cara con ningún chico, con nuestros torsos rozándose de ese modo. El contacto provocó que se me erizaran los pezones y fuera consciente de ellos como nunca lo había sido.

Levantó la mano que sostenía el limón y me ordenó:

—Abre la boca.

—No pienso cerrar los ojos —aclaré.

—¿Quién ha dicho que cierres los ojos? —preguntó, contrariado—. Abre la boca, cachorrita. No tengas miedo.

El corazón se me disparó y perdí el control de mi cuerpo ante aquella orden. Era la primera vez que un chico me hablaba de ese modo y me miraba como si quisiera probarme.

Obedecí, impelida por la sugestión de su voz y la intensidad de sus ojos. Parecía que solo fueran míos y me sentí celosa de que alguien más pudiera verlos como yo los veía en ese momento.

No entendía el caos de mis pensamientos ni las sensaciones que me oprimían el pecho. Pero estaba segura de que quería continuar.

Abrí la boca y entonces él me puso el limón entre los dientes, de modo que la pulpa quedara por fuera y yo sujetara la piel.

El tequila de Thaïs había sido aburridísimo comparado con este.

—¿Sabes? —me dijo contemplando cómo quedaba la fruta ácida en mi boca—, tienes una cara preciosa.

Sentí cómo las mejillas me ardían, señal de que la sangre se me había agolpado por completo en ellas. No supe qué contestar. De hecho, él esperaba que no contestara nada, porque continuó con su prueba.

Agarró mi melena con sus manos hasta que la sujetó con una sola y la sostuvo a un lado para dejar parte de mi garganta expuesta.

Inclinó mi cuello a un lado, con lentitud y parsimonia. Sabía perfectamente cómo hacerlo para alargar mi agonía. No tenía ni idea de lo que iba a ocurrir a continuación, cuando sentí su aliento en mi cuello y su lengua lamiéndomelo.

Y esa música... Esa «Sexy Dance»... me estaba llevando a otro lugar.

El tequila anterior me había dejado algo laxa, a medio camino entre el limbo y las sensaciones terrenales. Y aquella era la más terrenal de todas, porque era caliente como el infierno.

Vertió un poco de sal sobre el rastro de su lengua, y después la recogió haciéndome lo mismo. La textura de su lengua, cómo me humedeció, el cosquilleo que recorrió mi cuerpo, todo me activó de un modo tan desconocido que me asustó. Kilian subió el lametón o lo que fuera que hiciera con su boca hasta mi oreja y, allí, apresó mi lóbulo y lo humedeció. Juro que tuve que encoger los dedos de los pies y clavarme las uñas en las palmas de las manos, porque las oleadas de calor me tenían completamente indefensa.

Cuando se apartó bebió el tequila de golpe. Yo tenía los ojos entrecerrados y el limón estaba a punto de caerse de mi boca. No supe descifrar la expresión de su rostro porque después se me echó encima para comerme los labios. Sentí su lengua rozar mi labio inferior, y la parte húmeda del suyo superior deslizarse por debajo de mi nariz. Entonces, sus dientes apresaron el limón y lo mordieron. Y al hacerlo nuestros dientes y nuestros labios se rozaron, en un beso indirecto y muy ácido que me hizo la boca agua.

Exhalé, abandonada por completo en esa sensación, mareada por el roce de su lengua, y fui incapaz de decir nada cuando él por fin se separó de mi boca.

Nuestras miradas se cruzaron unas décimas de segundo que me parecieron eternas.

Hasta que él se llevó los dedos a la boca y recogió la piel del limón. Me la mostró entre sus dientes, dibujando una sonrisa amarilla, y después la escupió al suelo.

—Te toca —me dijo quedándose muy quieto frente a mí. Sin parecer afectado ni una décima parte, de lo que yo estaba.

Yo no sabía qué hacer, ni entendía su reclamo. Si apenas me podía mover, ¿como iba a ser capaz de hacer lo mismo que él me había hecho?

¿Por qué hacía todo eso? Ya me había olvidado de la gorra.

Sin embargo, quedarme atrás supondría demostrarle que era una inexperta cachorrita, aunque fuera la verdad. Pero no quería que él se saliera con la suya y tampoco quería quedar mal.

Por eso me lancé a hacerle lo mismo. Por eso... Y porque quería conocer el sabor de su piel.

Me acerqué a él sin dejar de mirarle. Agarré el botecito de sal en una mano y la rodaja de limón en la otra.

Entonces le dije:

—Abre la boca.

Él me obedeció, sujetándose con una mano en la barra. Qué absurdo, era yo la que iba a perder el equilibrio y no él.

Le puse el limón entre los dientes. A continuación, me acerqué insegura a su cuello y me puse de puntillas para apoyarme en sus hombros y lamerle la garganta como él había hecho.

Saboreé su piel, ligeramente salada, y me prendé del olor. Una colonia refrescante mezclada con el olor del desodorante. Olía muy bien.

Espolvoreé su cuello con sal, y después volví a pasear mi lengua con timidez hasta recogerla.

El sabor salado me noqueó, pero no tanto como el momento en el que, con manos temblorosas, rodeé su nuca y, poniéndome tan de puntillas como pude, le arrebaté el limón prisionero de su boca. Lo hice rápido porque no tenía ni idea de cómo hacerlo, y me daba miedo morderle o que nuestros dientes chocaran y le rompiera una paleta. Me habría muerto de la vergüenza si algo así hubiera sucedido.

Cogí el limón, lo mordí con delicadeza y retiré la piel del interior de mi boca. Me lloraban los ojos por la impresión y por el contraste de sabores, sobre todo el de su boca.

Kilian me miró de un modo muy extraño. Entonces sonrió como si se disculpara por algo y me dijo:

—Lo siento. Has perdido.

—¿Qué? —dije, decepcionada.

—Yo tenía razón —se encogió de hombros y me dio un golpecito en la visera—. Eres una cachorrita. —Se alejó de la barra y me dejó sola, no sin antes añadir—: Vuelve a casa antes de las doce.

Cuando lo vi desaparecer entre la multitud, que seguía a lo suyo, bailando, perreando, bebiendo, excitados y felices porque la noche era justo como ellos esperaban, sentí como si un agujero negro me absorbiera.

En pocas palabras, Kilian me hizo sentir como si no lo hubiera hecho bien, como si fuera una cría sin experiencia y él hubiera querido comprobar lo que ya intuía.

Me alejé de la barra antes de que una horrible sensación que hacía tiempo que no experimentaba se apoderara de mí. El nudo en la garganta me asfixió y, sin poder ponerle remedio, las lágrimas se deslizaron por mis mejillas.

Nunca había hecho nada parecido, ni había dejado que otro chico se acercara tanto a mí. Jamás había coqueteado con nadie.

Y acababa de descubrir que no servía para eso. Aquel era mi primer intento de beso, un beso alcoholizado lleno de acidez y sal para las heridas.

Nada bueno.

Me di la vuelta para buscar a Thaïs y a Taka con la mirada. Thaïs bailaba con Raúl, y Taka no dejaba de mirarlos ni tampoco dejaba de beber.

Al día siguiente tendrían una resaca horrible.

Yo tendría resaca, y una horrible sensación de fracaso.

Con ese pensamiento fui al hotel a recogerme y a darme cabezazos contra la pared por haber permitido que Kilian se riera de mí.

Siete

Miércoles

La ventana semiabierta dejaba entrar la claridad de la luna. Estaba tumbada boca arriba pensando en lo mal que me sentía cuando de repente oí el sonido de unas piedrecitas golpeando contra el cristal.

Mis pies se deslizaron por el parqué con vida propia, como si supieran hacia dónde se dirigían antes de que yo fuera consciente de ello.

Abrí la puerta que daba al balcón de par en par y permití que la brisa nocturna me abrazara meciéndome como si mi cuerpo no pesara nada. Entonces agaché la cabeza hacia abajo y lo vi. Escalando las enredaderas de la fachada del hotel, cual Romeo en busca de su Julieta.

Kilian ascendía por la pared con la habilidad de alguien que se dedicaba al parkour desde hacía tiempo, con los movimientos gráciles de aquel que usa su cuerpo como una herramienta para conseguir sus propósitos.

Llegó al balcón, pasó por encima de la barandilla y se plantó frente a mí.

Levantó las manos y tomó su capucha para retirársela con lentitud, alargando el suspense.

La luz azulada de la luna iluminó su rostro, y yo volví a quedarme sin palabras. Pero reaccioné a tiempo para hacerle un cuestionario básico y muy coherente.

—Kilian...

—¿Sí?

—¿Qué demonios estás haciendo?

—Se me ha olvidado darte algo —contestó. Sus ojos lanzaban destellos magnéticos y llenos de magia.

Yo miré hacia abajo. Podría haberse matado.

—¿Cómo sabías dónde me alojo?

—¿Acaso importa para hacerte esto?

Sus manos apresaron mis mejillas. Me quedé sin respiración el tiempo que tardó en posar sus labios sobre los míos. Noté el sabor a limón en su boca y percibí sus manos febriles sobre mi garganta, acariciándome rítmicamente con los pulgares. ¿Cuántos tequilas se habría bebido?

Me empujó al interior de la habitación y me di cuenta de que era incapaz de detenerle o decirle que no. Sentía mi cuerpo arder, caliente como si tuviera fiebre... Kilian me tumbó en la cama y se tiró encima de mí, apresándome entre su cuerpo y el colchón.

Sin dejar de besarme, se colocó entre mis piernas y entonces sus caderas empezaron a moverse y a frotarse contra mi cuerpo, contra esa parte íntima que nadie excepto yo había tocado.

La sensación era increíble.

Un remolino de placer, como una descarga eléctrica se ubicó detrás de mi ombligo y creció con una intensidad que me dejó abrumada y sin aire. Y entonces... Le sostuve la cara para coger aire y lo miré a los ojos buscando una chispa de lo que había visto la primera vez que di con él.

No quería equivocarme. Solo quería comprobar si él era mi kelpie auténtico, mi caballo de mar, ese al que una se entregaba para siempre. Sabía que no debía pensar en esas cosas porque a la semana siguiente estaría viajando a la universidad, donde me concentraría en acabar cuanto antes la carrera. Y sin embargo, cuando quise mirar a Kilian a los ojos, no vi nada..., solo oscuridad.

Una negrura espesa que me asustó y que era la antesala de una pesadilla que no podía alejar de mí aunque quisiera. Un terror que siempre me asustaba.

Antes de que iniciara los primeros compases, abrí los ojos y desperté empapada en sudor, con una sensación de excitación entre las piernas y aliviada por haber abierto los ojos a tiempo.

Acababa de soñar con Kilian y era la primera vez en mi vida que tenía un sueño tan real y tan sensorial.

Todavía nerviosa, me levanté para ir al baño y refrescarme la cara con agua fría. Me agarré al lavamanos y me obligué a coger aire para serenarme. Miré mis dedos temblorosos y me los cogí, sin perder el compás de mi respiración. No debía perder ante el pánico.

Después me dirigí a la mesita de noche donde había guardado cuidadosamente las pastillas para dormir. Era muy protocolaria, y me gustaba colocar las cosas de modo que no notara demasiado que me había alejado de casa, así las rutinas eran las mismas.

Me llevé una píldora a la boca que ayudé a tragar con la botellita de agua y volví a meterme en la cama.

Aún seguía mareada por el alcohol que había ingerido horas antes. Pero el efecto iba desapareciendo para dejar un leve dolor de cabeza producto de una buena resaca.

No quise pensar en mi encuentro en el mundo astral con Kilian. No tenía ningún sentido.

Cerré los ojos y me limité a relajarme y a dormir lo poco que me quedaba de noche. Me dormí mientras pensaba que, en mi sueño, en la habitación no había escalera que condujera al balcón. Y, aun así, a pesar de ese detalle, había sido incapaz de advertir que estaba soñando.

Amanecí peor de lo que me acosté.

Tenía los ojos hinchados de llorar, un dolor de cabeza descomunal y mi amor propio por los suelos.

¿Por qué me había pegado ese hartón de llorar? ¿Por qué tenía que importarme lo que dijera un tío que no conocía de nada? ¿Por qué Kilian me afectaba de ese modo? ¡Se había colado en mis sueños! Con suerte, no me lo encontraría más por Lucca. No teníamos por qué volvernos a cruzar. El destino no era tan maligno, a no ser que fuera Kilian quien me persiguiera a mí.

Me superaba la sensación de estar pendiente de otra persona, o de querer agradar a otro. Yo no me preocupaba de esas cosas, por eso me ofuscaba más al darme cuenta de que mi obsesión y mi contradicción nacían de la idea de que un chico que conocía de un día creyera que yo no era suficiente. Nunca me había pasado.

Miré el WhatsApp y aparecieron un montón de mensajes de Thaïs y Taka, que no atendí, porque, nada más llegar al hotel, puse el teléfono en silencio y apagué al mundo, que no dejaba de dar vueltas.

¿Y de qué sirvió que me acostara? De nada en absoluto. Era incapaz de dormir, porque tenía en mente la sonrisa burlona y cruel de Kilian al llamarme «cachorrita», y al insinuarme que no sabía jugar como él.

Y era cierto. Él estaba en otra liga distinta a la mía. Una liga en la que se comía a adolescentes como yo para desayunar. Pero saberlo no hacía que me sintiera mejor. ¿Se habría ido con otra chica que le gustara más y le siguiera el juego? ¿Con una más experimentada? Solo pensarlo hacía que me agriara.

Yo venía a Lucca para estar con mis amigos y disfrutar de las cosas que me gustaban; tontear con chicos o conocer a alguien para perrear no estaba entre mis planes. Pero ese chico me acechaba desde que llegué a la ciudad, apareciendo en lugares donde no debería haber estado, cruzándose en mi camino, unas veces para ayudarme, y otras, la mayoría, para provocarme.

Yo no hacía esas cosas. No me comía limones de la boca de otro así porque sí. Si mi padre llegara a enterarse diría que habría cometido uno de los pecados capitales y, sencillamente, me desheredaría.

Miré el reloj. Eran las ocho de la mañana. Señal de lo pronto que me había ido a dormir. Cuando llegué al hotel era la 1.30 de la noche, y los demás alargaron la fiesta hasta las cinco de la mañana, a tenor de los mensajes que recibí. Después me desvelé con mi sueño-pesadilla a las cinco, y me volví a dormir.

Me levanté de la cama sin pensar demasiado en las consecuencias de mis actos de la noche anterior; al menos, no había hecho daño a nadie, solo a mí misma, pero con ese dolor ya tenía suficiente.

Parecía que tuviera una estampida de elefantes en las sienes. Así que abrí mi bolso Slang marrón y saqué mi caja de paracetamoles. Me tomé uno de un gramo acompañado con un poco de agua y, al volver a la cama, me detuve frente al espejo de cuerpo entero de la pared.

Mi melena castaño oscuro estaba algo alborotada, pero nada que indicara que había pasado una noche loca. Porque no la pasé. Solo me emborraché de tequila, pasé un mal trago con un chico y me batí en retirada, con el rabo entre las piernas.

Se me había corrido el rímel de tanto llorar, y me parecía más a un miembro de The Kiss que a la adolescente con la cara lavada con la que solía identificarme.

Ni siquiera me había metido en la cama con la ropa puesta. A pesar de encontrarme mal y de estar mareada, había tenido la fuerza de voluntad para cambiarme y ponerme el pijama de Mafalda, rojo y negro y de manga corta. Porque... ¡qué horror dormir con la ropa de calle!

En ese momento me caía mal a mí misma.

Estaba allí de pie, frente a mi reflejo, y me dio rabia ser tan responsable y tan buena niña como todos decían que era, como mi padre creía firmemente que era, o como el vanidoso y cruel de Kilian asumía que era. Me dio rabia ser la primera en volver a casa, ser la única del grupo que no sabía besar ni beber tequila, la única que no había regresado arrastrándose hasta el hotel, y la única que no se había equivocado de habitación por culpa de la cogorza, como sí les había sucedido a Thaïs y a Taka, según me ponían en los mensajes. Odiaba el hecho de tener miedo a desmelenarme y a perderme, y no quería quedarme atrás.

Eso se tenía que acabar. Debía aprender a disfrutar.

Si no aprovechaba mis días en Lucca, en nada se me echaría la universidad encima y ahí sí que no iba a poder darme un homenaje en ningún aspecto. Quería experimentar por una vez la libertad de hacer lo que me diera la gana sin pensar en daños colaterales o en si aquello era bueno o no para mí.

Me froté los ojos, acerqué el rostro a mi reflejo y me hice una promesa:

—Lara, lo que suceda en Lucca, se queda en Lucca. No mirarás atrás. Este es tu momento, nadie te conoce, y nadie te reconocerá después. Enloquece como una chica de tu edad. Sé por una vez la chica que se supone que debes ser. Solo se tienen dieciocho años una vez.

Por una vez en la vida, me esforzaría en dejar que las riendas las llevaran otros por mí.

Mi caballo interior necesitaba desbocarse.

—¡Madre mía! ¿Lara? —exclamó Thaïs quitándose las gafas de sol para verme mejor.

Habíamos quedado a la una, con margen suficiente para que ellos durmieran un poco más, para ir a ver a George R. R. Martin, uno de nuestros dibujantes de cómic favoritos. Como me había despertado pronto, decidí ir a dar una vuelta por Lucca en bici, por el centro, y comprar algunas cositas, como unas camisetas ajustadas y con escote, un par de minifaldas, un vestido corto, unos shorts como los de Thaïs, unas cuñas, y un pichi tejano extracorto del que me enamoré nada más verlo en el escaparate.

Ellos dos iban vestidos de Watch Dogs, obviamente. Gorra negra, ropa negra. Taka iba igual que el día anterior, y suponía que iría así todos los días porque cuando se metía en el papel lo hacía de verdad.

Thaïs, en cambio, era un perro guardián golfo. Llevaba botas militares abiertas, pero con unos shorts muy cortos, tipo braguita, y una camiseta gris oscuro que tenía un escote que casi le llegaba al ombligo.

En realidad parecía que la había poseído Lara Croft con gorra.

Yo, en cambio, no había hecho un cambio radical, pero al menos había dejado de lado los colores neutros y el negro. Llevaba mis gafas de sol Ray-Ban de pasta roja y cristales oscuros, de las que se doblaban enteras. Una camiseta escotada de tirantes de color blanco y los shorts que me había comprado y que estrenaba.

Tiraba de la bicicleta que iba a mi lado y sonreía de oreja a oreja al ver la perplejidad de Taka y Thaïs. Ahora casi era igual de alta que ellos, por mis sneakers de verano de Just Cavalli de color rojo con cuña.

No estaba muy cómoda con el hecho de enseñar tanta pierna y muslo, pero, con el calor que hacía, agradecía la frescura.

Además, me había recogido el pelo en una trenza que colgaba sobre mi hombro derecho, y mi gorra estaba ligeramente acomodada sobre mi cabeza, lo suficiente para protegerme la cara del sol, puesto que me quemaba con facilidad. Y lo más importante de mi cambio: estaba decidida a disfrutar.

—¿Lara? ¿Qué te has hecho? —preguntó Taka, entretenido con mi trenza.

—Me he roto los pantalones —contesté queriendo tomarles el pelo mientras me acercaba a ellos.

—No. Parece como si te hubieras bañado en el arcoíris. ¿Es que no tienes resaca? —me preguntó Thaïs haciéndome un checking de la ropa—. Me encantan esas Cavalli, por cierto.

—Créeme, la tengo —aseguré—. Y gracias. Fueron regalo de Gema.

—Tiene buen gusto. ¿Me la prestas?

—No, lo siento. Gema es de mi padre.

—Mala suerte. Y bueno... —me pasó el brazo por los hombros y me abrazó con una risita que no me gustó nada—, ¿cómo acabó tu encuentro con ese tío buenorro con el que te fuiste a intercambiar limones? —me dijo mientras me bajaba las gafas por el puente de la nariz y me miraba directamente a los ojos.

Mierda. Mierda. A Thaïs no la engañaba ni queriendo. Vería mis ojos hinchados y empezaría a hacerme preguntas de todo tipo. Sería un bombardeo y yo acabaría sacando la bandera blanca.

—Vale. No muy bien —se autocontestó, preocupada.

—¿Es que me viste? —pregunté con voz histriónica.

—Bueno, supuse que eras tú. No todo el mundo lleva esa gorra.

—¡Pero si ibas borracha!

—Es lo que tiene la práctica. Por cierto, ¿ese tío te comió la boca?

—¿Perdón? —A Taka se le levantaron las orejas como a un perro pastor.

—¡No fue nada!, ¿vale? —me defendí. Toda la inseguridad de la noche anterior regresó a mi espíritu—. Me sentí mal y me fui. No estoy acostumbrada a beber, no como vosotros, que sois esponjas.

—Pobre Lara. —Thaïs me miró condescendiente, aunque en el fondo de sus pupilas adiviné sus ganas de averiguar más sobre mí y Kilian—. Tu vida ha debido de ser muy aburrida.

Entre otras cosas, sí. No había tenido demasiado tiempo para pasarlo bien. Pero tampoco me arrepentía. Había sido sanísima.

—Si aburrida es no quemar neuronas con tequilas y cervezas, la respuesta es un sí rotundo. No entiendo cómo os puede gustar beber.

—Tranquila, bicho raro —añadió Taka tecleando en su móvil a velocidad de vértigo—. Yo te enseñaré. El truco está en que la bebida no te toque el paladar. Así no notarás su sabor.

—Muy adoctrinador, Takataka —murmuré mirándole de reojo.

—Mira, ya está —exclamó alegre—. Raúl me ha pasado el número de la caseta donde va a estar George R. R. Martin.

—Estará reventado de gente —dije—. Seguramente no podremos entrar en la sala.

—¿Cómo que no? —Taka giró su teléfono para que viéramos su pantalla. En ella había un pase de prensa.

—¿Cómo lo has conseguido? —pregunté, emocionada.

—Que me lo preguntes —se llevó la mano al corazón— me ofende.

—Vale. ¿De verdad vamos a poder entrar por la cara?

—Claro que sí. Lo he hackeado de la página web, de su sección de pases de prensa. Os lo voy a pasar por whatsapp. Tenéis uno cada una. Y nos servirá para toda la semana.

Tener como amigo a un hacker tan bestia ayudaba, y mucho, a conseguir el acceso a todas partes.

Por muy difícil que estuviera, Taka lo crackeaba.

El miedo de todos los fans de la serie *Juego de tronos* era que su autor no acabase la saga y que pasara a mejor vida antes de finalizarla. Nos hicimos pasar por revista especializada en series, y le hicimos esa misma pregunta. George, muy amablemente, nos contestó que, si a él no le daba tiempo de acabar la saga, la productora ya tenía a guionistas propios para continuarla. A mí no me gustó demasiado la respuesta. Porque, el que es fan, nota cuándo la esencia y el estilo se pierden.

De todos modos, yo ya dejé de seguir la serie cuando Kahl Drogo murió y me rompió el corazón para siempre.

Después de ver al Tolkien de la actualidad, nos fuimos a comer a una terracita adorable llena de geranios y buganvillas.

Nos sirvieron una ensalada Caprese para cada uno y un risotto con funghi delicioso. Los días en Lucca acompañaban. El sol en todo su esplendor iluminaba cada fuente, cada fachada y ventanal, y daba gusto estar al aire libre. La brisa que venía de la montaña nos refrescaba de vez en cuando.

Taka pidió otro risotto, Thaïs se dejó la mitad de lo que tenía en el plato y yo me lo comí todo.

Después nos tomamos un café en otra de las hermosas plazoletas de ese pueblo de la Toscana.

Echaba de menos los enormes cafés del Starbucks y sabía que Thaïs también los echaba en falta. Pero el café de Lucca no estaba mal.

Durante todo el día, mi mente estuvo dividida entre la necesidad de disfrutar con mis amigos, comprobar un poco estupefacta la relación amor-odio que les unía y que les hacía ser tan competitivos entre ellos, y el miedo que me daba encontrarme con Kilian.

Después del desprecio que me había hecho la noche anterior, me sentía un tanto insegura, por eso había querido reivindicarme cambiando mi estilo y un poco la imagen. Mi nuevo y despechado yo intentaba, con mucho esfuerzo, sobreponerse al temor que suponía darse de frente con el Assassin y soportar otra mirada vacilona sobre mí y mi inexperiencia.

Lo odiaba por eso. No lo conocía en absoluto, pero esa fijación que tenía en molestarme y burlarse de mí no me gustaba ni pizca.

En uno de los expositores de venta al público de manga, me compré la típica cagarruta rosa y sonriente que servía de llavero antiestrés.

Me encantaba y me hacía reír. Era una gran seguidora de Arale y el Dr. Slump. Crecí viendo esos dibujos. Además, también me compré una taza para el café con la misma estampación que decía «Café para un día de mierda», y debajo salía la cagarruta sonriente y saludando.

Tal vez era tonta, pero me hacía reír.

Y entonces, sin ser conscientes de lo rápido que nos pasaba el tiempo juntos, el busca nos sonó a las siete de la tarde.

Me tomó por sorpresa el sonido. Estaba tan relajada y entretenida con Taka, Thaïs, sus disputas y las cosas que comprábamos, que por un momento olvidé el hecho de que nos habíamos apuntado al concurso Alan Turing.

El busca nos citaba en la Piazza Bernardini al cabo de media hora.

—Madre mía... —dije, excitada—. Esto ya ha empezado. ¡Qué nervios!

Thaïs fue la primera en subirse a la bici, poner el móvil en el soporte del manillar y encender el GPS.

—¡Vamos! —exclamó empezando a pedalear.

Taka y yo la seguimos rápidamente.

La cola rubia de Thaïs se meneaba de un lado al otro. Era una kamikaze.

Los nervios de la competición y la emoción no tardaron en poseerme, y en un suspiro iba yo a la cabeza del trío.

Al cabo de diez minutos, siguiendo el indicador de Google

Maps, recorrimos la Via delle Trombe que desembocaba en la Piazza Bernardini. Una vez allí, nos bajamos de nuestras bicis y las dejamos aparcadas al lado de una capilla. No las dejamos allí por casualidad.

En la fachada de la capilla había una palabra escrita recién pintada: «Logĭca». Estaba en latín.

—Es aquí —dijo Taka pasándose la mano por la cresta azul oscuro.

La palabra se derivaba del griego *logos*, que significa «razón» y «estudio». La palabra favorita de Alan Turing era «lógica».

Así que nos plantamos frente a la puerta recia de madera y de color azul oscuro de la capilla y golpeamos con los nudillos.

—Poneos los pañuelos para cubriros el rostro —dijo Taka entre dientes y puntilloso—, ya que no os vais a poder cubrir otras cosas...

Thaïs y yo nos miramos porque sabíamos que ese día no estábamos caracterizadas como realmente tocaba. Pero ahí, en esa misma plaza, había chicas disfrazadas incluso con menos ropa, y era un festival de cómic y videojuegos. ¡¿Quién nos podía culpar?! ¡No desentonábamos tanto! Aun así, le hicimos caso y nos atamos un pañuelo hasta la mitad del rostro.

Nos abrió un señor de pelo blanco espeso y ojos muy negros. Los entrecerró y sus pobladas cejas se fruncieron. Buscaba algo en nuestras muñecas. Nosotros tres levantamos las manos a la vez para enseñarle las pulseras amarillas que nos identificaban como participantes del concurso y que esa misma mañana nos habíamos colocado.

Cuando las vio, se apartó, conforme, para dejarnos entrar.

La puerta se cerró a nuestra espalda con el sonido de las bisagras viejas y faltas de 3-en-Uno.

Apenas se veía nada. Estábamos a oscuras. Thaïs y yo nos agarramos a Taka, caminando lentamente hacia delante. Daba un poco de respeto. Y a pesar de los nervios, me gustaba la sensación de hacer algo clandestino y secreto con mis mejores amigos.

Y, de repente, un foco nos iluminó por completo, cegándonos parcialmente.

—¿Y bien? —Una voz de hombre mayor retumbó en el interior de la capilla. No podía vislumbrar si había o no había altar, o bancos para sentarnos, o si incluso en ese lugar había algún Cristo—. Supongo que sois los Watch Dogs —dijo la voz metalizada con soporífero aburrimiento.

En una sala en penumbra, la voz rebotaba en las paredes y, unida al fuerte foco que nos envolvía, daba la sensación de que era Dios quien hablaba.

—Sí. Somos nosotros —contestó Taka.

—Sois los últimos en llegar.

¿Ya estábamos todos? ¿Éramos los últimos? Miré mi iWatch y comprobé que habíamos tardado solo veinte minutos en llegar a la capilla. ¿Quiénes eran los demás? ¿Los hijos del viento?

—¿Por qué creéis que tenéis posibilidades de ganar el premio? Sois el grupo con menos integrantes —explicó sin ninguna delicadeza—. Y en vuestra mayoría sois chicas, al contrario que el resto de los equipos.

—Con todos mis respetos, señor —intervine, un poco molesta por esa insinuación—, ¿quiere decir algo en concreto?

No soportaba a los misóginos.

—Depende. ¿Qué pasaría si fuera así?

—Que tendría una réplica instantánea —contesté con tono grave—. Joan Clarke también era una mujer, y sin ella Alan Turing, cuyo nombre lleva con orgullo este premio, no habría conseguido decodificar el código Enigma. Era una mujer, sí, pero la mejor criptoanalista de su tiempo, y, gracias a ella, entre otras muchas mujeres, se logró salvar miles de vidas con sus descifrados en la Segunda Guerra Mundial.

—Has hecho los deberes, joven.

—Yo sí. Parece que usted no —repuse ofendida—. No nos infravaloren solo por ser chicas. Estamos en igualdad de condiciones que el resto. Además —bromeé—, Taka vale por tres —guiñé un ojo a mi mejor amigo.

A pesar de que no conocíamos el detalle de que éramos el grupo con menos miembros, tampoco sabíamos si sería importante o no para la consecución de las pruebas. Lo que no afectaría seguro era la naturaleza de nuestro sexo y no íbamos a permitir que nadie nos señalara por ello. Las pruebas serían difíciles para todos, fuéramos chicos o chicas.

Pensé que me haría callar de golpe por mi osadía. Pero, después de un largo silencio, la misteriosa voz añadió:

—Parece que está bien protegido, señor...

—Taka. Me llamo Taka —reiteró el japonés alzando la barbilla orgulloso—. Ya ve. Puede que no sean fuertes físicamente, pero el mordisco de mis perras guardianas es muy venenoso —aseveró.

Yo le susurré entre dientes:

—Eso no ha sonado bien. Lo de perras, me refiero.

Thaïs lo fulminó con los ojos pero tuvo la prudencia de no añadir nada más.

—De acuerdo, pues —prosiguió la voz en off—. En este certamen el cerebro no lo será todo: también entrarán en juego sus habilidades psicomotrices. No serán ni de largo el tipo de pruebas que esperan... Ya sabemos que son inteligentes, por eso están aquí. Pero queremos que nos sorprendan y ver su capacidad de reacción frente a los retos. ¿Creen estar preparados?

En cuanto oí eso, supe que no teníamos posibilidad alguna. Ninguno de los tres éramos deportistas. En realidad, yo no era torpe, pero sí más bien poco ágil. Solo sabía correr como una gallina sin cabeza. En el instituto tenía las mejores notas de atletismo. Pero ya está. Nada más.

—Haremos lo que podamos —añadió Thaïs como si estuviera frente a una cámara que la grabase y luchara por ofrecer su mejor plano—. Todos tendremos que pelear para pasar las pruebas, no se va a regalar nada a nadie. Y, de todos modos, intentaremos suplir nuestras carencias con otras habilidades. —Sonrió con vanidad. Era importante dar una imagen de seguridad en nosotros mismos, o se nos comerían ipso facto.

—De acuerdo —concluyó—. Empecemos las presentaciones: mi nombre es Alastair.

De hecho, no era casualidad que se llamara como el comandante que se contraponía a la figura de Turing. Se daba por supuesto que, en aquel intrigante concurso, habría obstáculos que superar, y sería Alastair quien los colocara en el camino. Era lógico.

—Las reglas del concurso son simples —anunció en su discurso—: cada jornada se esconderán un número de bolas de dragón y los grupos deberán encontrarlas. Se esconderá una bola menos que el número de participantes. Es decir, como sois siete grupos, esconderemos seis. El grupo que ese día no encuentre la bola quedará eliminado. Como ya sabéis, disponéis de buscas. Hemos preferido utilizar un método más rudimentario, en detrimento de los móviles, para salvaguardar nuestro anonimato y también vuestra privacidad.

Cada día recibiréis un mensaje en vuestro busca que os marcará un lugar, un santo y seña y el inicio de la prueba, cuyas instrucciones os las dará un personaje a quien tendréis que ubicar entre la multitud. El grupo que no pueda desentrañar el mensaje o no encuentre al personaje también quedará eliminado. ¿Os ha quedado claro? Repito: sonará el busca, iréis al lugar indicado, buscaréis al personaje y... cuando creáis que lo habéis encontrado, daréis la clave que os facilitaremos para que sea él quien os dé las instrucciones a seguir. Os propondrá un reto, y deberéis conseguirlo. Quien lo logre, recibirá la bola de dragón y continuará un día más en el programa. Hasta que seáis eliminados, o hasta que, quién sabe, os hagáis con el premio el viernes. ¿Queda claro?

—Sí, señor —contestamos todos a la vez.

El coro me impresionó. Allí nos encontrábamos muchos más de los que suponía.

—Entonces —prosiguió—, voy a presentar a todos los grupos, para que os tengáis en cuenta los unos a los otros. Empezando por...

Uno a uno, un foco empotrado a la pared nos fue alumbrando, tomándose los mismos segundos para cada equipo. La sala se quedó en penumbra para que el rayo potente de luz se centrara en un grupo durante unos segundos, uno de los integrantes dijera el nombre y después quedaran a oscuras, para repetir el mismo procedimiento con los demás.

Alastair tenía razón: los grupos estaban formados por cinco o más personas, y hasta ahora solo había visto una mujer, en el grupo de los Watchmen.

Había enfocado a cinco grupos: los Watchmen, los Prince of Persia, los Musculman, los Vengadores, los X-Men, y seis con el nuestro. Todos perfectamente caracterizados. Menos nosotros, ya que yo desentonaba ligeramente con mi nuevo look. Y faltaba un grupo más por presentar.

—El último grupo por conocer —concluyó. Me imaginé un redoble de tambores que se convirtió en explosión cuando la penetrable voz dijo con suspense—: Los Assassins Traceurs.

El foco alumbró a cinco integrantes posicionados frente a nosotros, a unos diez metros de distancia: cuatro chicos y una chica, todos con capucha. Vestían exactamente igual que los que vimos aparecer en la Piazza Napoleone. De hecho, habría estudiado mejor a la fémina, pero una figura magnética ocupaba toda mi atención.

El cabecilla dio un paso adelante, levantó la cabeza y mostró parcialmente el rostro que me tenía los sesos comidos desde que lo vi, el mismo que se metía en mis sueños.

Sus ojos medio animales y medio divinos se centraron en mi persona, me estaban mirando, atravesándome como la punta de una espada certera. Dios, estaba segura de que sus ojos no eran del todo humanos. No podían serlo...

Él no me veía en ese momento, porque la sala estaba a oscuras, pero sí sabía dónde me encontraba y, a pesar de que la luz lo cegaba, cuando sonrió supe que me dedicaba ese gesto ufano, y aquello me sentó realmente mal.

Era como si se volviera a reír de mí.

Cuando llegué a la capilla tenía esperanzas de hacer un papel digno en el concurso. Después, al conocer a nuestros contrincantes, pensé que no teníamos ninguna posibilidad. Éramos un grupo formado por dos chicas y un chico, cuando los demás nos duplicaban en integrantes. Además, esperaba encontrarme a equipos de calculines y desgarbados, no a miembros de equipos de fútbol y baloncesto. Cada grupo estaba formado por cinco o seis personas y nosotros éramos un trío discordante. Thaïs, Taka y yo no íbamos a inspirarles demasiado miedo.

Pero cuando comprobé que Kilian también participaba como yo en el Premio Alan Turing, reconocí que, al margen de la ansiedad y los obstáculos, las dificultades me atraían, y asumí que no me gustaba solo participar, que lo que quería era ganar, y más sabiendo que, si vencíamos, venceríamos también a mi antagonista. El mismo chico que me había hecho sentir ridícula hasta el punto de hacerme llorar la noche anterior.

Kilian me había sonreído creyéndose que se me iba a merendar, otra vez.

Lo que no sabía él era que, a pesar de lo nerviosa que me ponía y de lo extrañamente inerme que me dejaba su presencia, yo también había sonreído con malicia en la oscuridad, con deseos de venganza, y les dije entre dientes a mis amigos:

—Antes os he dicho que venimos a pasárnoslo bien. Pues he cambiado de opinión: vamos a ir a ganar.

—Estáis ante un desafío cuyo desenlace dependerá de vuestras herramientas intelectuales —prosiguió Alastair—: raciocinio, ingenio y chispa. Vuestro talento será la base para el éxito. Cuando hayáis completado los desafíos al final de cada jornada, se os enviará una notificación en el busca con el nombre del grupo eliminado. Y así hasta la final del viernes, donde solo dos grupos de vosotros se enfrentarán cara a cara en la última prueba por el Premio Turing, una subvención millonaria para vuestro proyecto futuro.

—¿Y las reglas, señor?

Conocía esa voz a la perfección: era la de Kilian, interviniendo para realizar una pregunta acertada. Yo y todos también queríamos saber las normas del concurso.

—¿Reglas? —El enigmático e invisible Alastair dejó ir una carcajada alevosa—. La única regla que debéis seguir es que no hay reglas. Todo vale. Es vuestro sueño el que está en juego.

Un murmullo atónito invadió la estancia.

Cada palabra pronunciada por ese personaje me erizaba la piel. Si no había reglas, ¿valía todo?

—Dicho esto —finalizó—, ¡que empiece el espectáculo!

Ocho

Ese fue el pistoletazo de salida, que nos pilló por sorpresa y poco coordinados. A nuestro alrededor se oían «bips» provenientes de los buscas, que recibían sincrónicamente los mensajes de Alastair con las indicaciones de la prueba.

Encendí la linterna del móvil para salir de ahí hasta que divisé la puerta de entrada. No había ni rastro del señor que nos había dado la agria bienvenida, así que corrimos a trompicones y salimos al exterior, donde nos dimos de lleno contra una multitud ingente que, de pie, abarcando toda la plaza, estaba pendiente del tráiler de la nueva temporada de *Penny Dreadfull*, que emitían, en exclusiva, utilizando la blanca fachada de uno de los edificios que enmarcaban la todavía soleada y viva plazuela.

Fue entonces cuando divisé a los Assassins Traceurs haciendo parkour y utilizando cada obstáculo que se encontraban como una elongación de su propio cuerpo. Me fijé en Kilian, que utilizó una señal de tráfico para impulsarse y cogerse de ella como si fuera un mono. Nos habían sacado mucha ventaja de golpe.

Él dirigió su mirada hacia nosotros, y me saludó como si fuera un militar, después se impulsó hacia delante y se elevó casi un metro y medio por encima del suelo, para desaparecer entre la aglomeración caracterizada de héroes, villanos y personajes de todo tipo. Estaba muy en forma, no había ninguna duda.

Thaïs chocó contra mi espalda y se quedó embobada mirando las imágenes del avance de la serie que empezaban a emitir para alegría de todos los seguidores, que gritaban como si vieran a su cantante favorito.

—Oh, Dios... Es Penny. Adoro a Penny.

—¡Céntrate! —le pidió Taka leyendo lo que indicaba el busca. Los tres lo leímos a la vez.

Él dijo: «Solo podemos ver poco del futuro, pero lo suficiente como para saber que hay mucho por hacer». Lugar: Piazza Antelminelli. Santo y seña: «Hay muertos muy vivos».

—Es Alan —dijimos los tres a la vez.

El primer personaje que debíamos encontrar sería el mismísimo Alan Turing, el padre de la informática que ayudó a descifrar Enigma, el código secreto de los nazis, y que con ello evitó que la Segunda Guerra Mundial se alargara. Aquella era una de sus famosas citas.

Estábamos participando en su concurso, una competición de cuya existencia la gente dudaba y que, sin embargo, Thaïs, Taka y yo teníamos el privilegio de estar viviendo en esos momentos. De los tres, yo era la que menos ambiciosa me sentía, puesto que nunca había pensado en participar en algo así, ni tenía en mente ningún proyecto de futuro que supusiera una ingente inversión. Pero Taka y Thaïs sí lo tendrían, sobre todo mi japo, cuya mente hervía siempre de buenas ideas. Así que quería ganar para ayudarlos, pero, en mi fuero interno, una parte muy femenina y muy oculta hasta ahora quería ganar para vencer a Kilian en su preciosa cara.

Debíamos movilizarnos hasta la Piazza Antelminelli, que no sabíamos dónde se encontraba, pero con ayuda del GPS la ubicaríamos inmediatamente.

Nos dirigimos a las bicicletas para ir pedaleando hasta allí cuando, al tomarlas y subirnos en ellas, nos dimos cuenta del primer inconveniente que podría retrasarnos y dejarnos los últimos del concurso: nos acababan de pinchar las ruedas.

Y me imaginé, sin más, que los Assassins Traceurs eran los responsables de que estuviéramos a punto de quedar fuera de competición. Y odié a Kilian con todas mis fuerzas.

—¡Maldita sea! —gritó Taka dando una patada a su rueda delantera sin aire—. ¡Son unos cerdos! ¡Esto es juego sucio!

No sabíamos quién nos había hecho eso, aunque yo estaba convencida de que habían sido los Assassins Traceurs, pero no teníamos tiempo para entretenernos en divagaciones que por ahora no nos llevarían a ninguna parte.

El GPS nos decía que la Piazza Antelminelli estaba a solo cinco minutos andando.

—Vamos corriendo —les dije—. Las calles están abarrotadas y cada plaza es como un carnaval. O nos damos prisa o nos tragarán las hordas de fans.

—Yo no pienso quedar eliminada a las primeras de cambio —juró Thaïs, muy orgullosa—. ¡Ni hablar!

Así que, con su metro setenta y cinco de altura, sus curvas peligrosas y su cola alta a lo amazona, empezó a dar empujones y a hacerse sitio con los codos. Pero fue Taka el que, como un caballero, la apartó y decidió cambiarle el rol. Con lo impresionante que era

Taka, con ese pelo azul, vestido como iba y su mirada rasgada, pudo avanzar entre la masa humana y logró hacer nuestro camino más rápido. Aunque los diez minutos que tardamos en llegar al enclave donde se suponía que aguardaba el personaje de Alan Turing no nos los quitó nadie.

A continuación de la Piazza San Martino y de su catedral, se encontraba la Piazza Antelminelli, cuyo centro, rodeado de columnas de mármol unidas por cadenas alrededor de una fuente circular de agua verde, era apenas visible por la concentración que tenía lugar allí.

Cercaban la plaza las típicas casitas etruscas y toscanas, de paredes de color beige y ventanas y persianas verdes. Algunos lugareños se asomaban a sus pequeños balcones metálicos con curiosidad, para ver lo que sucedía en aquella plaza conquistada por extranjeros.

No sé cuántas personas habría. Puede que unas dos mil, y todas perfectamente caracterizadas por personajes de Warcraft, eso fue lo que me dijo Taka. Yo nunca había jugado a ningún juego de rol, pero él sí. Por eso los reconoció.

La prueba decía que teníamos que divisar entre toda esa jauría a Alan Turing.

¿Y cómo íbamos a ubicarlo? ¿Era un hombre normal que vestía normal? ¿Cómo íbamos a dar con él si yo apenas podía ver por encima de los hombros de los demás?

No había ni rastro de los otros concursantes, o al menos yo no los detectaba. Me ponía nerviosa no poder ayudar de algún modo productivo.

—Lara —me dijo Taka.

—¿Qué?

—Quiero que te subas a ese muro —señaló un muro amarillo y desgastado por el tiempo que protegía a la iglesia de San Giovanni y Santa Reparata.

Yo levanté mi visera porque no la veía bien, y cuando lo hice sonreí incrédula y arrugué la frente.

—Claro, Taka. Y yo quiero volar y no puedo.

—Te ayudamos —insistió—. Te subimos entre Thaïs y yo, y tú echas uno de esos vistazos que sé que sabes echar a las situaciones. De los tres, tú eres la más observadora. Si Alan Turing está aquí, tú lo encontrarás.

En eso tenía razón. Yo tenía el don de analizar mi entorno y de hacer lecturas fotográficas mentalmente. Sé que era un don preciado para los que queríamos cursar carreras como la que yo iba a realizar, y que no todos tenían esa capacidad de observación. Seguramente no resaltaría en nada más, pero en eso sí.

Lo llamaban memoria eidética.

Cuando era pequeña, mi madre y yo jugábamos a recordar cosas a través de las imágenes. Supongo que la práctica me ayudó a desarrollarme en ese campo, hasta el punto de que entonces era capaz de recordarlo casi todo solo con un vistazo.

Pero también, debido a mi don, me costaba dormir por las noches.

—¿Y cómo pensáis subirme ahí? Ese muro está muy alto —quise saber.

Para qué pregunté.

Taka, que era un excelente relaciones públicas, contactó con dos tipos hipermusculados que, según él, iban disfrazados de Archimago Khagdar y de Puño Negro. Me podría haber dicho cualquier otro nombre que también me lo habría creído, porque yo no llegaba al fanatismo por los juegos de rol y demás que sí tenía Taka. A mí me gustaban los cómics y los mangas, su dibujo. Pero desconocía todo lo demás.

Entre los tres me ayudaron a escalar un muro de unos dos metros y medio, cogiéndome a peso, ubicando sus palmas debajo de las plantas de mis pies e impulsándome hacia arriba. Casi salí propulsada y caí al otro lado.

Tras el muro sobresalían las copas de dos árboles lozanos y exuberantes, cuyas hojas intensamente verdes contrastaban con el color pálido de la pared de la cerca.

No sin dificultades logré encaramarme sobre la parte plana del muro. Y ahí me senté para observar.

Los que son como yo pueden recordar cualquier cosa que hayan visto u oído, aunque solo lo hayan vislumbrado una vez.

Mi madre, Eugene, siempre me decía que era la nueva Stephen Wiltshire. Era un hombre que, después de sobrevolar la ciudad de Roma durante cuarenta y cinco minutos, y sin la ayuda de vídeos ni de cámaras fotográficas, consiguió dibujar un lienzo de la metrópolis perfecto, y se tomó cinco días para ello. Pintó todos sus detalles, desde los nimios a los más grandiosos: desde columnas y ventanas hasta el Panteón, el Coliseo y detalles de los alrededores.

Yo no creía que tuviera esa facultad tan desarrollada como él, pero sí intentaba ejercitarla todos los días, mirando imágenes que me estimularan el recuerdo.

Así que centré mi atención en lo que veía en el horizonte y bajo mis pies. La multitud se replegaba en el centro de la plaza, alrededor de la fuente circular que apenas se veía. El atardecer caía sobre la Toscana y las farolas de las calles se encendieron.

La gente cantaba, gritaba, jugaba a ser quien no era en la vida real. Soñaban que tenían facultades sobrenaturales, que hacían magia y que luchaban contra el bien o contra el mal, pero, al menos, tenían un motivo y un bando por el que luchar. Una razón de vivir que se alejaba del día a día rutinario de la realidad. Por eso el mundo friki era tan especial, por eso los que entraban en esos universos ya no querían salir. Porque se sentían como niños, no querían perder el niño interior, y querían creer por encima de todas las cosas en algo más que en su nómina y su hipoteca. Era así de sencillo. No solo había gente de mi edad, también más mayores, con hijos. Porque el mundo de la fantasía no tenía edad.

En el mundo de Warcraft un hombre normal como Alan Turing debería resaltar. Pero tantísima gente reunida dificultaba su localización.

Alan tenía un corte de pelo clásico, y vestía como lo hacían durante la Segunda Guerra Mundial. Pero tenía que buscar los detalles que me indicaran que se trataba de él y no de un hombre corriente.

—¿Ves algo? —preguntó Taka, expectante.

Yo levanté la mano para que se callara y me dejara hacer. Necesitaba hacer un barrido de imagen, mi cerebro tenía que buscar algo que de verdad le llamara la atención.

—¿Te gustan las vistas, chica guapa?

Una voz tras de mí me sorprendió de tal modo que cuando me di la vuelta tuve que mantener el equilibrio para no caerme.

Posados en lo alto de una de las ramas gruesas del árbol más alto, se encontraban dos Assassins Traceurs. Sus capuchas no dejaban que se vieran bien sus rostros, pero yo ya reconocía a uno de ellos con solo verle la boca y la barbilla. Era Kilian. Y, sin embargo, no había sido él quien me había hablado, sino su compañero.

Los dos me estudiaban fijamente, con una agudeza que me incomodó.

—Me gusta tu gorra —comentó su compañero—. Si todas las Watch Dogs fueran como tú, nunca podrían pasar desapercibidas.

Yo intenté ignorarle y fijé la vista al frente. Pero la atención que despertaba en los dos chicos me inquietaba. Tenía la sensación de que Kilian me perseguía. O tal vez fuera yo la que lo hacía inconscientemente.

—Me llamo Thomas.

El tono que utilizó para presentarse no me pareció ni la mitad de soberbio ni altivo de lo que me había parecido el de Kilian cuando me hablaba. Así que giré la cabeza ligeramente y lo saludé por encima del hombro.

—Soy Lara —contesté.

—¿Quién crees que encontrará a Alan antes, Lara? —continuó el compañero de Kilian.

—Espero que seamos nosotros —contesté.

Thomas se retiró la ancha capucha de la cabeza y sonrió.

—¿Es un desafío?

Cuando lo miré, comprobé que Thomas era un chico muy guapo, seguramente de la misma edad que Kilian. Veintiuno o veintidós años. No era muy moreno de piel, sino más bien pálido. El pelo espeso e igualmente oscuro se le rizaba por encima de las orejas y en la nuca, dibujando graciosas formas que lo aniñaban. Tenía los ojos negros, los labios gruesos y cuando sonreía se le marcaban dos hoyuelos en las mejillas.

Sí. Era un chico muy atractivo, y mucho más simpático que Kilian. Me caía mejor.

—No es un desafío —contesté más amable—. Nosotros intentaremos llegar los primeros. Como vosotros. ¿O es que acaso estáis aquí porque echáis de menos la selva?

Thomas abrió los ojos sorprendido, miró a Kilian y se echó a reír.

—Menuda lengua tiene.

—¿Con quién hablas, Lara? —quiso saber Thaïs desde abajo—. ¿Con David el Gnomo?

—Con nadie.

Kilian no me había dirigido la palabra todavía. Se limitaba a mirarme con el gesto muy serio, como si estuviera estudiando cada una de mis debilidades para explotarlas o para hacerme sentir aún más pequeña de lo que me sentía en su presencia.

Yo tragué saliva al observar su boca y recordé a la perfección el tacto de su lengua y el contraste de sus dientes con el frío del hielo, el ardor del tequila y la acidez del limón.

Retiré la mirada de su rostro y volví a centrarme en mi prioridad. Tenía que prestar atención al lienzo que tenía delante y no a la desagradable sensación que me recorría cada vez que Kilian me hablaba.

—¿Has venido a por más, cachorrita?

Pero no pude hacerlo, porque esta vez sí fue Kilian el que abrió la boca. Lo hizo con un tono burlón. Odiaba cómo sonaba esa palabra en sus labios.

—¿Cómo dices, Caperucita? —Sentía las ganas irrefrenables de lanzarle una piedra a la cabeza, pero no tenía ninguna a mano. Y aun así, habría lamentado profundamente hacerlo porque recordaba muy bien lo hermoso y divino que era.

—¿Te ha llamado Caperucita? —Thomas se cubrió la boca, incrédulo y muerto de la risa.

A Kilian no le importó.

—Que si has venido a por más limones, cachorrita —repitió.

Le dirigí una mirada velada llena de odio y reproches, y sentí cómo mis mejillas ardían de nuevo. No. No me caía bien porque todo lo que tenía de hermoso lo tenía de insoportable.

—No, gracias. Ya tuve suficiente ayer noche. Fue muy indigesto —le aclaré.

—Cualquiera lo diría —murmuró volviendo la vista al frente sin darme la más mínima importancia—. Estos árboles son limoneros, ¿sabes?

Parpadeé porque era un movimiento reflejo para que mi cerebro asimilara la información recibida.

¿Cómo que eran limoneros?

Entonces, un limón lanzado por Kilian me dio en la mano que tenía apoyada en la piedra del muro. No me lastimó, excepto en el orgullo. Lo miré perpleja y la boca se me hizo agua sin poder evitarlo.

—Limones —añadió Kilian, encogiéndose de hombros y sonriendo.

No me lo podía creer. Lucca era grande, no como una habitación, ¿por qué demonios había tenido la mala suerte de encontrarme con él en todas partes? Para colmo, él también estaba en el concurso Alan Turing. El universo se había puesto en mi contra claramente.

Sería el karma o algo que tenía que pagar.

Ignoré el limón. Los ignoré a ellos. Ignoré la vergüenza que volvía a sentir y lo mal que llevaba experimentar esas emociones que no había sentido antes en toda mi vida. ¿Por qué algo que me trastocó interiormente fue tan insignificante para Kilian?

Tenía un montón de insultos programados en la punta de la lengua, pero no podía dejarme llevar de ese modo, y mucho menos podía distraerme de la prueba. Ellos buscaban lo mismo que yo, y yo partía con ventaja, o eso esperaba. Porque aunque tuvieran una vista de lince, yo era mejor analizando situaciones y detectando anomalías.

Me relamí los labios resecos y paladeé la amargura de que un tío así me debilitara de ese modo, y me esforcé en encontrar a Alan más rápido que ellos.

Entre orcos, hombres lobo, magos, hechiceras, enanos y todos los personajes posibles e imaginables dentro de una realidad paralela como aquella, debía ubicar a un humano. Teniendo en cuenta que muchos de ellos no iban disfrazados y que ese detalle me distraería.

Intenté encontrar el fallo en el sistema de esa imagen que me ofrecía una plaza atestada de guerreros sobrenaturales. Me quedé al margen del ruido, la música y los gritos, y me introduje en mi pequeña burbuja atemporal dentro de mi mente. Ahí podía analizarlo todo con calma.

Y fue entonces cuando, tras una especie de cerdo gigante con hombreras y un mazo en la mano, algo llamó mi atención. Algo que no cuadraba allí.

Me incorporé en el muro y me puse de pie para verlo mejor.

Sí. ¡Eso era!

Me limpié en los muslos las manos manchadas de la arenilla de la piedra del muro y disimulé lo que pude para que ni Kilian ni Thomas, mis rivales, pudieran adivinar que había descubierto algo.

—¿Estás, Lara? —me gritó Thaïs desde abajo—. ¿Ves algo?

Yo negué con la cabeza. Mentí para que los otros dos no me descubrieran.

—No —expliqué—. Es mejor verlo desde abajo y mezclarnos con la gente. Ayudadme a bajar.

Tras de mí, sentí como Kilian se tensaba y se removía como si quisiera dar un paso al frente. Pero fue una falsa alarma. Ni siquiera se movió.

—¡Salta! —me animó Taka.

—¿Quieres que me abra la cabeza? —le increpé.

Mi japonés sonrió y negó eufórico. Él me conocía y sabía que yo ya tenía algo. No necesitábamos hablar entre nosotros para comunicarnos.

—Salta. Ellos dos te cogerán —señaló con el pulgar a los mismos que me habían ayudado a subir.

Cogí aire y me armé de valor. El Archimago y el Puño alargaban los brazos hacia mí como dos bebés gigantes con las bocas llenas de dientes. Si me lanzaba al vacío, se suponía que ellos me agarrarían.

Decidida a saltar, miré por última vez a Kilian, para despedirme, y sentí como su mirada tensa me abofeteaba, como si me dijera: «Ni se te ocurra hacerlo, loca».

Arqueé ambas cejas y espeté:

—Nos habéis pinchado las ruedas. Eso ha sido muy rastrero, incluso para ti —le incriminé directamente.

—No sé de lo que hablas —contestó Kilian fingiendo perfectamente—. Creo que el tequila te afectó esa cabecita que tienes.

Cuando era pequeña, era una niña muy callada y observadora. Algunos de mis profesores llegaron a creer que tenía un poco de autismo y propusieron a mis padres que asistiera a clases especiales. Obviamente, mi madre decía que yo no tenía la culpa de que los profesores fueran mediocres y no supieran reconocer lo brillante que era.

Mi madre me enseñó a superar la crueldad de los niños de mi edad y la ignorancia de los adultos. Y fue mi pilar para sobreponerme a todo ello, contestando inteligentemente para dejar salir parte de mi ira. Ella decía que quedarme las cosas no ayudaba a llevarlas mejor, que no podía poner la otra mejilla, que eso se lo dejara a los santos; yo tenía que replicar, sino todas esas contestaciones se agriarían en mi interior.

Me coloqué la trenza sobre el hombro y me hice fuerte. Era tímida y me costaba arrancar, pero, a pesar de ello, cuando me pinchaban también sabía saltar. No era una pava que no supiera dar la réplica, o, al menos, esperaba no dar esa impresión.

Y si la daba, pues mejor, así luego se llevaban la sorpresa, como la que se llevó Kilian ante mi respuesta.

Me volví por completo hacia él y le dije:

—Deja de darte tanta importancia, Caperucita. No fue para tanto —aunque sí lo había sido; tenía que aprender a erigir muros a mi alrededor para que no me hirieran.

Entonces lo saludé como un militar, tal y como él me hizo a mí poco antes, y me dejé caer hacia atrás con los brazos abiertos. Solté un grito de impresión y me quedé sin aire por la sensación de vacío que experimenté en mi estómago.

Los cuatro brazos me sujetaron sin problemas y me dejaron en el suelo.

—Menudo salto —exclamó Thaïs mirando hacia arriba—. ¡¿Con quién diantres hablabas?!

Agradecí a los dos chicos que me ayudaran a bajar y me despedí de ellos aún sorprendida por lo que acababa de hacer. Entonces, en la seguridad de la tierra firme, contesté a Thaïs.

—Con un par de monos disfrazados de Assassins —me recoloqué la gorra y tiré de mis amigos para que me siguieran—. Tenemos que despistarlos. Porque estarán vigilando hacia dónde nos dirigimos —aclaré.

—Has visto algo, ¿verdad? —quiso saber Taka.

Yo les respondí a ambos con una sonrisa certera y afirmativa.

—Vamos a por la primera bola de dragón.

Dimos una vuelta en dirección contraria para camuflarnos con todos los allí presentes. Si Kilian y Thomas nos vigilaban, debíamos hacerles creer que íbamos hacia otro lugar.

Así que después de dos vueltas en falso yo me quité la gorra que llamaba tanto la atención para no ser fácilmente detectable.

Nos dirigimos hacia un lugar de la fuente, en la parte más alejada.

Sobre un pilón de mármol había visto a un hombre sentado de espaldas con una manzana mordida en la mano. Manzana mordida que después el gran Steve Jobs adoptó como logo de su firma Apple, un guiño en honor a Alan Turing.

Cuando lo vi, sentado con los ojos cerrados, supe que ese y no otro era nuestro personaje. Decían que Alan murió al morder una manzana envenenada con cianuro. Y en el busca, el santo y seña era: «Hay muertos muy vivos».

Blanco y en botella.

Nos acercamos a él y les dije a mis amigos:

—Ahí. Ahí tenemos a Alan.

Taka y Thaïs me abrazaron con fuerza entre risas, orgullosos de mí y felicitándome por mi acierto.

No era cualquier Alan. Estaba perfectamente caracterizado, con masilla especial en la cara que le corregía los rasgos, un peinado perfecto y ropa antigua. Tenía las espesas cejas muy unidas a los ojos, y una mirada de picarón medio loco que me parecía divertida.

Lo miré y dije:

—Hay muertos muy vivos.

—Y vivos muy muertos —contestó Alan alzando la mirada almendrada hacia mí.

Dios, parecía la mismísima reencarnación del padre de la informática. Nos quedamos los tres sin palabras, hasta que este sonrió levemente y dijo:

—Parece que hayáis visto a un fantasma.

—Bueno, es que lo eres —contestó Taka, emocionado—. Es un honor conocerte.

—El honor es mío —respondió asintiendo—. Steve y yo hemos pasado a mejor vida, así que necesitamos nuevos genios. ¿Seréis vosotros?

—Eso esperamos —contestó Taka, esperanzado.

—Supongo que tengo algo que daros. —Abrió la bandolera de piel envejecida que colgaba de su hombro y sacó sin más una bola de dragón. Y parecía auténtica. De oro brillante, pesada y con una estrella roja en el centro—. Aquí tenéis la primera.

Taka la cogió con manos temblorosas y una admiración plena hacia el objeto.

—Felicidades: seguís en el concurso —confirmó Alan.

—Muchas gracias —contestamos los tres a la vez.

—Ahora debéis iros antes de que los demás os vean. Esta noche estáis invitados al pase especial que hará DC Comics de la película

Vengadores: La era de Ultrón. Tendrá lugar en el baluarte de la Porta San Pietro, al aire libre. Después habrá una pequeña fiesta para que os distraigáis y disfrutéis de vuestro primer éxito. El pase es a las diez y media.

Miré mi reloj. Eran las ocho y media casi. Teníamos apenas dos horas para arreglarnos e ir a ver la película, que me moría de ganas de ver porque me encantaba Thor. Bueno, me encantaba Chris Hemsworth. Y también idolatraba a la Viuda Negra. Vamos, que no me la quería perder.

Alan se despidió de nosotros y se hizo el dormido de nuevo, señal que tomamos como una invitación para irnos de allí con nuestra primera bola a buen recaudo.

Levanté la mirada al cielo y después miré de reojo al limonero en el que Kilian y Thomas estaban agazapados como lechuzas observadoras. Me los imaginaba buscándome como aves rapaces. O puede que les diera igual y a mí me gustara demasiado imaginar.

De todas formas, nosotros habíamos cumplido con nuestro objetivo. No sabía si quería que ellos lo lograsen o no, porque no me gustaban sus artimañas y sus increpaciones. No obstante, ya no era asunto nuestro.

Nos alejamos de la plaza saliendo por otra callejuela y decidimos ir a buscar nuestras bicis, cuyas ruedas estaban reventadas. Iríamos caminando hasta nuestro hotel, sin el reloj en contra y con la primera jornada del concurso superada.

Desaparecimos de nuevo por la Via delle Trombe, conversando animadamente sobre la prueba y lo fácil que había sido.

Desconfiábamos de que todas las pruebas fueran así, pero celebrábamos que la primera tuviera ese nivel.

Al llegar al hotel, alegres por pasar a la siguiente etapa, dejamos las tres bicis pinchadas en recepción y les explicamos lo que nos había pasado: que tres vándalos nos habían reventado las ruedas solo por puro placer.

La mujer de recepción puso cara de comerse un chile, pero al final pidió que se las llevaran para que al día siguiente por la mañana estuvieran reparadas.

Taka se fue a su habitación a ducharse, y Thaïs me siguió hasta la mía. Me extrañó que quisiera entrar en mi habitación, pero, cuando cerró la puerta y se apoyó en ella encerrándome entre las cuatro paredes sin darme una salida, supe que quería sacarme información. Fuera cual fuese.

—Cuéntame qué pasó ayer con ese chico.

Yo resoplé. No me apetecía nada hablar de ello, pero Thaïs era como una agente de la CIA cuando se lo proponía.

—No hay nada que contar —contesté.

—Sí lo hay. Yo no soy tonta, Pequeña Hobbit.

—No me llames así, perra.

—Y sé muy bien cuándo hay tensión sexual. Porque de eso, querida —se llevó una mano al pecho y movió las pestañas—, sé mucho. Así que desembucha.

Nueve

—Thaïs, nos tenemos que duchar —le recordé apremiándola para que me dejara en paz—. No nos va a dar tiempo de estar allí a las diez y media. Y quiero ver la película de Los Vengadores, no me apetece llegar tarde.

—Sí, lo que tú digas —dijo sin moverse ni un ápice—. Deja de ser tan hermética conmigo. Yo te lo cuento todo. Te he contado cada uno de los líos que he tenido. Y creo que no te iría mal algún consejillo sobre ligar con chicos. —Sonrió y se cruzó de brazos—. Sigues siendo virgen, ¿verdad?

No era algo que pregonara a los cuatro vientos, pero, al parecer, todo el mundo lo daba por hecho.

—¿Y qué si lo soy? —repliqué mirándola, esperando a que se fuera para empezar a desnudarme.

—Lo eres —asumió fingiendo sorpresa y estupefacción—. Tienes esa barrera inocente.

—¿Qué? ¿Hablas del...?

—¿Del himen? No —se rió—. Me refiero a ese halo virginal que no tienen las golfas como yo.

—¿Y por qué me miras así si ya lo das por seguro?

—Perdóname —se disculpó—. Creo que eres la única virgen que conozco. Bueno, tú y Maggie.

—¿Maggie es tu vecina del apartamento de al lado?

—Sí.

—Por Dios, Thaïs. —Abrí el cajón y cogí ropa interior—. Tiene cinco años.

—Lo sé. Tú eres una especie de Maggie con tetas.

—No sé si quiero seguir hablando de esto contigo. No tienes ningún tacto.

—No te hagas la estrecha conmigo, anda —protestó como una niña pequeña—. Soy una tumba.

—Es que... —dije finalmente, perdiendo la paciencia— no todas somos tan promiscuas ni estamos deseando levantarnos las faldas como tú —argumenté, enfadada. Me dio igual si me miraba o no, así que empecé a quitarme los shorts y el calzado. Siempre fui muy vergonzosa con mi propio cuerpo. En el instituto me costaba mostrarme ante las demás y era de las primeras en ducharse rapidísimo. En casa, en cambio, Gema se encargó de romper esa barrera entre nosotras de un plumazo. Un día, cuando tenía doce años, entró mientras me enjabonaba. Me dijo algo parecido a: «Uy, te he visto las tetitas», y desde entonces tomó por costumbre entrar en el baño siempre que le diera la gana. Al final, me acostumbré a que se hiciera la pedicura mientras yo me duchaba, y las dos lo tomamos como si fuera una rutina—. No te vas a ir, ¿verdad? —le volví a preguntar—. Porque me voy a desnudar —la avisé, con los pulgares entre las tiras de las braguitas.

—Pues hazlo, monada —dijo con voz de guarrona—. No tienes nada que yo no tenga. Además, alguien tiene que ver ese cuerpo. —Se echó a reír de su propio chiste. Cuando vio que me incomodaba, decidió cambiar su actitud y se acercó a mí—. A ver, Lara. —Me agarró de las muñecas y tiró de mí hasta que ambas nos quedamos sentadas en el colchón—. No es nada de lo que tengas que avergonzarte. Yo tengo veinte años. Soy mayor que tú. Tengo más experiencia.

—Dos años, vaya cosa.

—Créeme que se nota y mucho —aseveró—. Tienes dieciocho años. ¿Cuándo quieres que sea tu primera vez? —Me retiró el flequillo de los ojos. Y ese gesto maternal me hizo chirriar los dientes. Se quedó pensativa—. Yo perdí mi virginidad a los quince, así que no me tengas demasiado en cuenta...

—¿Cuándo? —pregunté, estupefacta—. Estas cosas no se eligen, Thaïs. Supongo que suceden y ya está, ¿no? No me voy a meter presión.

—No fue mi caso. Yo decidí con quién, cómo, cuándo y dónde.

—Eso es porque tú hipnotizas a los tíos. Comen de tu mano.

—Puede ser... ¿Acaso nunca te has enamorado de nadie? —Sus ojos verdes esperaban una respuesta afirmativa, aunque todo lo que sabía sobre mí le dijera lo contrario.

¿Qué era el amor? No lo sabía. Pero me lo imaginaba como una especie de vendaval que pondría mi vida patas arriba. Como les sucedió a mis padres.

—¿Tú te has enamorado alguna vez? —repliqué yo.

—¡Muchas! —exclamó como si fuera obvio.

Yo era de las que pensaba que el amor auténtico, el amor verdadero, no se repetía más que una vez en la vida. Si Thaïs era capaz de afirmarme que se había enamorado muchas veces, entonces significaba que, en realidad, ninguna de esas veces había sido de verdad. «Hay personas que se enamoran de la sensación de estar enamoradas, pero eso no significa que conozcan el amor real», en ese momento recordé las palabras de mi madre y las sentí certeras. Había personas que necesitaban sentir que amaban a alguien, incluso a veces se forzaban a hacerlo, sin discernir si eran verdaderos sentimientos o solo atracción o necesidad afectiva.

Yo quería el amor de mis padres, y sabía lo difícil que iba a ser encontrar algo así. No me conformaría con menos.

—Pues me alegra que hayas sido tan afortunada de enamorarte tantas veces —le dije dándole una palmada en el muslo—. Seguro que incluso me has quitado las mías. Eres una agonías. —Me levanté para dirigirme a la ducha para quitarme las braguitas.

—Vale, lo que tú digas, doña Madura —musitó apoyando un codo en su muslo y la barbilla sobre sus dedos. Me miró de arriba abajo—. Cuéntame qué pasó ayer con ese chico y por qué te has pasado la noche llorando.

Me detuve en seco antes de entrar en el baño. Luego me giré en redondo sin parpadear y tuve que tragarme las ganas de soltarle que era una metomentodo. Pero era una metomentodo lista que me hacía reír y se preocupaba por mí, por eso no podía enfadarme con ella.

—Ese chico es el Assassin, ¿verdad? —insistió—. El que ha hecho que te erices como una gata cuando el foco de Alastair ha alumbrado a su grupo.

—¿Cómo sabes tú eso? —Increíble. No se perdía ni un miserable detalle.

—Te lo he dicho. Porque soy mayor que tú —contestó como si yo fuera tonta—. Y porque soy periodista. Futura licenciada. Y —añadió como detalle muy importante— porque las facciones de ese tío son un escándalo —asumió con un suspiro—. Inolvidables. —Son-

rió al comprobar que yo no sabía qué decir—. Está bue-ní-si-mo
—dijo poniendo énfasis en cada sílaba—. ¿Me vas a decir que no
piensas lo mismo?

—Todo lo que tiene de guapo —dije con la boca pequeña— lo
tiene de vanidoso.

—Ya... Venga, cuenta. —Me animó con la mano, como si fuera el último empujón que necesitaba para desahogarme.

Y lo curioso fue que, como por arte de magia, me encontré
sentándome a su lado y contándole lo que había pasado con Kilian
el día anterior y también el pequeño roce que tuvimos cuando él
estaba en el árbol limonero.

No le contaría a Thaïs el sueño que había tenido en el que salía
él, porque era demasiado íntimo. Y porque era la primera vez que
soñaba con un chico de esa manera, uno real y no un actor de película, y yo aún no estaba muy segura de lo que significaba. Pero sí
podía contarle todo lo demás.

Y así nos sentamos la una frente a la otra a contarnos confidencias. Cuando acabé, Thaïs parecía feliz y divertida y supe que me
iba a tomar el pelo.

—¿En serio te llama «cachorrita»? —fue lo primero que me
dijo.

—Sí.

—Joder —murmuró—. ¿Y eso no te pone?

—¿El qué? ¿Qué se meta conmigo?

—No. El que te llame así... Me lo imagino como un perro
enorme cuidando de su manada —suspiró soñadora—. Tiene los
ojos color oro, ¿verdad?

—Pues sí que te has fijado... —dije un poco contrariada.

Ella sonrió maliciosamente.

—Te gusta.

—No, Thaïs. No me gusta. Es un borde presuntuoso que me ha hecho sentir mal y ridícula.

—Vaya si te gusta.

—Le odio. Se rió de mí. Me pone nerviosa y me siento incómoda y mal a su lado.

—Define «mal».

—Pues mal.

—¿Mal como «Estoy más salida que la nariz de Pinocho» o mal como «Qué calor tengo. Te lamería de arriba abajo como a una bola de helado»?

Aquella era la primera conversación seria entre chicas que tenía en mi vida. Y no sabía ni qué contestar. Ni siquiera estaba segura de que fuera seria.

—¿De verdad les dices eso a los chicos? —pregunté, atónita.

Thaïs dejó caer la cabeza hacia atrás y soltó una carcajada que me contagió al instante.

—Una señorita nunca diría eso —me contesta—. Pero, a veces, las chicas tenemos que dejar de ser señoritas con los hombres que nos gustan. Ellos llevan la iniciativa siempre; sin embargo, eso no significa que no les encante ver que les sigues el ritmo. Les pone que les dejes sin palabras y les hagas reír.

—Entonces, estoy perdida —asumí, sintiendo que el mundo se me caía encima. Ya lo sabía. Yo no estaba hecha para coquetear, pero una siempre tenía esperanzas...

—¿Por qué dices eso?

—Porque no sé ser así. Creo que si tengo que gustarle a alguien le gustaré de todas las maneras.

—¡Mec! ¡Error! —me interrumpió alzando el índice—. A veces, tienes que ayudar un poco para que se fijen en ti. Mira, hoy te has arreglado más, te has puesto color y has decidido ser un poco coqueta. Eso es bueno para atraer a los machos.

—Hablas como si estuviéramos en la selva.

—Sin duda —acató—. La vida es la mayor selva de todas. Pero eso ya lo verás con el tiempo... —Se levantó de la cama y fue directa al baño a abrir mi neceser—. En fin. Ya lo tengo claro por fin. —Se colocó con los brazos en jarras y me miró a través del espejo.

—¿El qué tienes claro?

—Mi trabajo contigo, Pequeña Saltamontes, es ayudarte a salir del capullo para que te conviertas en mariposa. Por fin me han iluminado.

—No digas chorradas —murmuré un poco huraña.

—No las digo. —Todavía con los brazos en jarras movió la barbilla en dirección a la ducha y dijo—: Métete ahí dentro, y cuando salgas trazaremos una estrategia para devolverle el golpe a Kilian. Y te enseñaré lo que es el *countouring*.

—¿El qué? —pregunté quitándome las braguitas y metiéndome en la ducha.

Thaïs miró al techo y se mordió el labio inferior sin ninguna paciencia.

—Señor, no hagas que pierda los nervios —oí que susurraba.

El espejo de cuerpo entero mostraba otra Lara.

Era yo, pero un yo diferente. Un yo con el pelo recogido a medias por un lado, con unas trenzas muy pegadas al cráneo que habían hecho que se me saltaran las lágrimas. El *countouring* resaltaba mis facciones y, con los ojos ahumados como los llevaba, el color de mi mirada era aún más helado. El maquillaje, o la base que me había puesto, suavizaba mi tez y eliminaba imperfecciones. Me había pintado los labios con un color natural melocotón, y el resultado de todo, aunque pareciera mentira, era que mi maquillaje no se veía, a excepción de la sombra oscura que matizaba mis párpados.

Me puse la camiseta verde de tirantes un poco escotada, los shorts tejanos y rotos, y los zuecos Tommy azul oscuro que había comprado ese mismo día por la mañana. Quería llevarme las zapatillas Victoria blancas y planas, por si acaso no aguantaba los zapatos. Pero Thaïs me lo había prohibido con vehemencia.

Me pasé las manos por la cintura y las caderas, asombrada por mi propio dibujo.

—¿Qué? —dijo Thaïs ya preparada, con un vestido negro muy corto y liviano, de tirantes. Tenía las uñas de los pies pintadas y llevaba puestos unos zuecos de verano que la hacían más alta de lo que parecía. Estaba guapísima, como siempre—. ¿A que no sabías que tenías curvas?

—Claro que sí —dije—. Pero nunca las había enseñado —refuté.

—Mal, Lara. Mal. Si no enseñas parte de tus armas, ¿cómo van a rendirse ante ti? ¿Te has puesto tu perfume?

—Claro —contesté sin dejar de mirarme. Era algo que nunca olvidaba, aunque fuera vestida con un saco.

—Recuerda: muñecas, escote, detrás de las orejas y parte baja del vientre.

—Madre de Dios, mis piernas parecen larguísimas —susurré sin prestar atención a su último comentario—. Si me caigo desde esta altura seguro que me abro la cabeza.

—Bueno, intentaremos que no tropieces —dijo Thaïs dando una palmada—. ¿Estás lista?

—Sí —contesté asintiendo. Cogí el pequeño bolso de Pepe Jeans de piel negra, que nunca había utilizado y que no sé por qué había puesto en la maleta, y me lo colgué al hombro—. Por favor, no dejes que beba esta noche —le rogué.

—No te preocupes. Vamos, Cenicienta. —Abrió la puerta de la habitación, salió y esperó a que yo saliera para cerrar la puerta a nuestras espaldas—. Que hoy nadie te va a intimidar para que vuelvas a las doce.

Baluarte de la Porta San Pietro

Una de las cosas que más me llamaba la atención de Lucca era que las murallas que la escondían no se utilizaron con fines bélicos ni como protección. Los cuatro kilómetros y medio que encerraban el casco medieval se habían construido con el objetivo de mantener intacta la villa, para que ni el tiempo la erosionara, como si sus habitantes hubieran querido firmar un pacto con el diablo para permanecer siempre hermosos y jóvenes, en una burbuja temporal.

Me sentía identificada con ellos. Llevaba muchísimo tiempo protegiéndome de los demás, celosa de mi intimidad; había erigido un muro a mi alrededor en el que solo habían podido entrar a medias Thaïs y Taka, pues ellos no sabían toda la verdad sobre mi vida. Aun así, eran mis mejores amigos y de eso estaba segurísima.

Puede que Thaïs tuviera razón: tal vez había llegado el momento de destaparme; eso sí, a mi ritmo. Porque esa misma protección que me había autoimpuesto no me dejaba ver en su esplendor lo que había al otro lado.

Y esas eran cosas que me perdía. Esa mañana me había prometido dar un primer paso para disfrutar como nunca de mi estancia en Lucca, y vivir como la chica que se suponía que debía ser.

E iba a intentarlo con todas mis fuerzas.

Antes de que llegáramos en bici al baluarte de la Porta San Pietro, recibimos un mensaje en el busca. Los tres nos detuvimos expectantes para leer con sorpresa el nombre del primer grupo eliminado.

—Watchmen a la calle —espetó Taka. Después sonrió y miró hacia delante—. Ya solo quedan seis.

Entramos a la zona del baluarte y nos bajamos de las bicis para hacer lo que quedaba de trayecto andando.

El pulido y simétrico césped verde apenas se veía por la multitud de grupos que se encontraban ahí sentados esperando ver *Los Vengadores*. La organización de Lucca había preparado una pantalla gigante para que todos pudieran ver la proyección sin problemas. Tras esquivar la espada láser de un Luke Skywalker obeso, y sacarme de encima a otro disfrazado de Chewbacca, nos dirigimos a la única carpa que había, algo retirada del resto, en un ángulo perfecto para ver la película, donde nosotros, los participantes del concurso Turing, teníamos acceso libre, como una zona VIP.

Aunque las directrices de Thaïs fueron claras, yo no iba a hacerle caso a ciegas. Quería disfrutar, ver la película y relajarme..., relajarme lo que buenamente pudiera, ya que si Kilian estaba ahí y se dirigía a mí de nuevo, me pondría tensa como una cuerda, porque, para mi desgracia, no sabía cómo responder a él.

Por tanto, entramos en la carpa que financiaba DC Comics, tal como evidenciaba la publicidad que había alrededor, dejamos las bicis, cuyas ruedas habían sido reparadas, bien aparcadas, y saludamos a los demás concursantes.

Con solo echar un vistazo me di cuenta de que Kilian y los Assassins aún no habían llegado. Eché el aire que retenía en mis pulmones y me dejé ir.

Tenía muy claro que la sensación de la competitividad no iba a desaparecer así como así, porque todos allí querían ganar. Los genios tenían egos enormes y, bajo esa carpa, había tantos que apenas podías caminar de lo henchidos que estaban. Algo normal, por otra parte, teniendo en cuenta que la mayoría de las personas sumamente inteligentes y con un altísimo coeficiente intelectual odiaban la mediocridad.

Taka era así. Me quería a mí porque por un casual le caí en gracia. Y quería a Thaïs porque era avispada e inteligente en otros campos. Pero a Taka no le gustaba mezclarse demasiado con el resto, porque se aburría.

Así que, cuando vimos a Raúl, uno de sus nuevos mejores amigos, acercarse a nosotros con la gorra azul puesta, la capucha por encima y las gafas de sol a pesar de que eran las diez y media de la noche, los tres sonreímos y fuimos a su encuentro.

—Raúl, ¿qué haces aquí? —le pregunté. Esa carpa solo estaba destinada a los miembros participantes del concurso. Él no pertenecía a ningún equipo.

El chico nos saludó con un vaso de ponche en las manos y un canapé de atún y tomate en la otra.

—DC Comics me ha invitado a su cóctel —dijo metiéndose el canapé entero en la boca.

—¿Por qué? —Taka frunció el ceño sin comprender.

—Tengo amigos en la productora y me han facilitado los pases VIP. —Se encogió de hombros—. ¿Y vosotros?, ¿qué hacéis aquí?

Raúl miró a Thaïs de arriba abajo, y esta enarcó una ceja rubia y diabólica.

—Se te van los ojos, moreno —le increpó guasona.

El chico chasqueó con la lengua y sacudió la cabeza. Después, para mi sorpresa, también hizo lo mismo conmigo.

—¿Y quién me va a culpar? —Buscó la complicidad de Taka y se encontró con una mirada fulminante. Carraspeó y añadió—: Bueno, tengo mucho que grabar, tíos. —Le dio una palmada amistosa a Taka—. ¡Nos vemos!

Salió de la carpa con otro vaso de ponche y la mano libre llena de canapés, caminando como si la vida estuviera hecha a su medida.

Me caía bien Raúl. Era un tipo curioso.

—Te ha faltado darle tu teléfono, Barbie —soltó Taka con más inquina de la que le hubiera gustado.

—Es un chico guapo —contestó Thaïs sin más.

—¿Y a ti quién no te parece atractivo? —Taka supo que la había cagado con la pregunta cuando Thaïs le respondió:

—Me la pones a huevo, pelo escoba. —Le tomó de la barbilla y se la pellizcó como haría una abuela con su nieto—. ¡Aich, qué tontorrón eres!

Fruncí el ceño, porque cada vez entendía menos a esos dos. Era como si necesitaran imperiosamente meterse el uno con el otro.

Nos dirigimos los tres a la mesa donde habían dispuesto toda la cena. Había bufet libre, así que fui en busca de platos vacíos que poder rellenar.

Tenía hambre después de no haber probado bocado en toda la tarde. Por eso en cuanto vi los trozos de pizza recién hecha y los makis de arroz y aguacate me lancé a por ellos.

Con el plato lleno con dos porciones de pizza carbonara y cuatro makis, iba a pedirle al barman un vaso de Pepsi Light cuando alguien se puso a mi lado y me interrumpió.

—Dime qué quieres —me dijo Thomas con su sonrisa adorable—. Yo te lo pido, Lara.

Tragué el maki y sonreí un poco avergonzada, cubriéndome la boca. Si Thomas estaba aquí, Kilian andaba muy cerca. Me puse nerviosa, pero lo disimulé muy bien.

—Solo quiero bebida —contesté.

—¿Ponche? ¿Cerveza?

—Pepsi —contesté asintiendo—. Light, por favor —concreté.

—¿Pepsi Light? —repitió incrédulo—. No parecía que solo bebieras Pepsi Light ayer por la noche —dijo pidiéndole de todas formas una al barman.

—Lo de ayer fue una equivocación. —Giré los ojos y reaccioné al instante—. Por cierto, ¿cómo sabes que ayer bebí? —Tierra, trágame.

—Bueno, mírate. —Se apartó con todo el descaro y echó un vistazo rayos X a mis piernas y mi trasero—. No hay muchas como tú y tu amiga la rubia. Como para no veros.

—Se llama Thaïs —le informé. No sabía si sentirme ofendida o no. Acepté el vaso que me ofrecía—. Gracias.

—De nada.

—¿No te dijo nada Kilian?

—¿Sobre qué?

—Sobre... No sé. —Me callé de golpe.

—Bueno, te vi tonteando con él, pero asumí que le diste cala-bazas, así que lo que dijera de ti no nos importó a ninguno. Kilian lleva muy mal los desplantes. —Se encogió de hombros.

—¿Desplantes? ¿Qué dijo de mí? —quise saber con asombro. ¿Cómo iba a decir nada de mí si fue él el que se alejó?

—Nada que deba preocuparte.

—No. En serio. —Lo tomé del antebrazo, cuando yo no era de violar el espacio vital de nadie—. ¿Qué dijo?

—Solo que eras una insípida, y que en las distancias cortas no eras ni de largo tan guapa como parecías.

Creí oír un trueno a lo lejos. Pero me di cuenta de que no era ningún trueno, sino toda la seguridad que había replegado a lo lar-go del día partiéndose en pedacitos.

Kilian era un cretino. Un sinvergüenza.

Luché para que no se me notara cuánto me temblaba la bar-billa.

Thaïs me vio a lo lejos y se preocupó de inmediato, haciendo el amago de venir hacia mí, pero la detuve levantando mi mano para tranquilizarla. Ella y Taka estaban hablando con un miembro del grupo de los Prince of Persia. Y no tenía claro sobre qué hablaban, pero Taka estaba tieso como un palo e inexpresivo como una esta-tua. Fuera lo que fuese, lo que oía no le gustaba nada.

—Quédate ahí —le susurré a Thaïs.

—¿Cómo dices? —Thomas miró hacia atrás.

—No. Nada, nada... —disimulé.

De acuerdo. Eso, mi malestar por lo de Kilian, era algo que yo tenía que solucionar.

Él pensaba eso sobre mí. Punto final. No valía la pena. Tenía que sacarme ese capricho vano de la cabeza.

—Pero ¿sabes qué, Lara? —apuntó mi nuevo acompañante—, no entiendo cómo Kilian es tan gilipollas de decir algo así cuando eres lo más bonito que he visto en la Toscana.

Alcé la mirada vidriosa y sentí cómo su sonrisa, blanca y sincera, ponía tiritas en las heridas que Kilian había causado con tanta brusquedad. Sonreí tímidamente.

—Y mucho más alta —añadió.

Eso sí me hizo reír.

—Gracias —contesté—. Son las cuñas —señalé—. Pero no tienes que suavizar nada. No te fuerces.

—¿Forzar? —Puso cara de no estar entendiendo nada—. ¿Crees que te lo digo por decir? Te lo diré claramente, preciosa: Kilian es imbécil, y yo —me guiñó un ojo pirata y bromista—, soy tu esclavo.

Vale, me estaba tomando el pelo. Pero me daba igual. Al menos, me divertía y me ayudaba a endulzar la amargura que me habían producido las feas palabras de Kilian. Debía de tener la intuición y el gusto muy atrofiados como para haberme fijado en él.

En ese momento, por el rabillo del ojo, la presencia alta y corpulenta de mi archienemigo: el tipo que, por la razón que fuera, me odiaba de ese modo, entraba en la carpa.

No quise desviar la mirada. Me daba igual cómo iba vestido, o si me miraba o no. Rodeé el vaso de mi bebida con fuerza y me obligué a escuchar a Thomas como si fuera Dios.

Estaba convencida de que él, el chulo engreído, tenía la vista vuelta en nuestra dirección. Y ni sabía qué cara estaba poniendo ni me interesaba.

La pantalla se iluminó justo a tiempo, y las luces alrededor del baluarte se apagaron para dejarlo todo a oscuras,

—Va a empezar la película —dijo Thomas llenando mi plato con más cosas para cenar.

—No creo que pueda comer más —le dije.

—Lo sé. —Dio dos largas zancadas y me animó a acompañarle—. Es para mí. ¿Nos sentamos juntos y la vemos?

—Eh...

—No seas tímida. Si quieres, te daré un poco de mi plato —bromeó.

Movió la cabeza en dirección a un hueco grande que había en el césped, y yo cedí, porque me había entretenido lo suficiente para despertar mi interés y desear seguir hablando con él.

Vestía unas bermudas beige, un polo azul oscuro con el cuello hacia arriba y unas zapatillas surferas O'Neill.

Le seguí, y nos sentamos juntos para ver la película a nuestras anchas.

Resultó que Thomas hablaba por los codos, era ocurrente y dicharachero, y sabía llevar el tempo de una conversación.

Cualquier chica habría estado encantada de que un tío tan guapo y sociable mostrara interés por ella y recibiera todos los halagos que yo recibía. Pero yo no era cualquier chica, la gente no me podía engañar con facilidad y, al ser tan observadora, me gustaba analizar tics, coletillas y otros aspectos de las personalidades de las personas.

Por ejemplo: Thomas miraba a los ojos cuando piropeaba, pero nunca cuando tenía que contar cosas sobre él. Nunca dejaba ir una carcajada, señal de que no le gustaba descontrolarse, y que en cambio adoraba llevar el control y ser la voz cantante. Él me guió a través de la conversación para averiguar todo lo que quería saber de mí.

Y yo hice lo mismo.

Me dijo que él, Kilian y tres amigos más habían venido a Lucca ex profeso, desde Estados Unidos, por el Premio Alan Turing. Que en su universidad se ejercitaban todos los días para practicar parkour, y que uno de sus integrantes era uno de los más conocidos del mundo en su modalidad. La organización les había ofrecido participar como animadores en el festival a cambio de pagarles la estancia.

Iban a empezar el segundo año de carrera. Por tanto, todos eran mayores que yo.

Kilian cursaba medicina; Thomas, ingeniería.

Sus amigos se llamaban Frederic, Aaron y Luce. Frederic era un tío de medidas como las de un armario, y estaba estudiando abogacía. Aaron, diseño, y Luce, periodismo.

—Luce es... ¿la chica que iba con vosotros?

—Sí —contestó Thomas—. Es inglesa, becada por nuestra universidad.

—¿Dónde estudiáis?

—En Utah —contestó sin más.

—Ah —dije extrañada.

—Mira, Luce es la que, seguramente, está al lado de Kilian. No se separa nunca de él —me dijo en voz baja a modo de confidencia—. Ya verás. Míralos.

No me apetecía. Pero la curiosidad me pudo. Así que, disimulando como mejor sabía, giré la cabeza y los oteé por encima del hombro.

Luce estaba a su lado. Tenía el pelo rizado y de un color muy negro. Era mulata, una mulata guapísima de ojos verdes que vestía unos leggings negros, unas zapatillas Victoria blancas y una camiseta de tirantes rosa palo.

Era explosiva y atractiva como lo podía ser Thaïs en su estilo. Una combinación que les encantaba a los hombres. Mientras bebía de su vaso de lo que fuera, tenía la otra mano apoyada en el hombro de Kilian, y su mirada esmeralda fija en la pantalla.

De vez en cuando, Kilian inclinaba la cabeza al lado y le decía algo que la hacía sonreír. Frederic, tras ellos, permanecía de brazos cruzados, con su atención plena en la película. Tenía el aspecto de un nazi. Rubio, piel muy blanca, pelo rapado y ojos azules.

Sentí rabia al vislumbrar el lienzo que Kilian y Luce hacían. Una pareja exótica y de contrastes. Una sensación que no me gustaba, que me hacía experimentar un lado vil y casposo que no había mostrado antes.

Kilian me miró entonces y yo volví a girar la cabeza al frente.

Tomé un sorbo de mi Pepsi y decidí que cualquier cosa era mejor que contemplar a Luce y a Kilian juntos.

Así que continué hablando con Thomas, porque era incapaz de seguir el hilo de *Los Vengadores*, señal de lo mucho que me afectaba todo.

Thomas apoyó una mano en el césped y me rozó el codo con el suyo, pegándose mucho a mí. Nuestras manos estaban separadas por solo unos milímetros. Me quedé mirando su antebrazo, y me di cuenta de que tenía un tatuaje. Era un tridente.

La primera punta del tridente estaba prendida por un fuego rojo. La segunda y la tercera permanecían normales. Quise preguntarle qué significaba, pero entonces la gente empezó a reír por alguna secuencia y eso me despistó.

Me sentía un poco abotargada y necesitaba salir de allí.

Demasiada gente. Oía las risas como si lo hicieran en mi oreja, y no veía bien del todo la pantalla.

—Creo que me he puesto muy cerca —le dije a Thomas.

—¿Por qué? ¿Quieres que nos vayamos más para atrás?

—Eh... No. Solo... creo que estoy un poco mareada.

—¿Damos una vuelta a ver si se te pasa? —me preguntó.

—Sí. Sí... Por favor.

Me levanté como pude. Thomas tomó mi vaso de Pepsi y lo llevó con él mientras me ayudaba a incorporarme. Después, me sostuvo por el antebrazo mientras esquivamos los cuerpos de los allí presentes, que no dejaban de moverse como si fueran peonzas.

Diez

¿Cuándo iba a dejar el mundo de dar vueltas? ¿Por qué era tan consciente del movimiento del eje de la Tierra?

No tenía ni idea. Solo sentía que perdía de vista el horizonte y que cuando volvía a abrir los ojos la imagen de mi realidad se distorsionaba como el reflejo de una persona en la superficie de un estanque revuelto. Menos mal que me apoyaba en los manillares de la bicicleta que arrastraba conmigo.

—Bebe un poco —me dijo Thomas, preocupado, ofreciéndome la bebida—. La cafeína te espabilará. A ver si así te encuentras mejor.

Habíamos caminado mucho. Puede que demasiado. De hecho, no divisaba el baluarte ni tampoco la pantalla de cine en la que se proyectaba la película.

—Thomas, ¿dónde estamos? —le pregunté.

—Pues no tengo ni idea —contestó sin dejar de caminar.

Llegamos a un punto en el que el largo camino de hierba nos llevó hasta otro baluarte, cuya superficie estaba plagada de árboles y el aroma a noche y a humedad golpeaba mis fosas nasales con fuerza.

Era un pequeño bosque interno en una torre vigía. Me sentía como Alicia en el País de las Maravillas, como si no supiera qué puerta había cruzado para llegar a otro mundo diferente al mío; uno solitario y silencioso. ¿Qué bosque sería ese?

—A ver. —Thomas me tomó de los hombros y apoyó mi cuerpo en un muro de piedra que no sabía que existía. El movimiento provocó que mi bici roja cayera de lado al suelo—. ¿Cómo te encuentras?

—Me encuentro muy mal —contesté—. Muy rara. ¿Dónde me has traído? Nos hemos alejado demasiado.

Thomas evitó que me deslizara por el muro para hacer compañía a la bici.

—Joder. Necesito que te mantengas despierta —me dijo tomándome la barbilla.

—¿Despierta para qué? —quise saber—. Thomas, llévame con mis amigos, por favor.

—Te llevaré —aseguró tomándome de la barbilla para alzarme el rostro—. Dentro de un rato.

Cuando chocó su boca contra la mía, algo desagradable recorrió mi espina dorsal: la certera sensación de que yo solita me había metido en la boca del lobo.

Y así fue.

Thomas me estaba haciendo daño en los labios, y yo lo intenté empujar, pero aún tenía los brazos un tanto pesados.

—Déjame salir. ¡¿Qué haces?!

—Bebe un poco más —me dijo apartándose un poco para ofrecerme el vaso de bebida—. Te sentirás mejor si lo haces...

Yo lo miré recelosa, y como pude le di un manotazo a su muñeca para que la bebida se derramara. Le manchó las bermudas.

—¡Mira lo que has hecho! —exclamó, nervioso.

—Me quiero ir —dije con voz temblorosa, respirando agitadamente.

—Tú no te vas a ir —me aseguró—. Solo relájate. Lo pasaremos bien.

—¡No! —grité sintiéndome encerrada por sus brazos, aplastada contra el muro de piedra. Me agarré al tronco del árbol que tenía a mi derecha esperando arrancar una rama o algo con lo que poder golpearle, pero iba a tientas. La adrenalina me despertaba muy poco a poco de mi estado confuso y aturullado. ¿Qué me pasaba?

Me clavé una astilla en el dedo y lo aparté de golpe.

—Venga, Lara, no te hagas la estrecha —me dijo.

No me hacía la estrecha. No quería hacer nada con él. Estaba asustada, muerta de miedo. Thomas me tocaba por todas partes y yo era incapaz de apartarlo porque no sabía leer sus movimientos; y los míos estaban sumamente ralentizados.

—¡Para! ¡Thomas, para! —Grité con todas mis fuerzas cuando sentí que llevaba las manos al botón delantero de mi pantalón y su boca recorrió mi garganta.

No sentía nada. Solo terror. Me quería morir. Quería luchar. Quería huir. Quería todo lo demás menos eso.

Y entonces...

—¡Thomas!

Esa voz no era mía. Yo no gritaba así.

La voz masculina, rabiosa y contundente retumbó en el centro de mi pecho como el eco de la justicia, que derribaba cualquier muro y sepultaba al mal bajo la suela de su zapato.

Thomas salió disparado hacia atrás. Parecía que una fuerza sublime lo hubiera arrastrado hacia la oscuridad, engulléndolo como el demonio se llevaba a las almas que eran de su misma naturaleza.

Y esa fuerza sublime era Kilian, oculto por las sombras que vertían las copas de los árboles sobre él. Su pose desafiante temblaba de la ira que había en él. Su silueta recortada parecía la de un Vengador. Vestía con unos tejanos finos, sujetos con un cinturón negro. Llevaba una camiseta negra ajustada con el logo de DG estampado en el pecho izquierdo en pequeño. Y unas Nike Roshe blancas con el símbolo en negro.

—Pero ¿qué coño haces, tío? —preguntó Thomas aturullado, levantándose desde el suelo.

Las manos de Kilian eran puños a cada lado de sus piernas abiertas. Inclinó el cuello hacia delante hasta gritarle a un centímetro de su nariz. Sobrepasaba en estatura a Thomas y, a pesar de que este era un tipo grande, al lado de Kilian no parecía nada del otro mundo.

Me quedé hipnotizada con la imagen de soberanía que mostraba frente a su compañero, que parecía un súbdito del rey. No entendía nada.

—¿Qué crees que estás haciendo tú, capullo? —espetó Kilian con los dientes apretados. Los podía ver blancos y rectos a pesar de la oscuridad.

—¿Cómo que qué hago? —Sonrió, nervioso—. Estamos pasándolo bien, ¿verdad, Lara? —Me miró con el gesto descompuesto—. Solo íbamos a pasar un buen rato. Ya sabes...

Kilian me miró por encima del hombro.

Yo estaba hecha un ovillo, asustada como una cervatilla indefensa. Por mucho que quisiera pensar en cómo había llegado hasta allí, mi mente no lo procesaba bien.

Kilian entrecerró los ojos, atormentados por mí, e hizo una mueca de desaprobación con la boca.

—¡Mira! —Kilian lo agarró de la nuca, como un lobo enorme a su cachorro cuando le clavaba las fauces para cargarlo o reñirlo. Me señaló—. ¡¿Tú crees que ella está pasándolo bien?! ¡Está temblando! ¡¿Eres imbécil?!

—Bueno, tío... ¡No te pongas así! Igual se me ha ido un poco de las manos...

Kilian alargó el brazo, lo echó hacia atrás y después golpeó a Thomas con el puño cerrado en la nariz.

El chico cayó de espaldas y se retorció de dolor en el suelo, cubriéndose el rostro con las manos. Kilian le dio una fuerte patada en las costillas y me impresionó su violencia. Entre los dedos de Thomas, la sangre de su nariz y de su boca se deslizaba escandalosa y llamativa, resbalando por sus muñecas.

—¡Me has roto la nariz! —exclamó Thomas para después llevarse una mano ensangrentada al vientre—. ¡¿Te has vuelto loco?!

Pero Kilian no le escuchaba. Buscaba algo con aquellos luceros de fuego fijos en tierra firme, haciendo un barrido perimetral, hasta que lo encontró. Se agachó y tomó el vaso entre sus manos. Lo olió y lo tiró al suelo de golpe, desaprobando lo que fuera que hubiera notado.

—¿Le has echado escopolamina? —gruñó cada vez más enfadado.

—Muy poca, tío. Solo lo justo para que se relajara... ¡Joder! —gritó Thomas—. ¡Mi nariz! ¡Mis costillas! —se quejó doblándose.

—¿Tu nariz? —Se agachó como si fuera a comérselo—. Mira, lárgate de aquí si no quieres que te aplaste la cabeza —le sugirió, levantándolo por la camiseta y haciéndolo trastabillar.

—¿Por qué te pones así? ¡Dijiste que...!

—¡No importa lo que dije! —gritó enmudeciéndolo—. ¡Ni se te ocurra volver a tocarla! —Le señaló el camino de vuelta.

—¡¿Por qué?! —Me miró sin comprender.

—Porque lo digo yo. Nadie la va a tocar —dijo sin más.

Lo acababa de oír. Nadie me lo podría negar. Lo acababa de oír.

—¿Entonces...? ¿La reclamas? —preguntó con la boca cubierta por las manos.

No sé si Kilian contestó o no, porque no le pude oír bien. Hablaban entre gruñidos y en voz baja.

Solo sé que Thomas lo miró furibundo y, al cabo de pocos segundos, salió de allí corriendo, tropezando con una piedra y a punto de caerse de nuevo.

Kilian y yo estábamos solos.

Cuando vi desaparecer a Thomas y me quedé a solas con Kilian, agradecí el silencio, pero al mismo tiempo me inquietó quedarme aislada, sola con él.

Él se dio la vuelta lentamente, hasta que me miró a la cara. Yo me había recogido las rodillas para dejar de temblar y tenía medio rostro hundido entre ellas. Si me llamaba «cachorrita» en ese instante, me derrumbaría y lloraría desconsolada. Porque odiaba que creyera que era tan poca cosa.

No pude sondear su expresión. No sabía si estaba enfadado conmigo, con él mismo o con Thomas... Como fuera, me acongojé por la situación que acababa de vivir y lloré en silencio.

—Lara. —En su voz habían desaparecido los matices groseros o socarrones. Solo había preocupación.

—¿Qué? —susurré.

Oí sus pasos, cómo se acercaba a mí con cautela, sabedor de que cualquier movimiento brusco me volvería a asustar.

—¿Te ha hecho algo, Thomas? ¿Te ha...? —Vi cómo tragaba saliva y un músculo se removía en su mandíbula.

Yo agité la cabeza de forma negativa.

—¿Qué hacías con él?

—Me encontré mal viendo la película y quise ir a tomar el aire y a despejarme.

—¿Con él? —insistió, enfadado.

—Sí. ¿Acaso querías que fuera contigo? —le recriminé, más dañina de lo que había pretendido.

Él fingió que le afectaba esa respuesta: actuaba muy bien.

Kilian me retiró las manos de las rodillas y comprobé que sus ojos se teñían de confusión y pena.

—Tienes sangre en las rodillas. Te ha hecho daño. —Lo decía como si le costase hablar entre sus dientes apretados similares a los de un animal agresivo—. Le voy a matar... —murmuró agachando la cabeza para pasar sus dedos por su nuca y parte de su pelo rapado.

—¿Sangre? —dije yo sin comprender. Aparté mis manos para estudiar donde tenía el corte. Lo tenía en el dedo y sin querer me había manchado. Alcé la mano y le mostré la incisión—. Me he cortado con la corteza de un árbol —expliqué, avergonzada por mi torpeza—. No es nada. Estoy bien. —No iba a disculpar a Thomas, pero tampoco iba a preocupar a Kilian más de la cuenta.

—Déjame ver —pidió sin estar conforme, acuclillándose frente a mí.

Tomó mi mano y verificó por sí mismo la calidad del corte y su profundidad. Mientras se cercioraba de que estaba bien, sus ojos amarillos se opacaron, confusos por la situación y, también, culpables. Como si se hiciera responsable de ello.

Pero él no tenía culpa de lo que había pasado.

Cuando tomó mi muñeca y la alzó, no me podía imaginar lo que iba a hacer a continuación.

Yo seguía sus movimientos con atención. No me atrevía a moverme porque aún me sentía mareada e inestable.

Kilian abrió la boca. Entreví su lengua rosada, sus dientes perfectos y rectos, y un piercing... Una bola blanca un poco más retirada de la punta de la lengua. No lo había notado cuando jugamos a los tequilas...

Sus labios se cerraron sobre mi dedo y sentí la textura de su lengua y la suavidad de su cavidad bucal cercar mi carne magullada. Succionó y limpió la herida sin dejar de mirarme.

—Creo... creo que eso no es muy higiénico —murmuré, estupefacta.

Noté la dureza del piercing, cómo resbalaba jugando con la punta de mi dedo. Mi cuerpo experimentó una sacudida, y creí recibir esa caricia por toda mi piel. Parpadeé tan confusa que tuve que cerrar las piernas por el cosquilleo que me nacía en el centro de mi intimidad.

Fueron apenas unos segundos de conexión e intercambio que para mí se hicieron eternos.

Después dejó de chuparme el dedo y miró el corte con más cuidado, con la precisión de un doctor.

—Necesitas una tirita.

¿Una tirita? No necesitaba eso. Necesitaba tantas cosas... Y una tirita era lo de menos. Mi garganta tragó compulsivamente. Era incapaz de contestar. Qué diferente había sido eso del trato torpe y apresurado que me había prodigado Thomas.

—Déjame ver tus pupilas. —Llevó los dedos hasta mis párpados y tiró de ellos para observarme.

—Pensaba que eras ingeniero, no doctor.

Kilian se detuvo en seco.

—¿Ingeniero? ¿Yo? No. Yo estudio medicina.

—Eso no es lo que me ha dicho Thomas.

—Ese liante... ¿De qué habéis hablado tú y Thomas?

—Bueno, ahora ni siquiera me acuerdo...

—Ya. —No se lo creía. Y hacía bien—. ¿Puedes levantarte?

¿Podía? No tenía ni idea. Me sentía muy débil, pero no por lo que fuera que me había echado el desgraciado de Thomas en la bebida, sino por lo que Kilian me acababa de hacer.

Me había salvado. Si no me hubiera encontrado, Thomas habría seguido adelante, y habría hecho conmigo lo que hubiera querido, porque la droga me había dejado sin voluntad. No quería pensar en las consecuencias de lo que no había pasado. Para mí eran solo probabilidades que Kilian se había encargado de volatilizar con su heroica aparición. Era práctica. Y aunque el miedo seguía latente en mí, debía sobreponerme, como había hecho con las cosas mucho más terribles que habían pasado en mi vida.

—No lo sé —dije carraspeando.

—Te ayudo. —Kilian tomó mis manos y me impulsó hacia arriba con suavidad. Me levantó como en una coreografía de baile clásico, sin ninguna dificultad y con armonía.

—Gracias —contesté.

La cabeza ya no me daba tantas vueltas. La adrenalina había hecho su trabajo, dejando mi cuerpo alerta. Kilian me sostenía por la cintura, de modo que la parte superior de mi cuerpo estaba en pleno contacto con el suyo.

—¿Qué quieres hacer? —me preguntó, solícito.

Me llevé la mano a la cabeza, sin saber qué contestarle. Su presencia me tranquilizaba, al mismo tiempo que avivaba algo loco de mi interior, a lo que no sabía ponerle nombre todavía.

Le estaba agradecida por lo que había hecho. Pero no estaba tan mareada como para olvidar lo que Kilian le había dicho a Thomas sobre mí. Recordarlo me hizo sentir pequeña e insegura.

—Quiero volver al hotel. No sé dónde... dónde he dejado el bolso.

Kilian lo recogió tres metros más lejos de mí. Metió la mano en su interior, sin mi permiso, y tomó el teléfono para trastear un poco con él.

—¿Quieres que llame a tus amigos para que vengan a buscarte?

—No, no —dije rápidamente.

—Necesitas que te hagan compañía.

—No. Se preocuparían mucho. Y ya estoy bien. No ha pasado nada que tenga que lamentar. Solo estoy aturdida y... Necesito descansar.

—Pues vamos. Te acompaño —me dijo.

Metió el móvil de nuevo en mi bolso y me lo colgó del hombro.

—No. No vas a acompañarme.

—¿No? —repitió, escéptico.

—Estoy bien. Quiero ir sola. A ver si se me despeja la cabeza...

—No vas a ir sola, Lara. —Se rió como si hubiese contado un chiste muy malo—. Olvídalo. Venga, vamos. Yo te llevaré. —Me soltó y dejó una sensación de orfandad en mi cintura, donde aún sentía el calor de sus manos.

Kilian recogió la bici, olvidada de mala manera en el suelo.

No quería que fuera conmigo. Y, al mismo tiempo, tampoco quería que me dejara sola. Estaba enfadada y decepcionada con él por todo... Y no sabía cómo expresar lo que sentía.

—¿Estás seguro de poder soportarlo? —le dije seria cuando se posicionó a mi lado.

—¿El qué? —preguntó sin comprender.

Dios mío. Pero qué guapo era. Mirarlo me embriagaba más de lo que ya lo estaba.

—Nada —dije, cortante.

Kilian se subió a la bici y me indicó un hueco entre sus piernas. Quería que me subiera en el cuerpo metálico de la estructura.

—¿Qué quieres que haga?

—Pon el trasero aquí —señaló el espacio entre sus piernas—, y los pies en el manillar. Irás sentada y apoyada en mi pecho —me explicó.

Yo me quedé pensativa, imaginándome el dibujo poco estético que haría mi cuerpo.

—O, si quieres, puedes sentarte en el manillar. Yo te sostendré —aseguró, preocupado por mí. Sus ojos dorados sonrieron, unas arruguitas dibujaron surcos en las comisuras de los párpados, pero la hermosa estampa desapareció cuando añadió—: Apuesto a que esto es lo más arriesgado que has hecho en tu vida.

¿Lo más arriesgado? Posiblemente me vería como a una niña tímida y cobardica. Pero no era nada de eso. Kilian tenía que analizar mejor a la gente porque no tenía ni idea. Caerme de una bici no me preocupaba, después de todo lo que había vivido.

Levanté la barbilla como una princesa orgullosa, y me colé entre el cuerpo de Kilian y el manillar. Me puse tal y como él me dijo, apoyando toda mi espalda en su pecho.

Su olor me rodeó. Un aroma fresco a la par que picante y peligroso. Mi cuerpo estaba tan en contacto con el de él que sentía el palpitar de su corazón a través de mi hombro.

—¿Vas bien? —preguntó inclinando su cabeza para hablarme al oído.

—No es muy cómodo —contesté—. Pero no importa. Arranca.

Kilian sonrió. No sabía por qué, pero notaba cuando sonreía, incluso sin verle.

Empezó a pedalear por la hierba y a rodear el baluarte para coger el camino de vuelta al hotel.

—Guíame —me ordenó.

Y eso hice.

Mi cuerpo se acomodó con el paso de los minutos.

La cadencia del pedaleo me relajó, hasta el punto de que la respiración de Kilian rozando mi sien tenía un efecto sedante sobre mis nervios.

Mis rodillas pendían del manillar, y el musculoso pecho de Kilian parecía el respaldo del sillín de un coche; cómodo y cálido.

Cerré los ojos y me dejé llevar. La brisa de la Toscana mecía mi largo flequillo, haciéndome cosquillas en las mejillas.

Lucca de noche era hermosa y silenciosa, a la par que mágica, como la villa de un cuento de hadas. Al final de una de las largas vías, divisé a un señor con un acordeón cantando el «Con te partirò» de Andrea Bocelli y, un par de calles más abajo, a una pareja de enamorados que caminaban embelesados el uno con el otro. Era precioso y evocador.

—¿Estás bien? ¿Tienes frío? —dijo Kilian acercándose más a mí.

—Sí.

—¿Sí estás bien o sí tienes frío?

—Me encuentro mucho mejor, gracias —aseguré.

—Me alegro. ¿Dónde te hospedas? ¿Dónde te tengo que llevar?

—A la Via San Paolino. En un B&B.

—Ah, sí. Lo conozco.

Kilian apoyó su barbilla en mi cabeza, y yo me quedé en blanco. Sin saber qué hacer o cómo moverme. Así que opté por permanecer en silencio y quedarme prendada de sus musculosos antebrazos. El interior del derecho llevaba tatuado un tridente como el de Thomas. La primera punta estaba iluminada, las otras dos, no. Aquello me turbó, ¿qué significaba? Me moría de curiosidad de saber lo que quería decir, pero me habría mordido la lengua antes de mostrarle interés.

—Siento mucho lo que te ha pasado esta noche, Lara. Thomas merece que lo desprecien y lo castiguen por eso —sugirió, atribulado.

—La cosa no ha ido a mayores —contesté. Aunque tenía que pensar si ir o no al día siguiente a la comisaría. Thomas me había drogado para intentar aprovecharse de mí. Y eso era un delito.

—Más le vale a ese cretino desaparecer de mi vista. —Se quedó callado un instante hasta que explotó—. Por suerte, te puso muy poca cantidad de droga en la bebida...

—A mí me ha parecido mucha. ¿Qué pasa? ¿Tú echas más? —Sabía que acababa de darle una puñalada al sugerir que él también drogaba a las chicas, pero me mantuve firme.

—Buen golpe. —Se quedó en silencio muchos minutos y después espetó—: Maldita sea —gruñó—. Necesito saberlo. ¿Qué te ha hecho exactamente? ¿Te ha pegado?

—No —contesté. No quería hablar de eso—. Da igual.

—Dímelo —me ordenó, hablando con sus labios pegados a mi cabeza.

—No es necesario.

—Sí lo es. Dímelo o mi mente no dejará de hacer conjeturas. Y eso será peor —murmuró, contrariado.

Lo miré de reojo. Mis ojos eran una fina línea azul clara de incredulidad y también de confusión. ¿A qué jugaba Kilian? ¿Por qué fingía estar tan preocupado por mí si después decía lo que decía de mí?

—Te juro que no te comprendo —dije.

—¿Qué?

—Que no te entiendo, Kilian —repetí.

—¿Qué es lo que no entiendes?

Intenté tirar de mis shorts un poco más hacia abajo para no mostrar tanto muslo, pero era imposible. Donde no había, no había.

—¿Se te ha comido la lengua el gato ahora? —añadió.

—Qué cara tienes —repliqué menos amable de lo habitual.

Los reproches me ardían en la punta de la lengua, y bien sabía yo que, aunque me costaba explotar porque era muy comedida, cuando lo hacía era a lo grande, y no me podía detener nadie.

Cruzamos la Piazza Napoleone en silencio y llegamos a la puerta del hotel.

Luché por controlarme. Pero Kilian era insistente y sabía que no se iba a rendir así como así.

Me bajé de la bici y me giré para darle las gracias por haberme salvado del salido y delincuente de Thomas, y por haberme llevado al hotel. Pero me sentía en inferioridad de condiciones para enfrentarme a él y decirle lo que pensaba de sus comentarios. Cuanto antes encontrara cobijo en mi habitación, mejor.

Se había portado bien conmigo aquella noche, y no iba a estropear la frágil tregua que estábamos construyendo.

Aparcó la bici en la zona del hotel y después, con tranquilidad, se dirigió a mí, que estaba de pie, a punto de entrar en la recepción, esperando para despedirme de él y darle las gracias por todo para meterme en mi cueva más rápida que el viento.

—Lara, ¿por qué dices que tengo cara?

—Kilian... —Me presioné el puente de la nariz, luchando por contenerme—. No vale la pena, en serio. Te agradezco lo que has hecho por mí hoy. Buenas noches.

Iba a darme media vuelta y a abrir la puerta del hotel cuando él me tomó de la muñeca y me acercó a su cuerpo de un tirón.

—No te vas a ir sin antes decirme qué te ha hecho ese miserable, o de lo contrario no voy a poder dormir.

—Pues mira, yo ayer tampoco pude dormir mucho. Así estaremos empatados.

Me daba rabia que fingiera que se preocupaba por mí cuando sabía cómo pensaba en realidad; me pareció que estaba haciendo un papel y quería quedar bien. No toleraba a los hipócritas.

—No tienes que fingir que te preocupas por mí, ¿sabes? —le dije sintiendo como el volcán de recriminaciones pugnaba por explotar—. Tú y yo jugamos en otra liga, ¿no? Así que lo que me pase no tiene que importarte demasiado. Dejemos las cosas así. Te has portado muy bien conmigo esta noche y con eso es con lo que me quedo.

Kilian permaneció callado con una expresión indescifrable. Sus ojos se aclararon como los de un animal a punto de atacar, pero no me dio ningún miedo.

—Lara... —Se quiso acercar más a mí.

—No. —Lo detuve para que no se acercara—. Soy una insípida, ¿verdad, Kilian? —La voz se me quebró. Malditas emociones que la pillaban a una desprevenida—. Y de cerca no soy tan guapa como parezco de lejos, ¿no? ¿No es así?

—¿Qué? —Abrió los ojos y negó en rotundo—. ¿Quién ha dicho esa gilipollez?

—¡Tú! —le grité dando un paso adelante, atragantándome con medio sollozo—. ¿No fue eso lo que le dijiste a Thomas?

—Yo nunca le he dicho eso a Thomas. Jamás —aseveró como un juramento.

—No te creo. Sé lo que piensas de mí —le señalé dolida, con los ojos vidriosos—. Pero no pasa nada... No estamos obligados a agradar a todo el mundo, ¿a que no? —espeté furiosa. Quería desaparecer de su vista. Kilian me miraba de un modo que no comprendía, cuya expresión era de todo menos la que yo esperaba. Parecía perdido y confuso. Y eso me hizo sentir bien, porque, al menos, no era la única extraviada—. Mira, me duele la cabeza —añadí finalmente—. Me voy a dormir. Mañana será otro día.

—No te vas a ir. —Kilian miró alrededor y tiró de mí hasta meterme en el interior de la portería de una palaciega casa, en la misma acera del hotel.

—¡¿Qué crees que estás haciendo?! —le increpé. Estaba harta de que me manipularan como a una muñeca—. ¡Déjame! —Me libré de su amarre de un tirón—. Ya he tenido suficiente con Thomas esta noche.

—No. —Kilian apoyó las manos por encima de mis hombros, una a cada lado, y me encarceló entre su cuerpo y la pared de piedra antigua—. Y no se te ocurra meterme en el mismo paquete que él. Hasta que me escuches y dejemos las cosas claras. —Tuvo que inclinar la cabeza hacia abajo y mucho para mirarme a los ojos—, no te irás.

—¿Y qué tengo que escuchar? ¿Que no te gusto? ¿Que soy una cachorrita —hice la señal de las comillas con los dedos— para ti?

¿Demasiado pequeña? ¿Soy de azúcar para jugar? Tú tienes veinte, no me hagas reír.

—Tengo veintiuno —aclaró.

—Uy, sí, qué mayor —ironicé—. Entonces ¿qué? ¿Te gusta meterte conmigo y hablar mal de mí a los demás? ¿Qué te he hecho? —Me encaré con él sin ningún control—. No me conoces. ¿Soy demasiado...?

Kilian negó estresado ante toda la retahíla de acusaciones que le estaba dirigiendo, y entonces se cernió sobre mí y me tapó la boca con la mano.

—Tú... hablas mucho, niña —me dijo—. No eres nada de eso. Lo único que le dije a Thomas es lo único que no ha cumplido.

Mis lágrimas mancharon sus dedos y él las observó perplejo, como si nunca hubiera visto a nadie llorar.

Yo negué con la cabeza aunque mis ojos le preguntaban abiertamente qué era lo que Thomas no había cumplido y esperé a que me contestara. ¿Thomas me había mentido?

—Le dije que no se acercara a ti. A cualquiera menos a ti —me confesó.

—¿Por qué le dijiste eso? —pregunté, aun a pesar de que mis palabras golpeaban su palma.

—Porque no quería que jugase contigo. Porque él no podía...

—Ah, ya. —Me removí y me liberé de su mordaza—. No querías que él jugase conmigo, pero, en cambio, sí podías jugar tú. Pues, ¿sabes qué?, no me gustan tus jueguecitos, Kilian. No me gusta que me increpes, ni que me desafíes ni que me pongas nerviosa y mucho menos que te rías de mí —le enumeré al borde del llanto—. No me gustáis ni tú ni Thomas. Los tíos como vosotros no me van.

—No me pongas a su altura —me pidió, preocupado.

—¡Pues es lo que hay! Por culpa de no sé qué juego macabro entre vosotros, he tenido que soportar que esta noche un tío me sobe y me manosee, y lo peor es que ni siquiera podía apartarlo porque había perdido el control de mi cuerpo por completo —señalé, aún asustada—. Me ha besado y me ha hecho daño... Me he sentido fatal. Era... —se lo diría, porque ya no podía sentirme peor de lo que me sentía, y a Kilian no iba a impresionarlo jamás hiciera lo que hiciese, así que, ¿qué más daba si él sabía otra de mis vergüenzas?— ¡era mi primer beso, maldita sea!

Kilian palideció. La culpa atravesó su rostro, y sus ojos se ensombrecieron, pero había algo: una determinación en ellos que me ponía en tensión y que hacía que todo mi cuerpo estuviera alerta.

—¿Tu primer beso? —Arrugó la frente—. Pero... No lo entiendo. —Me repasó de arriba abajo. Y era tan distinto de como me miraba Thomas que me sonrojé por completo—. No lo entiendo.

—Pues entiéndelo. Dios... qué vergüenza —dije más para mí, cubriéndome el rostro con las manos. Deseé escapar.

—¿Ese cretino de Thomas te ha dado tu primer beso? —musitó, colérico.

—Sí. ¿Quieres dejar de repetirlo?

Lo aparté como pude, decidida a salir de allí, de su magnetismo y de la fuerza que tanto me atraía. Porque, sí, Kilian me atraía de muchas maneras que yo aún no reconocía. Pero me asustaban porque no las sabía controlar. Así que, antes de ponerme más en evidencia y de arrancar a llorar, salí de la portería.

Pero no escapé. Kilian se había quedado inmóvil ante mi revelación, pero había alargado el brazo lo suficiente como para volverme a sujetar por la muñeca y colocarme de nuevo en la posición que quería.

Yo lo miré asombrada, estupefacta por el fulgor salvaje de sus ojos amarillos. Me encerró de nuevo entre su cuerpo y la pared y a un suspiro de mi boca me dijo:

—Thomas no te ha dado tu primer beso. Ese perro faldero no sabe besar —aseguró, tenso.

—Ah, ¿no? —tragué saliva.

—No, Lara —afirmó con seguridad—. Tu primer beso te lo daré yo. Esto es besar.

Y entonces pasó.

Kilian acarició sus labios con los míos en un roce vergonzoso, y después los acopló con un poco más de intensidad, uniendo su cuerpo duro al mío más blando.

Las rodillas me hormiguearon, segura de que no iban a sostenerme por más tiempo.

Yo nunca, jamás, había imaginado que un beso podría reanimarme. Quiero decir que sí había oído leyendas sobre ellos, que los primeros debían ser mágicos, y especiales, y que decían mucho de la persona que tenías delante, pero nunca pensé que me pudieran resucitar.

El beso que me estaba dando Kilian acababa de revelarme que durante mucho tiempo había estado muerta, y lo más triste era que no fui consciente de ello hasta que sus labios me devolvieron a la vida.

Mantuve mis ojos abiertos hasta que los cerré, llevada por la sensación de estar flotando, creyendo que en algún momento, si él no me agarraba, acabaría en el techo de la portería o me perdería entre el cielo de la Toscana.

Kilian llevaba la voz cantante, y con su insistencia me animó a abrir un poco más la boca.

Cuando sentí la punta de su lengua sobre la mía, experimenté un chispazo en todo el cuerpo. Kilian lo notó, por eso rodeó mi cintura con sus brazos, y me cercó de un modo más íntimo del que yo era capaz de asimilar. Nunca me habían abrazado así.

Pasó las manos por detrás de mi espalda, y oí cómo su respiración se aceleraba y se hacía más profunda. Su mano ascendió hasta mi nuca, y allí la dejó, para que no apartara mi boca de la suya.

El envite de su lengua se intensificó hasta que acabó entrando toda en mí. Disfruté su sabor y su textura, incluso noté el piercing en mi paladar, pero cuando ya me estaba animando a responderle, Kilian se apartó abruptamente.

Me di cuenta de que me había puesto de puntillas cuando caí hacia delante sin ningún agarre, excepto el de sus hombros.

—La madre que... —dijo en voz baja, sin dejar de mirarme, con la respiración desacompasada.

—¿Qué? —pregunté con voz débil e insegura—. ¿Ha estado mal? —A mí no me lo había parecido.

—¿Mal?

Lo vi que parecía incómodo, como si le doliera algo, pero no sabía el qué.

—Lara... Vete a tu habitación y no salgas de ella hasta que yo te lo diga —me pidió cerrando los dedos en un puño.

—Es porque no te ha gustado, ¿verdad? —contesté, nerviosa, porque no sabía de lo que iba la cosa.

Kilian agachó la cabeza y sonrió, sin dejar de apretar los dientes.

—Dios, no me puedo creer que aún haya chicas como tú...

—¿Me estás insultando otra vez? —pregunté, asustada. No esperaba que me la volviera a jugar.

—No, no —se corrigió rápidamente—. Es un halago. —Alzó los ojos, y su mirada se llenó de ternura—. Eres como un regalo. —Volvió a removerse, incómodo, y se tiró de la pretina de los pantalones—. Me estás poniendo en un aprieto. Vete, por favor.

—Pero...

—Lara, en serio. Mañana nos veremos.

—¿Mañana?

—Sí —contestó—. Mañana jueves. En el concurso.

—Ah, claro. —¿Qué pensaba? ¿Que iba a venir a buscarme al hotel?

—Ahora necesito una ducha fría, ¿comprendes?

Miré cómo volvía a llevarse la mano a la entrepierna y comprobé que estaba más hinchada de lo habitual. Toda la sangre se agolpó en mis mejillas, aunque fue el cuerpo el que me subió de temperatura.

Agaché la cabeza mortificada y ruborizada hasta el nacimiento del pelo. ¿Era lo que creía que era?

—Ah, bien... Hasta mañana —le dije mirándole de reojo—. Buenas noches —añadí en voz baja, volviendo a la recepción como una niña buena.

—Buenas noches, cachorrita —se despidió desde el portal, con gesto preocupado.

Aquella fue la primera vez que me gustó cómo sonó esa palabra en su boca.

Once

Recordaba ese momento.

La luz tenue de las lamparitas en forma de tortuga, cuyo caparazón de cristal era de colores, alumbraba el hermoso rostro de mi madre.

Era el día de San Patricio, y ella, como buena hija de padre irlandés que era, me llevó a comer al Kitty O'Shea's, un restaurante de comida tradicional irlandesa ubicado en Barcelona. Aquel día mi padre trabajaba, así que mi madre y yo compartimos la experiencia solas, pero muy bien acompañadas.

Me senté a la mesa de madera caoba oscura y me quedé mirando el cuadro que había en la pared, a mano derecha, con la camiseta enmarcada de la selección de fútbol de Irlanda. Era amarilla y dos franjas verdes laterales los atravesaban.

Mi mente me llevaba en sueños a momentos y lugares de mi vida que recordaba con una nitidez aplastante. El don que tenía podía moverme en el tiempo, a niveles astrales, y escuchar y ver como en un vídeo conversaciones e incluso detalles que en ese momento mi mente consciente no registró pero que, en cambio, se quedaban grabadas en mi subconsciente para que después pudiera tirar de imagen de archivo y revivirlas como quisiera, o cuando quisiera. Como estaba haciendo en ese momento.

La imagen de mi madre se materializó frente a mí, como si nunca se hubiese ido, como si siempre hubiera estado ahí.

Mi madre me sonrió y me tomó de la mano:

—¿Qué quieres comer, cariño?

Oír su voz era como un baño de luz para mí: uno que revivía mis tiempos más felices. Posiblemente, haber sido tan afortunada de tener una madre como ella hizo que después el trance de perderla fuera todavía más devastador. Sin embargo, volvería a pasar por lo mismo una y mil veces, porque ella me dio ocho años inolvidables que me sirvieron para toda una vida.

—Hola, mamá. —Le sonreí y le apreté la mano con cariño. La podía sentir tan real que me hacía daño.

—Hola, vida mía. —Volvió a dirigirme una sonrisa. Según decía mi abuela, yo había heredado sus ojos y su manera de sonreír—. Venga, dime qué quieres comer. —Miró su reloj de muñeca: un Rolex plateado herencia de mi abuelo—. No sé cuánto tiempo tendremos hoy hasta que te vayas. —Arqueó las cejas disconforme.

Tomé la carta entre mis manos y pedí solo la tarta de manzana. Otras veces había pedido el lacón con patatas y huevo frito, o el salmón ahumado con pan integral casero. Pero me apetecía dulce. Así que pedí la tarta.

—Vaya. Hoy necesitas dulce —señaló echándose un largo tirabuzón por detrás de la oreja—. Vas directa al postre.

Mi madre, Eugene, era una irlandesa morena de ojos azules un poco más oscuros que los míos y el pelo rizado y exuberante. Cuando mi padre la vio por primera vez dijo que fue como contemplar a una sirena fuera del agua.

—Sí. Hoy he tenido una experiencia un tanto desagradable. No sé si permaneceré mucho tiempo en estado lúcido.

Ella alargó la mano y me acarició la mejilla.

—Ya eres mayor, Lara. Te pasarán cosas de todo tipo. Unas buenas y otras malas. Es una consecuencia de crecer y de quitarse la armadura.

—Sí, lo sé —asumí. Aunque yo no me había quitado nada.

—Bien. Ahora dime de qué quieres que hablemos.

El camarero, con un gorro verde de duende y una pluma roja remetida en su dobladillo lateral, sirvió a mi madre una ensalada de pollo, y a mí una jugosa, cremosa y caliente tarta de manzana.

—Mamá.

—¿Mmm?

Mi madre adoraba comer. Se desestresaba cocinando, pero era feliz cuando le hacían la comida, incluso en mis sueños. Verla disfrutar de nuevo de un bocado me fascinaba.

—Háblame otra vez de lo que significan los kelpies para los O'Shea.

—Los kelpies... —dijo, soñadora, suspirando—. Pues verás, hija: la madre de mi madre, que era tu bisabuela, decía que las mujeres por cuyas venas corre sangre O'Shea, éramos medio caballos de mar, que solo tienen un amante y una pareja verdadera, porque tienen la suerte o la desgracia de enamorarse una vez en la vida. —Se llevó a la boca el tenedor con la ensalada—. Solo una. No más. Una vez nos marcan —se tocó el dorso de la mano con un dedo e hizo el sonido de un hierro candente quemando la carne—, nos marcan para siempre. Es nuestro sino.

—Ya veo.

—El hombre que las conquista es un kelpie de espíritu y de corazón, un caballo de mar que vivirá por ella y morirá de amor por ella cuando ella falte. Y solo hay un hombre así para cada O'Shea. Ese amor loco y desesperado es mutuo. Las mujeres O'Shea reconocerán a su pareja y permitirán, solo a él, que la monte. Y juntos tendrán una vida plena y longeva.

—¿Y cuándo sabes que ha llegado tu kelpie?

—Una O'Shea lo sabe —contestó a modo de confidencia—. Lo sabes porque basta con que lo mires una sola vez para darte cuenta de que estás hecha para él. Y él para ti. Es como un despertar. Mi abuela llamaba a esa sensación *y deffroad*.

—¿Tú te enamoraste así de papá?

—Ya lo creo que sí... —Sacudió la cabeza y sus rizos se movieron por todas partes—. Por él lo dejé y lo arriesgué todo —aseguró con la mirada perdida.

Aquel fue mi único sueño esa noche. No tuve pesadillas.

Desde que tenía uso de razón, experimentaba algo que los expertos denominan «sueños conscientes». Los especialistas nunca supieron si la capacidad de despertar dentro del sueño y utilizarlo a mi antojo era una consecuencia de mi memoria eidética o al revés. Pero de lo que no había ninguna duda era de que los tenía.

Durante mi fase REM, entre el sueño y la vigilia, mi lóbulo frontal se quedaba activo y despierto, y eso me permitía navegar a través del mundo astral de una manera lúcida y a capricho.

Revivía momentos, situaciones, lugares... Conversaciones.

Recuerdos. Había soñado con ese lugar y con mi madre otras veces; el sueño revivía lo que sucedía aquel día, hasta que descubrí que yo misma podía alterar los diálogos y las acciones. Como si las personas en ese plano tuvieran vida propia.

Estudié esa habilidad durante mucho tiempo, y ahora sabía cuáles eran los pros y los contras de esa aptitud.

Uno de los contras más trascendentes para mí era que no podía decir adiós a las personas que aparecían en mi sueño. Ni a mi madre ni a mi abuelo. Y al mismo tiempo, a pesar de la contradicción, el saber que no se iban de verdad y que coexistían en una realidad mental que yo propiciaba, era lo más mágico de mi don.

Aquella mañana, cuando abrí los ojos, recordaba el sueño y la conversación con mi madre, pero también evocaba perfectamente lo sucedido la noche anterior en la vida real, tanto lo bueno como lo malo, por eso me di cuenta de que mi primer beso no había sido un sueño, ni tampoco el intento de agresión de Thomas. Ojalá hubiera podido escoger qué era lo que quería obviar, pero no tenía memoria selectiva.

Mi dedo mostraba el mismo corte horizontal y enrojecido, y mis labios aún hormigueaban por el recuerdo.

Podría haber sido solo una fantasía, pero no lo fue. Kilian me salvó de las manos de Thomas y, después de discutirme con él, me besó de verdad. Y no como lo había intentado hacer su amigo horas antes, con la boca abierta y húmeda y apestando a cerveza.

No. Kilian había sido distinto y, aunque sabía que no lo podía comparar con nadie, entendía que nunca habría punto de comparación con él. Me había marcado a fuego sin yo saberlo, sin ser consciente de ello. No tenía experiencia besando, no sabía quién lo hacía bien o mal. Pero estaba convencida de que Kilian besaba como los ángeles, o peor, como los demonios pervertidos que incendiaban todo a su paso.

Él me había mostrado solo una parte de lo que era besar, y, para mi sorpresa, me acosté deseando descubrir más, y me desperté con la misma sensación.

El mareo había desaparecido por completo, y la droga, mucha o poca, que una vez había circulado por mi torrente sanguíneo, se esfumó en su totalidad. Ojalá Thomas desapareciera también de mi memoria.

No sabía lo que debía hacer con él. ¿Lo denunciaba? Tenía que hacerlo u otra chica correría la misma o peor suerte que yo. ¿Se tomaría mal Kilian que denunciara a su amigo? ¿Se enfadaría? Fuera como fuese, era algo que tenía que decidir yo.

Me incorporé y me quedé sentada en la cama. Bostecé y disfruté del tacto de la alfombrita blanca de debajo de la cama, bajo mis pies. Moví los dedos porque me hacía cosquillas. Alcé la muñeca y miré el reloj para comprobar que ya eran las nueve de la mañana y a las diez cerraban el bufet para desayunar. Y me moría de hambre.

Amanecí completamente diferente al día anterior. Después de lo que me pasó con Thomas, no debería haber dormido tan bien. Pero, en cambio, lo hice. El efecto del beso de Kilian borró todas mis sombras y temores. Y me hizo soñar con mi madre. Un sueño bueno. ¿No era maravilloso?

Sonreí ligeramente rememorando ese momento en el portal. Thaïs me haría una fiesta cuando se enterara.

Pensé que era extraño no haber recibido ninguna llamada de mis amigos.

Tomé mi iPhone del bolso pequeño que llevaba la noche anterior y vi que en WhatsApp tenía un montón de mensajes por abrir, así que los revisé. Ahí estaban: cincuenta mensajes.

Taka y Thaïs me preguntaban irónicamente y de muchas maneras si me había gustado la película. Obviamente, no la vi. Después seguí leyendo e ignoré el mensaje de mi amiga rubia que insinuaba que si había decidido ver el «martillo de Thom».

Si ella supiera de qué pie cojeaba Thomas, no haría este tipo de bromas.

Ya no había más mensajes hasta las siete de la mañana, en el que un número desconocido me decía:

«Lara, soy Taka. Estamos en la comisaría de Lucca. Tráenos los pasaportes y a sácanos de aquí.» Acompañaba el mensaje una localización.

—¡¿Qué?!

Me levanté de golpe como si tuviera un muelle bajo el trasero y leí el mensaje por segunda vez para convencerme de que era real y no una broma.

¿Qué había pasado? ¿Qué hacían en la comisaría?

Ni siquiera me duché.

Me puse una camiseta de tirantes blanca, el pichi tejano corto que me había comprado el día anterior, las gafas de sol y las zapatillas Rita Ora. Me lavé los dientes, me embadurné la cara de crema hidratante y me puse un poco de colorete, corrector, brillo de labios y rímel. Luego dispensé unas gotitas de colonia Ralph en mi garganta y tomé mi mochila grafitera de Channel, en detrimento de la Eastpak, para colgármela a la espalda. Era otro de los muchos regalos caros de Gema, que no hacía más que malcriarme. Pero me gustaba. Esa mochila, de hecho, era uno de sus mejores regalos.

Saqué la llave tarjeta de la habitación y cerré la puerta a mis espaldas.

Debía hablar con la recepcionista, explicarle lo sucedido y esperar a que me abriera las habitaciones de mis amigos para recoger sus identificaciones.

Por suerte para mí y para ellos, fue muy comprensiva.

Fui en bici como una kamikaze hasta la comisaría.

Al llegar, tuve que pagar yo la fianza, por supuesto, y facilitarles la documentación de mis amigos. Después ellos me devolverían el dinero, no habría problema.

El guardia, que no hablaba ni pizca de inglés y al que no presté demasiada atención, me guió hasta la puerta por la que iban a salir Thaïs y Taka.

Taka tenía los nudillos del puño derecho ensangrentados y el labio partido. Parecía un delincuente de la Yakuza, con su ropa oscura y su cresta azul.

Solté una exclamación al verle, pero dejé ir una mucho mayor al vislumbrar a Thaïs con su pelo rubio y liso totalmente enmarañado y una cuña del zapato rota. ¡Había perdido todo el glamour!

Caminaba cojeando por la diferencia de altura de las suelas. Habría sido hasta cómico de no ser porque acababa de pasar la noche en la cárcel, y seguramente no estaba de humor.

Cuando el guardia los dejó libres, me acerqué a los dos un tanto sobrecogida por la imagen que formaban.

—No nos mires así —dijo Thaïs—. Tendrías que ver cómo hemos dejado a los otros —bromeó.

—¿Qué demonios ha pasado? —pregunté.

—Ese gilipollas de los Assassins ha tenido la culpa —explicó Taka, malhumorado.

—¿Quién?

—Con el que te fuiste.

—¿Thomas?

—Sí —contestó Thaïs—. Vino a la carpa con la nariz hinchada y el polo manchado de sangre. Y soltó un comentario de mal gusto sobre ti y sobre mí, y entonces —se encogió de hombros— Taka se lió a hostias con él y ahora el capullo está en el hospital con dos costillas rotas y la nariz fracturada y nos ha amenazado con denunciarnos y echarnos del concurso.

—¿Cómo? ¿Qué dijo? —quise saber, angustiada.

—Dijo una guarrada que no hace falta repetir, créeme. —Para que Thaïs dijera eso, había tenido que ser muy fuerte.

—Quiero saberlo. Dímelo. Porque sea lo que sea lo que haya dicho —indiqué indignada— ha mentido.

—En otras palabras, dijo que no entendía como un japo como Taka tenía a dos chicas como nosotras colgadas del brazo. Que a ti ya te había catado y que... Ahora faltaba que yo me abriera de piernas para hacer su pleno al quince de esa noche. Y ahí fue cuando Taka se volvió loco en plan Jet Li y...

—Joder, vámonos. —Taka la interrumpió con gesto severo. Estaba agotado el pobre—. Quiero ducharme y dormir un poco antes de que nos suene el busca para continuar con el concurso.

Taka se nos adelantó. Mi vista se clavó en su espalda y después desvié la atención hacia mi amiga, que me miraba inquieta.

—Se le pasará —me dijo—. A mí tampoco me ha hablado en toda la noche.

—¿Estáis bien? —Thaïs no tenía ningún rasguño, menos mal.

—Nosotros sí. ¿Y tú? ¿Qué fue lo que pasó? Espero que no te hayas estrenado con ese cretino porque...

—No. Por Dios. —Pensarlo me provocó angustia—. Thomas me metió algo en la bebida para aprovecharse de mí. Pero no lo consiguió.

Ella abrió los ojos como platos y soltó sapos y culebras por esa boca hermosa que la genética le había dado.

Taka corrió a mi lado como un hermano mayor ansioso y vengativo y susurró entre dientes:

—¿Qué has dicho?

Lo repetí y después, tras salir de la comisaría y tomarnos un café y un muffin que yo misma pagué en una terracita bucólica y ajardinada, les narré lo sucedido con todo lujo de detalles.

—A esa droga del violador la llamaban originariamente «burundanga» —dije hundiendo mi magdalena en la leche. Tenía esa mala costumbre desde pequeña. Aunque para mí era buenísima—. Lo busqué en Google de camino a la comisaría. Me acuerdo de todo porque el estúpido, gracias a Dios, no había puesto la cantidad necesaria para dejarme inconsciente. La droga me había atontado y sus efectos eran parecidos a los de un relajante muscular potente. De ahí que me pesaran las extremidades. Pero había estado consciente en todo momento —aclaré.

—Pues hay que denunciarlo, Lara, ¿me oyes? —me ordenó Taka—. El desgraciado vino después a provocarnos. Fingió que yo le había roto la nariz y nos acusó de haberle provocado esas lesiones cuando, por lo que nos cuentas, fue Kilian quien se las hizo. Yo solo le di un puñetazo y una patada —dijo Taka como si eso no fuera importante.

—Bueno, Taka. —Thaïs lo miró a caballo entre la risa y la sorpresa—. Que puliste y diste cera a los otros también. Parecías un ninja —dijo orgullosa bebiendo de su inseparable café.

—Habló la que daba punterazos en el suelo.

Thaïs sonrió y sacó pecho, recostándose en la silla.

—Sí... Esa soy yo. —Hizo el símbolo de la victoria con los dedos.

—Los compañeros de grupo de Thomas se pusieron de su parte y le apoyaron —continuó Taka—. Si el concurso se entera de nuestra trifulca y los Assassins son los únicos testigos de lo que pasó, no dudarán en poner la denuncia, echarnos y sacarse un rival directo de encima.

—¿Nadie más lo vio?

—Estábamos detrás de la carpa. En la zona VIP. Había acabado la película y ya la gente y parte de los demás grupos se habían ido —contó Thaïs—. No había nadie más.

—Las reglas del juego son claras al respecto. No puede haber altercados entre los concursantes o serán eliminados del concurso —recordó Taka.

Yo me quedé pensativa. Thomas no era tonto. Había hecho eso por un motivo, no solo por rabioso o provocador.

Y si había un modo de detener aquel despropósito estaba en mis manos.

Posiblemente Kilian ya sabría lo sucedido y, formando como formaba parte de los Assassins, dudaba que él quisiera perder a uno de sus miembros, aunque la noche anterior se mostrara dispuesto a reventarle la cabeza.

Lo único que tenía claro era que Thomas merecía un castigo. Y que yo no iba a permitir que lo que había intentado hacer conmigo quedara impune.

Estaba cerca de la comisaría, ya que no habíamos caminado demasiado, por eso podía poner la denuncia en ese mismo momento.

Entonces mi teléfono vibró para alertarme de que un número que no tenía grabado en los contactos me acababa de enviar un mensaje por WhatsApp.

Lo abrí y lo leí con curiosidad:

> De +34 657 74 46 73:
> Lara. Soy Kilian.

Tardé varios segundos en reaccionar. Seguramente, el tiempo que se tomaron mis pulmones en recordarse que debían respirar. Solo saber de él, me puso nerviosa.

> ¿Kilian? ¿Cómo tienes mi número?

> Ayer me hice una llamada perdida desde tu móvil al mío. ¿Te molesta?

Vaya. Pues sí que era rápido y hábil. Pero no me molestaba.

> ¿Aprovechaste mi momento de colocón para cogerme el móvil? Qué mala persona.

> Seeeeee. Además. No sabía si me lo querrías dar... Pero solo lo cogí prestado ;)))

> No sabía que te interesase tenerlo.

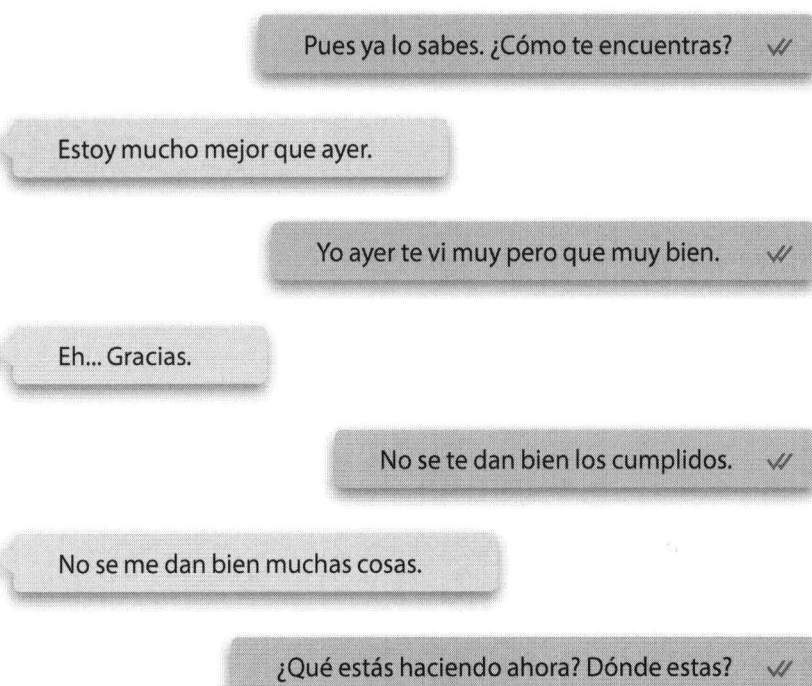

Pues ya lo sabes. ¿Cómo te encuentras?

Estoy mucho mejor que ayer.

Yo ayer te vi muy pero que muy bien.

Eh... Gracias.

No se te dan bien los cumplidos.

No se me dan bien muchas cosas.

¿Qué estás haciendo ahora? Dónde estas?

Miré a Thaïs y a Taka que seguían recordando, con un orgullo que me dejaba estupefacta, cómo se dieron de tortas la noche anterior.

Tenía que decirle a Kilian lo que iba a hacer. Él vio lo que me sucedió, vio lo que hizo Thomas y, como miembro de los Assassins, le interesaría saber que iba a denunciar a uno de sus compañeros. De la misma forma que ellos querían denunciar a Taka injustamente, ya que las lesiones de Thomas se las había hecho Kilian, no mi amigo.

Voy a la comisaría.

¿Vas a denunciar a Thomas?

Sí.

No lo hagas.

¿Es que no sabes nada de la pelea que provocó Thomas después de encontrarse contigo? Acabo de sacar a Taka y a Thaïs del calabozo por su culpa.

Lo sé. Y lo siento.

¿Y no sabes que Tomas quiere denunciar a Taka por las lesiones que tú le provocaste?

Sí. También lo sé. Lara, mejor hablamos de esto cara a cara. Si seguimos adelante con esto, la organización Turing nos echará, a los dos grupos. ¿Nos podemos ver?

¿Que si nos veíamos? ¿Él y yo?

El corazón se me aceleró y sentía como si mi estómago flotara dentro de mi cuerpo: mariposas, así llamaban a esa sensación. Encontrarme con Kilian para hablar de algo de lo que no nos apetecía hablar no era nada a lo que debiera darle importancia.

Pero se la daba. Porque era estar con él y ver esa cara de dios de los fuegos que me tenía obsesionada.

Y sus labios...

> Está bien. ¿Dónde quedamos?

> Estoy en la caseta de los dibujantes de cómics.
> En la Piazza Napoleone. Frente a la estatua.

> En media hora estoy allí.

> Perfecto. Te veo ahora.

Cuando guardé el iPhone las manos me temblaban, y, por lo visto, Thaïs y Taka habían dejado de discutir sobre quién pisó la mano de no sé quién.

No podía volver a dejarlos solos. Eran conflictivos.

—¿Quién era? —preguntó Taka mirándome con esos ojos rasgados llenos de inteligencia.

—Kilian.

Thaïs dejó ir una risotada y levantó el pulgar.

—Ayer triunfaste como nunca, ¿eh? Te lo dije.

—¿Qué quería? —Taka se inclinó hacia delante, con el rictus serio.

—Quiere que hablemos sobre lo de Thomas y su denuncia. Y cómo nos afecta eso a todos.

—Te va a convencer para que no la pongas.

—Vamos a llegar a un acuerdo —expliqué con serenidad—. Para que tampoco Thomas nos denuncie a nosotros y no tengamos que irnos a casa con el rabo entre las piernas.

—¿Y lo vas a negociar tú? —Thaïs alzó una ceja rubia más que la otra—. ¿Acaso no sabes que no se mezclan los negocios con el placer?

—Para ya, Thaïs. Esto es serio.

—Serio es pasar la noche en la cárcel —me replicó.

—Primero tengo que escuchar lo que dice y después sentar mis bases. No quiero a ese desgraciado de Thomas compitiendo contra nosotros —argumenté—, pero tampoco quiero que nos echen a todos por su mala cabeza.

—Es un delincuente —sentenció Taka—. No hay más que hablar. Tienes que denunciarlo.

—La cosa va a ir así: si yo lo denuncio, Taka, él os denunciará a ti y a Thaïs. Para el premio somos un grupo, no individualidades. Eso extiende la denuncia a todos y, por tanto, nos iríamos todos a casa. Sé que Thomas es un capullo y que nos la ha jugado para cubrirse las espaldas. Sabía que le iba a denunciar, y ha decidido mover ficha antes para poder hacernos chantaje.

—Si fue Kilian el que le apalizó, y con mucha razón, ¿por qué no dice que fue él quien lo hizo? —insistió Taka—. Que él lo reconozca, y todos listos.

—¿Y ponerse a todo su grupo en contra? ¿Y que echen a todo su grupo solo porque una manzana está podrida? No sería justo. Es complicado. Voy a ir a hablar con él y ver cómo podemos solucionar esto.

Tenía que hacerlo.

Primero porque ardía en deseos de volver a verlo, y segundo porque quería oír lo que él había pensado, y si era o no justo para mí y para todos.

Después de regresar al hotel, mientras Thaïs y Taka se duchaban y descansaban lo que no habían podido descansar la noche anterior en el calabozo, yo dejé la bici en su sitio y me fui directamente a la Piazza Napoleone.

Intenté tranquilizarme ante la expectativa de volver a verle, y más después de que la noche anterior me hubiera besado.

Kilian tenía un efecto en mí que me ponía de los nervios: expectante, alerta, con los estímulos a flor de piel.

Muy parecida a la sensación que debía provocarme mi kelpie.

Doce

Dicen que las personas cambian la expresión de su rostro cuando ven o hacen aquello que les llena el alma y el espíritu. Eso daba sentido a la frase que decía que «uno conseguía el éxito cuando lograba vivir de su vocación».

Allí, bajo aquellas carpas repletas de ilustradores, había mucho amor por el dibujo, y también mucho orgullo por vivir de lo que a uno le gustaba.

No tardé nada en detectar a Kilian. De algún modo, mis ojos tenían un radar con él, y lo divisaba a pesar de que allí hubieran cientos de personas contemplando los trazos y los dibujos de sus artistas favoritos.

Me permití la licencia de observarlo sin que él se diera cuenta. Estudié la pose de su cuerpo, la uve perfecta de su espalda que acababa en su cintura estrecha, sus hombros anchos y grandes producto del parkour. Su trasero marcado y duro, que parecía musculoso a través del pantalón Guess algo roto y bajo, estilo capoeira. En los bolsillos traseros abultaban la cartera y el iPhone 6 Plus blanco que sobresalía. La camiseta blanca de manga corta resaltaba el color de su tez, algo más morena que la mía.

Yendo plana como iba, me sacaba casi dos palmos. Para mí era casi como un avatar, y no porque yo fuera pequeña, sino porque él era... grande.

Y llevaba mi gorra. La gorra negra que me había quitado dos días antes cuando dio una voltereta por encima de mi cabeza como Assassin.

Le quedaba demasiado bien.

Kilian no contemplaba al ilustrador que tenía en frente con los brazos cruzados, como sí hacía la gran mayoría de la gente. Él tenía los brazos relajados a cada lado de sus caderas, señal de que quería absorber hasta el último detalle, y de que no quería cerrarse en banda. Estaba receptivo y quería aprender. Cruzar los brazos, en el lenguaje no verbal, significaba no ser accesible.

Él lo era, al menos en ese instante.

Su perfil masculino y terriblemente atractivo me cautivaba, tal y como a él le cautivaban los dibujos que veía.

Esos ojazos amarillos, de héroe o villano según se mirase, irradiaban luz como el astro rey, porque, de algún modo, lo que presenciaba lo hacía dichoso. Se mordía el interior del labio inferior en un claro intento por memorizar cada movimiento y cada técnica.

Al parecer, Kilian era un gran fan de los cómics. De Jim Lee, en particular, que ahora delineaba los músculos del pectoral de Batman, como si estuviera dando una clase particular para él.

La postura de sus brazos me dejó vislumbrar de nuevo su tatuaje. Las tres puntas del tridente dorado y en relieve acababan sobre las líneas de su muñeca, y solo una punta del tridente estaba iluminada por una llama. Me moría de ganas de saber qué significaba.

En la plaza, la música de «Paradise» sonaba a todo volumen por los altavoces.

Cuanto más me acercaba a él, más sentía el corazón en la garganta, como si me dirigiera a él en cámara lenta. Era increíble la reacción física de mi cuerpo ante su presencia.

Incluso la brisa veraniega trasladó el olor de su colonia hasta mi nariz. Y en ese instante sentí como si me besara de nuevo y volviera a notar su contacto.

Madre mía. Tenía un problema. Estaba muy mal.

Kilian se dio la vuelta como un animal que se supiera vigilado, pero que no temiera en ningún momento por su seguridad.

Cuando nuestras miradas se cruzaron, mis pestañas oscilaron y las suyas se entrecerraron para después regalarme una caída de ojos burlona que puso en duda mi capacidad de mantenerme en equilibrio con las dos piernas: su apoyo me parecía poco entonces. Inhalé con disimulo y espiré el aire entre los dientes.

—Hola, cachorrita. —Me saludó con un tono tintado de cariño y simpatía.

—Hola, Kil... Bil —le espeté sin pensarlo demasiado.

Kilian se sorprendió ante la ocurrencia y después rió sin reparos.

—Muy hábil.

Nos quedamos el uno frente al otro, yo mirando hacia arriba, por supuesto.

Le señalé la gorra.

—Esa es mía —aduje.

—Me queda mejor a mí, y lo sabes —dijo sin ningún tipo de pudor.

Era verdad.

La cuestión era que no sabía cómo tenía que actuar después del beso que nos dimos. Si habíamos cruzado alguna línea, no tenía ni idea de cuál era.

—¿Tienes hambre? —me preguntó de sopetón, eliminando mis dudas de un plumazo.

—He desayunado hace un rato.

—Pues te invito a tomar algo. Conozco un sitio donde sirven las mejores porciones de pizza de Lucca. ¿Qué me dices? Te debo una.

—Sí, tienes la mala costumbre de quitarme las cosas...

—Y porque no llevas oro que sino... te lo robaría cual cuervo.

¿Cómo iba a decirle que no?

—Está bien —acepté, y empezamos a caminar el uno al lado del otro—. ¿Queda muy lejos?

Kilian observó mi calzado y sonrió a medias.

—Qué va. Además, con esas seguro que hasta debes de volar.

—Muy gracioso —contesté, divertida. Ya me había quedado claro que las encontraba un tanto peculiares. Pero no era él quien se las tenía que poner, sino yo. Y a mí me encantaban. Además, eran unas Adidas comodísimas.

Paseamos en silencio entre las calles estrechas y bucólicas que mantenían la esencia medieval y renacentista de siglos anteriores. Era como vivir en un cuento de princesas y caballeros.

El hecho de no hablar me cortaba un poco, así que fui yo la primera en romper el hielo e ir al grano.

—¿Thomas está en el hospital?

—Sí —contestó cediéndome el paso en una acera estrecha.

—Le diste una buena paliza...

—Poco le hice. Se la volvería a dar sin pensarlo dos veces.

Eso le honraba. Significaba que me volvería a proteger sin ninguna duda.

—Pero él, en cambio, ha dicho que fueron Taka y Thaïs los que se la dieron.

—Lamento mucho el comportamiento de Thomas. Para mí es igual de reprochable y detestable —confesó, realmente avergonzado.

—Pues sí. La verdad es que es una perla el chico. Droga a las chicas, se quiere aprovechar de ellas y después culpa a otros de delitos que no han cometido.

Kilian tuvo la decencia de agachar la cabeza. Sabía lo mucho que le costaba pedir que no denunciáramos a Thomas, pero, aun así, estaba en su obligación de pedirlo. Por el bien de todos los demás.

Lo comprendía. Aunque, por otra parte, lo rechazaba. La participación en un concurso, por muy prestigioso que fuera, no debía significar la redención de delitos mayores.

Por nuestro lado pasaron dos ciclistas disfrazados de pitufos. Ambos llevaban una cesta llena de pan recién horneado. Venían de una panadería e iban a hacer una entrega a domicilio.

—Esto me cuesta más a mí que a ti. A pesar de que me has oído hablar sobre lo que pienso de Thomas, estoy aquí porque tengo que llegar a un acuerdo contigo... —Suspiró como si no hubiera otra razón más importante que esa. Y eso me decepcionó, porque yo tenía muchas ganas de verlo, pero, al parecer, él estaba allí por deber. Por nada más—. ¿Te imaginas lo que es?

Asentí con la cabeza y me tomé mi tiempo para responder:

—Por supuesto. No soy tonta. Quieres pedirme que no lo denuncie. Porque, si lo hago, todo vuestro equipo dejará de participar en el Turing.

—Y Thomas os demandará a vosotros. Y la organización se enterará, porque tienen ojos en todas partes. Y tú y tus amigos también abandonaréis el concurso.

—¿Thomas va a seguir adelante con su amenaza?

—Es la única baza que le queda. —Kilian se encogió de hombros.

—Qué sinvergüenza...

—Sabe lo mucho que la ha cagado. Tuvo que actuar rápido para buscar una coartada que lo pudiera proteger. Entonces vio a tus amigos... Y el resto ya lo sabes.

—Sí —murmuré a disgusto—. El resto ya lo sé. Taka y Thaïs en la comisaría sin haber hecho nada. Y Thomas, en el hospital, bien cuidadito para que se recupere. Y encima haciéndose la víctima.

—Entiendo que esto es desagradable para ti.

—Lo es —aseguré girando el cuerpo para mirarlo a la cara—. ¿Qué me hubiera hecho Thomas de no haber llegado tú a tiempo?

Kilian me sostuvo por el brazo y nos detuvimos en medio de una calle peatonal. El contacto de sus dedos sobre mi piel me ardió y calentó la sangre.

—No pienses en eso. No te habría hecho nada, Lara. No se lo hubiera permitido. Os seguí en cuanto salisteis del baluarte.

—¿Te imaginabas que Thomas haría algo así? ¿Por eso nos seguiste?

—No —dijo, contrariado—. No pensé que fuera a llegar tan lejos.

—No. Gracias a Dios no lo hizo.

Ambos nos aguantamos las miradas. Él era muy consciente de las consecuencias de los actos de Thomas, de ahí el horror en sus ojos dorados. Y yo también sabía que Thomas me habría arruinado la vida de no haber sido por su intervención.

—No voy a poner la denuncia —le dije alzando la barbilla.

—¿En serio? —Exhaló más relajado.

—Sí. Pero no lo haré a cambio de que él se vaya de Lucca y deje de participar en el concurso. No lo quiero aquí —alegué con firmeza. No iba a permitir que un tío que había intentado aprovecharse de mí se fuera de rositas. Tenía que pagar como fuera—. Puede darse de baja argumentando motivos personales. Vosotros os salváis de la denuncia y nosotros también. Pero Thomas tiene que irse. Lo dejo en tus manos; o, de lo contrario, lo denunciaré de verdad y me importará bien poco si sigo o no sigo en el concurso. Y a mis amigos también. Es mi decisión y pondré la denuncia si veo que Thomas sigue aquí mañana.

Kilian escuchó con atención cada una de las palabras. Las valoró, sus ojos se movían de un lado al otro, señal de que meditaba la mejor solución. Cuando los fijó en mí de nuevo, comprendí que aceptaría mi condición.

—Supongo que es lo justo para todos —dijo Kilian—. Hoy mismo, cuando le den el alta, le diré que haga las maletas y se vaya. No puede seguir aquí.

—Por el bien de los demás, decido no perjudicar a los dos grupos —le dejé claro—, pero lo justo para Thomas sería una denuncia legal. Ese tío tiene problemas y no entiendo cómo puedes ser su amigo.

—Thomas no es mi amigo —cortó en seco.

—Tal vez no seáis los mejores amigos, pero entre vosotros noté ciertos rangos. Tú parecías su superior. ¿Por qué?

Kilian inclinó la cabeza a un lado y me observó de otro modo distinto a como me había mirado otras veces. No sabía decir si era respeto o curiosidad.

—¿Y eso lo has notado así, de golpe? —quiso saber.

—Observando sin juzgar es como más se aprende. Y lleváis el mismo tatuaje —incidí—. ¿No sois los mejores amigos pero los dos lucís la misma marca en el antebrazo? ¿Por qué? ¿Es un sello de hermandad?

—Eres una chica muy lista, ¿no, Lara? No se te escapa nada.

Kilian ni se imaginaba lo poco que se me escapaba una vez que mis ojos se posaban en algo. No era inteligencia. Era un don. Un don que me costó mucho aceptar y por el cual pasé por etapas muy oscuras hasta que comprendí que no era una desgracia ni una maldición, sino algo sumamente útil para conseguir todos mis propósitos. Como, por ejemplo, no tener que estudiar demasiado. Con solo leerme la página y visualizarla, mi memoria fotográfica se ponía en acción.

—No. No lo soy. Ya te digo que solo observo.

—Bueno —dijo no muy convencido y apoyando una mano en la parte baja de mi espalda para empujarme levemente hacia delante. Quería que continuáramos caminando—. Thomas solo forma parte del grupo. El tatuaje es solo un símbolo de hermandad. Pero pertenecer a una hermandad no significa que todos seamos hermanos, ¿no?

—No lo sé. Nunca he pertenecido a ninguna. Pero ya veo que tú sí.

—Yo soy como un delegado dentro de mi hermandad en Utah.

—¿Cómo se llama vuestra hermandad?

—Ah... Somos la Hermandad de Neptuno —explicó frotándose el tatuaje con la mano.

—¿De ahí el tridente? —Tenía sentido.

—Sí. Thomas y yo, como Frederic y los demás, fuimos escogidos por la universidad, gracias a nuestras aptitudes, para venir aquí. Éramos los que habíamos obtenido las mejores calificaciones de la facultad en nuestras especialidades. No hay más misterio.

Aquello me chirrió un poco pero no le di más importancia.

Silbé con asombro.

—Menuda hermandad de lumbreras. ¿El Premio Turing contacta directamente con las universidades?

—Por supuesto. La organización Turing se puso en contacto con la dirección de Utah para que hicieran una preselección con los mejores alumnos. Después se hace la criba y al final van los elegidos.

—¿Y extienden la invitación a todas las universidades?

—No. Solo a las más prestigiosas. Es una invitación privada, ¿comprendes? A aquellas que tengan los alumnos más brillantes.

—Ya. ¿Y vosotros sois los elegidos? —dije con un tono de ironía muy evidente.

—Sí. —Se bajó un poco la visera de la gorra y señaló un puesto pequeño con toldo rojo y dorado, que poseía una terraza retirada en un jardín central de la nueva plaza en la que nos hallábamos. Los rumores eran ciertos: Lucca era todo plazas e iglesias—. ¿Y cómo os seleccionaron a vosotros, Lara?

—A nosotros... —¿Cómo iba a decir que Taka se las arregló para meternos in extremis y no con métodos del todo legales? No pertenecíamos a ninguna universidad, yo ni siquiera iba a una. Aunque pertenecer o no a una no era un requisito para participar en el Turing—. Es una historia muy larga —dije para salvarme del apuro—. Pero más o menos como a ti. Nos seleccionaron por nuestras habilidades grupales —anuncié con la boca pequeña—. Éramos los mejores. En fin, muy aburrido de contar.

—Ajá... Tenemos tiempo. ¿Te puedo invitar a una pizza o no?

—No sé. Tienes la mala costumbre de comértelas. Además, ya hemos hablado de lo que queríamos hablar —bromeé—. ¿O hay más?

—Hay mucho más —Se pasó la lengua por los labios y los humedeció. Tuve la necesidad de tocarlos con los míos, pero no me atrevía a hacer algo así—. A mí me gustaría saber cómo hiciste para ser la primera ayer en encontrar a Turing cuando el resto tardamos una hora más que tú.

—Vaya... ¿Y eso lo notaste así, de golpe?

Kilian arqueó sus cejas negras, tan perfectas como él, e hizo una mueca divertida con los labios.

—Oh, solo es fruto de mi observación y de la hora que tardamos en dar con él —dijo en tono irónico—. ¿Me lo vas a decir o no?

Me puse las manos a la espalda, adopté un tono poco serio y lo miré por encima del hombro mientras llegábamos a la vitrina de las pizzas. Tenían una pinta exquisita.

—Ya sabes, Assassin: un superhéroe no habla de sus superpoderes.

De repente tenía hambre, y quería seguir hablando con él de lo que fuera. Aunque tuviera que tomarle un poco el pelo por las veces que él me lo había tomado a mí.

Kilian era un excelente conversador.

Pensé que, después de que se aviniera a cerrar un acuerdo respecto a lo de Thomas, él se iría porque no le podría interesar nada más de mí.

Llegué a pensar que me besó más por pena que por atracción, y eso me entristecía.

Pero descubrí que, a pesar de ser muy serio y también aparentar una tensión cuyo origen desconocía, Kilian sabía hablar y llenar los espacios. Y eso me agradaba.

—A ver, vamos a resumir —dijo inclinándose hacia delante hasta ocupar parte de mi espacio—: te llamas Lara.

—Muy bien, has prestado atención. —Sonreí revolviendo el granizado con la caña.

—Has estudiado en Saint Paul's School de Barcelona. Tu padre, Cesc, es catalán, y tu madre, Eugene, era norteamericana, con sangre irlandesa. Ella murió cuando tú tenías ocho años.

—Sí.

—¿Quieres hablar de ello o es demasiado personal?

—Preferiría no hacerlo —contesté con sinceridad—. No me siento cómoda al respecto. —Nunca había hablado de ello con nadie. Solo con mi psicóloga.

—De acuerdo —me tanteó—. ¿Algún chico que te esté esperando en alguna parte?

—Tantos que ni me acuerdo —comenté con sarcasmo—. ¿Y tú y Luce?

—¿Luce? —preguntó—. ¿Luce Gallagher? ¿Qué pasa con ella, cachorrita?

Cada vez me disgustaba menos oír mi mote cariñoso. No lo veía despectivo.

—Thomas me... Bueno... —Moví la mano intentando ayudarme del lenguaje corporal para poder expresarme mejor. Pero no me salía—. Él me dijo que tú y ella...

—Créeme —me cortó de golpe—. No sé por qué razón el desgraciado ese te habrá dicho algo así, pero...

—Él dijo que erais uña y carne y que Luce te rondaba siempre.

—Thomas es un mentiroso. Borra de tu cabeza cualquier cosa que te haya dicho porque no es verdad.

—¿Entonces?

—Entonces, nada. Luce es mi amiga. Una buena chica a la que respeto muchísimo. Nada más. ¿Contenta?

—Eres tú el que tiene que estarlo —le insinué.

—Esas uñas, gata.

—Corta el rollo.

Kilian se sentía como un tiburón en el agua, dispuesto a comerse a los peces más pequeños, como yo. Y yo, que nunca me había interesado el coqueteo, parecía un pingüino en el Sahara: incómoda y perdida.

—Otro tema: ¿a qué universidad vas a ir, Lara? ¿Estudiarás en Europa? —Estiró sus largas piernas por debajo de mi silla y cruzó un pie sobre el otro.

—No. Me han dado una beca en Yale. Quiero seguir los pasos de mi madre.

Mi madre estudió en Yale, donde se formó como bióloga.

Después abandonó Estados Unidos para irse a vivir a España, donde empezó un importante proyecto en unos laboratorios. Y allí se quedó.

Kilian permaneció callado unos segundos. La gorra le cubría la mirada y no sabía en qué estaba pensando. A continuación dio un largo sorbo a su cerveza y silbó.

—En Yale, ¿eh?

—Sí.

—¿Y qué carrera cursarás tú? Déjame adivinar... Abogacía. No, no. Abogacía no. —Levantó el dedo—. Historia. Tienes el aspecto de alguien que se va a comer un tostón de teoría durante muchos años. —Arqueó las cejas y bebió de su cerveza.

—¿Eso aparento?

—Sí.

Me lo quedé mirando sin bajar los ojos ni un instante. Sonreí a medias y contesté:

—Criminología. —Así, sin rodeos—. Voy a estudiar criminología.

—Vaya... —murmuró con mucho interés—. ¿Te van los muertos?

—¡No! —contesté, horrorizada—. Lo que me va es descubrir quién les quitó la vida —aclaré. En el instituto me llamaban rarita por querer estudiar esa carrera. Pero yo sabía lo que se ocultaba detrás de mi interés. Y no era el morbo.

—Has tenido que ser una estudiante asombrosa —me reconoció—. Yale no beca a cualquiera.

—Gracias.

—También has tenido que aburrirte mucho.

Aquello no me sentó bien. Posiblemente porque, en parte, tenía razón. Thaïs me había dicho lo mismo.

—Si te refieres a que no he tenido tiempo de comportarme como una chica de mi edad —me encogí de hombros—, solo puedo responderte que no todas las chicas lo pasamos bien con las mismas cosas.

—¿Eres un bicho raro?

Que él me viera como alguien aburrido y fuera de su onda sacaba a relucir mi parte más insegura, y también la más defensiva.

—Formo parte de una especie en extinción muy preciada —murmuré arrancando un cachito de la corteza de la pizza—. Debemos protegernos y cuidarnos entre nosotros.

—¿Acaso poseéis en vuestro ADN la cura de la humanidad? —dijo sarcástico.

—No sé si llegamos a tanto. Pero sí poseemos la cura de la ordinariez y la ignorancia.

—Eres la única esperanza de futuro para nosotros, los jóvenes corruptos. —Se llevó la mano al corazón.

Yo sonreí sin demasiadas ganas.

—Me ha costado mucho, he sacrificado muchas cosas, pero todos los esfuerzos han valido la pena —sentencié.

—Me imagino —afirmó con sinceridad—. Sabes que la universidad empieza la semana que viene, ¿verdad?

—Por supuesto que sí. —Lo miré como si tuviera un retraso.

Él levantó las manos defendiéndose del ataque de mi mirada.

—¡Eh, no me culpes! ¡En Europa empezáis la universidad muy tarde! ¡Os va la buena vida!

No le iba a quitar la razón. En España ni se valoraba la posibilidad de empezar la universidad en agosto.

—Entonces ¿qué es Lucca para ti, Lara? ¿Una pequeña despedida de desfase? ¿Una última fiesta antes de dedicarte a estudiar de nuevo?

Mis párpados se entrecerraron al mirarle de frente. No pretendía seducirle o desafiarle, pero creo que fue justo lo que hice.

—Puede —contesté.

—¿Y cuál va a ser tu locura más sonada, cachorrita? ¿Hacer un grafiti? —Rió con sorna.

Se estaba riendo de mí. Pero no me sentó mal porque sentía que, en realidad, solo bromeaba conmigo.

—No lo sé aún. Solo quiero disfrutar de estos días aquí —expliqué—. Y vivir esta experiencia. Y hacer alguna locura...

—¿Qué tipo de locura serías capaz de hacer?

—No voy a planificar nada —le expliqué sin querer ser pretenciosa—. Solo me dejaré llevar.

—¿Sabes? —adoptó un tono más ronco para dirigirme una mirada envuelta en fuego—: a veces no hay que planear tanto las cosas... Solo hay que saltar al vacío.

Kilian revolucionaba mis hormonas y me hacía hervir la sangre. No era tan pava como para no darme cuenta de cuándo alguien me atraía de ese modo, porque, aunque nunca me había pasado, las diferencias se palpaban con facilidad. Era imposible tener paz mental a su lado; me cortocircuitaba. Yo, que siempre había tenido mucho control sobre lo que me rodeaba, era un amasijo de nervios en su presencia.

Y no acababa de llevarlo bien.

Mientras comía las dos porciones de pizza napolitana y bebía de mi granizado de fresa, Kilian no dejaba de estudiarme y de mirarme con una intensidad que a veces me hacía sentir incómoda. Bebía de su cerveza, mordía la pizza; volvía a beber, volvía a morder. Me preguntaba algo y escuchaba con seriedad. Y todo ello sin perder ni un detalle de mis palabras.

Aunque en ocasiones hablara de temas banales, el fuego de sus ojos seguía ahí, cuando se posaban en mí. Y se posaban siempre, porque, durante todo el rato que estuvimos charlando, no los apartó de mi cara bajo ningún concepto, como si le diera miedo perderse algo.

Me abrumaba tanta atención y, al mismo tiempo, me agradaba.

—Háblame un poco de ti, Kilian. Además de Assassin a tiempo parcial, y vándalo a tiempo completo, ¿qué más haces en tu...?

—¿Sabes que tienes los ojos más bonitos que he visto nunca? Me dejan sin palabras.

El trozo de pizza se quedó suspendido en el aire, a medio camino de mi boca. Era un piropo en toda regla, y yo jamás había hecho caso de ellos. Nunca les di importancia. Pero que él me dijera algo así despertó a las mariposas de mi estómago, otra vez.

—Gra-gracias —contesté, nerviosa.

—¿Te da vergüenza que te diga estas cosas, Lara? —No dejaba de mirarme la boca, y yo me la limpiaba disimuladamente con la lengua, pensando que tenía tomate o algo.

—No estoy acostumbrada. Pero te lo agradezco.

—Una ratita de biblioteca como tú no ha tenido tiempo para salir con chicos, ni tontear, ni hacer guarradas, ¿me equivoco?

—Eso no es algo de lo que deba hablar contigo.

—Te pongo nerviosa, ¿verdad?

—En absoluto.

Él se inclinó hacia delante y susurró:

—Pues deberías. No sabes cómo es de viva mi imaginación.

Un cachito de hielo del granizado se me fue por el otro lado, con lo que tuve que toser enérgicamente hasta que se me saltaron las lágrimas.

Kilian se echó a reír con ganas.

—Qué mona... —murmuró con la mirada vidriosa.

—Bueno... ¿Me vas a hablar de ti, Kilian, o no? —Cambié de tema para redirigir la conversación. Yo no sabía jugar a eso... No tenía la gracia ni el desparpajo de Thaïs para soltarle alguna fresca.

—¿Qué quieres saber? —Cogió una porción de su pizza barbacoa para morderla con satisfacción—. No soy nada interesante.

—Veamos... ¿Cuándo empezaste a practicar parkour?

Aquel cuerpo tan esculpido y trabajado era el resultado de años de dedicación y sacrificio.

—Hace cuatro años.

—¿A los diecisiete?

—Sí.

—¿Y qué mueve a un futuro médico enamorado de la ilustración a jugarse el físico haciendo un deporte tan arriesgado como este? —pregunté mordiendo la caña ligeramente.

—¿Cómo sabes que me enamora el dibujo? —preguntó.

—Te vi mirando atentamente a Jim Lee.

—¿Lo conoces?

—Claro. Me encanta el cómic americano. Tengo mi parte friki, como tú. De hecho, estoy en este festival solo por los cómics y los mangas. He deducido que alguien que mira como tú lo hacías siente devoción y admiración por su arte.

Él no dijo nada más. Se calló para meditar la explicación que le había dado. Que era la verdad. Y lo sabía.

—No es solo un deporte —aclaró.

—¿El qué?

—El parkour.

—Ah. Pensaba que te referías a lo de los cómics... ¿Me vas a hablar de ello?

—Los trazadores tenemos valores y sentimos un profundo respeto por nuestro cuerpo. Hay una filosofía tras cada movimiento y salto.

—¿De verdad? —quise saber, apoyando la barbilla en mis manos—. Explícamela.

—Te aburriría.

—Nada me aburre si me lo explicas bien. —Sonreí forzadamente—. Hazte el interesante, venga. Tienes toda mi atención.

Él no me tomó muy en serio, e hizo bien.

—Cierra los ojos —me ordenó de golpe.

—Ciérralos tú.

Dejó ir una carcajada.

—En serio. Ciérralos. Así entenderás mejor nuestra manera de pensar y de actuar.

Odiaba dejar de ver. Mi mente trabajaba con imágenes, evocaba acciones en movimiento. Perder la visión significaría perder en ese momento cada expresión de Kilian.

Sin embargo, después de emitir un largo suspiro, los cerré, confiando en él como rara vez lo hacía.

—¿Seguro que no ves?

—No, pesado —contesté—. A ver, cuéntame.

Oí el sonido chirriante de la silla ante su movimiento, y noté sus manos cerca de mi cara. Entonces, la caricia de uno de sus dedos deslizándose por mi tabique nasal despertó mis otros sentidos haciéndolos hipersensibles.

—Nos llaman trazadores porque trazamos caminos distintos de los demás. Caminos que los demás no se plantean trazar. Caminos vírgenes. —Yo abrí los ojos de repente, pero él me sonrió y pasó sus dedos por encima para que los cerrara de nuevo—. Vemos otras vías diferentes por las que avanzar en nuestro día a día. —Pasó sus dedos por la punta de mi nariz, y después, resiguió mis mejillas—. El parkour es nuestra manera de decirle al mundo que, a pesar de los obstáculos que nos pongan, los sortearemos sin dar un solo paso atrás.

—¿Y no... no es muy arriesgado jugársela en cada paso?

Kilian sonrió silenciosamente. No hacía falta verle para saberlo.

—No. Nuestro lema es «Ser y durar». Por eso no ponemos en riesgo nuestra vida. Nunca molestamos a los demás, no nos chocamos con ellos, y tampoco hacemos competiciones entre nosotros. —Después deslizó sus dedos hacia abajo, resiguiendo con ellos mi barbilla—. Tratamos bien a nuestro cuerpo porque es nuestra herramienta, y lo llevamos al límite para saber hasta dónde somos capaces de llegar. —Sus dedos rozaron mis labios esta vez y me hizo cosquillas—. ¿Hasta dónde serías capaz de llegar, Lara? ¿Conoces tus límites?

¿Los conocía? No sabía si los tenía, esa era la única realidad. Una vez creí superar el límite, pero, con el tiempo, aprendí que aún podían tensar más la cuerda conmigo. Así que todavía no había llegado al final.

Tenía un objetivo en mente, y sabía lo mucho que debía trabajar aún para conseguirlo. Era mi propósito desde hacía mucho tiempo. Y era así porque se había convertido en una necesidad que llevaría a cabo fuera como fuese.

¿Mi límite? Aún estaba por llegar.

—¿Hasta dónde sería capaz de llegar? Depende de lo que me interese conseguir cruzando el límite. —Esa fue mi respuesta.

Kilian dejó caer la mano de mi rostro, y lo añoré al instante.

—Cuando cruzas el límite encuentras tu destino. Das un paso más allá, y el mundo se abre. —Me dio un golpecito en la nariz.

Me pareció absurdo. No me gustaba que me tratara como a una niña cuando la noche anterior tenía su lengua tocando la mía.

—No tenía por qué cerrar los ojos, ¿verdad?

Él me sonrió de nuevo, de ese modo en que hacía que mi corazón bombeara como loco.

—Solo era una excusa para tocarte y memorizar tus facciones.

Nos hallábamos los dos con los cuerpos inclinados hacia delante. Su rodilla entre las mías, y nuestros rostros solo a unos centímetros de distancia.

—Oye, Kilian —dije algo nerviosa—. Respecto a lo de anoche...

«Bip.» «Bip.»

Los dos dimos un salto en nuestros asientos, alterados por el sonido de nuestros buscas. Nos miramos extrañados y echamos un vistazo al mensaje al mismo tiempo.

Alastair nos acababa de citar.

—Joder —gruñó Kilian.

Ambos alzamos las miradas y nos sonreímos con una disculpa.

—El concurso —dije.

—Sí.

—Hay que moverse —afirmé.

—Sí. —Kilian clavó sus ojos dorados en mi boca de nuevo, y después los apartó rápidamente al tiempo que se levantaba de la silla.

En el concurso, él y yo éramos rivales. Rivales extremadamente competitivos. Sabía que ambos pensábamos lo mismo: «¿Sabrá ya adónde tiene que ir?».

—Bueno... —Suspiré sin saber cómo despedirme de él.

—Bueno —contestó él—. No me has dicho qué harías con el dinero del premio.

—Tú tampoco me lo has contado.

—¿Cuál sería tu proyecto?

—¿Y el tuyo? —contrarresté. Todavía persistía el recelo patente entre dos desconocidos que eran contrincantes. Cualquier información de ese tipo podría ser utilizada en nuestra contra.

Tal vez era mejor callar.

—Entonces, lo dejaremos así —se conformó.

—Vale.

Pensé que nos diríamos algo más. Que a lo mejor quedaríamos para luego. Esa noche los Assassins Traceurs hacían una exhibición. Al menos, eso nos dijo Raúl, y ese tipo nunca fallaba en su información. Kilian no me había mencionado nada sobre ello: a lo mejor no le interesaba seguir conociéndome.

¿Podría ser que nuestro interludio se acabara en esa comida compartida? La idea me entristeció muchísimo, pero no podía forzar ninguna situación, por mucho que la deseara.

—¿Me vas a devolver la gorra?

—No. Me gusta verte con esa que llevas de colorines.

—Pues qué bien. —Hice un mohín.

Esperé a que él me diera alguna señal, algo que mantuviera mis esperanzas activas y en pie.

Pero Kilian no dijo nada más. Se encogió de hombros, levantó la mano y se despidió de mí, sin más, empezando a correr en dirección contraria, trazando un camino completamente opuesto al mío.

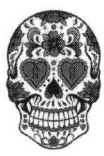

Trece

Prueba número dos:

Personaje: madre de su propio padre, y, aunque es verdadera madre, no deja de ser doncella. Lugar: aquel custodiado por las panteras. Santo y seña: «La piedra no habla».

Abrí el WhatsApp para escribir inmediatamente a Taka y a Thaïs. Se suponía que estaban en el hotel, durmiendo lo que no habían podido dormir la noche anterior.

> ¡Chicos! ¡Tenemos prueba!

> Lo he visto. ¿Debo suponer que el cretino de Thomas no pondrá la denuncia?

> Supones bien. De eso se encarga Kilian.
> Ya le he dicho cuáles son mis condiciones.

¿Y tú tampoco la vas a poner?

No. Pero a cambio le he exigido que Thomas deje el concurso por los motivos que él se invente. No lo quiero en Lucca.

Es un hijo de puta.

Sí. Pero, ahora, centrémonos en la prueba. Ya no corremos peligro de ser expulsados.

¡Pues ya está! ¿Cogemos las bicis?

Sí. Id a buscarlas. En dos minutos estoy ahí.

Cuando llegué al hotel, mis dos amigos tenían mejor cara que cuando les recogí en la comisaría. A lo tonto, había pasado dos horas y media con Kilian, hablando de cosas trascendentes y también de menudencias, pero el tiempo en su compañía se me había pasado volando. Señal de que estaba a gusto. Muy nerviosa. Pero a gusto.

En esas horas, mis dos amigos se habían duchado. Thaïs tomó dos cafés con hielo y Taka vaciaba el tercer RockStar con sabor a guaraná que se tomaba en menos de una hora. Con eso tenían que aguantar: la cafeína y la taurina eran las mejores aliadas contra el cansancio. Tenían las pupilas más dilatadas que Snoopy en un ring de *Pressing Catch*, pero no importaba.

O nos activábamos o nos echaban de la competición por lentos.

No queríamos perder el ritmo del concurso a pesar de que la noche anterior se había saldado con varios sobresaltos.

Subí a colocarme la gorra y a cambiarme el calzado para ponerme las Cavalli. Miré mi iWatch para asegurarme de que mi padre, que solía llamarme a esa hora, no me había llamado todavía. Y decidí que cuando regresara de hacer la prueba le escribiría y le contaría en qué tipo de aventura estaba embarcada. Con lo amante que era de la intriga y la acción, seguro que alucinaría.

Nos encontramos los tres a la salida del hotel, con las bicicletas rojas entre las piernas. Las indicaciones de la prueba estaban llenas de acertijos, y solo si los adivinábamos antes que los demás podíamos adelantarnos.

—¡Lo tengo! —gritó Thaïs encendiendo el GPS de su móvil.

—¿Lo tienes? —preguntó Taka echándose casi encima de ella.

—Sí. —Ella lo miró de reojo y carraspeó—. Takagochi, ¿no te han dado de comer hoy? Parece que me vas a engullir —musitó introduciendo una dirección en Google Maps.

—No. El gandul y mantenido de tu novio Ken se ha acabado toda la comida —dijo con una sonrisa de oreja a oreja.

Puse los ojos en blanco y gruñí un poco:

—¿Queréis parar, por favor?

—¡Ha sido él! —se defendió la rubia.

—¿Adónde hay que ir, Thaïs? —pregunté perdiendo la paciencia.

—A tu puerta, mi Pequeña Hobbit.

—¿Eh? —No la entendí.

Thaïs hizo un gesto como si comprendiera que yo no supiera por dónde iban los tiros.

—A ver, cariño. Atiende la adivinanza. —Señaló la pantallita de su busca—. Una madre de su propio padre, aunque no deja de ser doncella. ¿Quién es? ¡Es una virgen! ¡Como tú!

—¡¿Por qué no lo gritas más fuerte?! —protesté.

Thaïs se moría de la risa. Le encantaba tomarme el pelo. Estaba tan llena de energía que nos atizaba a todos con su chispa y nos acababa contagiando a causa del estrés. Empezó a darle al timbre de la bici y a aullar.

—¿Qué haces, tarada? —Reí con ella mientras Taka negaba con la cabeza como si no tuviera remedio.

—Vamos a la Porta Santa Maria, una de las seis entradas de Lucca, ubicada en la zona norte. Custodiada por el heraldo de la ciudad, que es una pantera. ¡Hay que ir allí!

La miraba sin dar crédito a lo que oía.

—¡¿Qué?! —exclamó ella—. ¡Soy periodista, chicos, no me miréis así! Me encanta averiguar cosas de los lugares en los que estoy. Si cuelgo información en mi blog tengo que estar muy bien informada sobre la historia que me rodea. Se llama «contraste profesional».

—¿Te has aprendido la Lonely Planet de Lucca? —pregunté metiéndome con ella.

—Ja, ja. Muy graciosa, Pequeña Hobbit. Vete a la Comarca a lanzar petardos.

—Thaïs no lee a no ser que sean libros con fotos de tíos con el torso descubierto —añadió Taka sumándose a la broma.

—Ya está el pitufo nipón.

Sin pensarlo dos veces, seguimos a Thaïs entre risas y carcajadas.

Ese pequeño paréntesis de camino a la Porta Santa Maria me fue bien para dejar de pensar en Kilian y en el nudo en el estómago que se me formaba al imaginar que podríamos vernos cara a cara en una prueba, y tratarnos como desconocidos, como si nunca hubiésemos hablado o jamás nos hubiéramos besado.

Él podría ser indiferente porque estaba acostumbrado a ese juego.

Pero yo era como una rookie en esa liga.

No sabía fingir.

Seis entradas tenía la fortaleza de la ciudad de Lucca. Seis lugares por los que internarse.

Rodeamos Lucca por su circunvalación, resiguiendo el muro. Sería la manera más rápida de llegar a la puerta del norte. Desde fuera, Lucca era increíble: prados verdes, flores de Murabilia y un muro de altísimos árboles paralelos a la carretera que la cobijaban y protegían.

La llamada Porta Santa Maria todavía conservaba el mecanismo que permitía que la barra de acceso se alzara, señal de que en el pasado había un puente levadizo.

La divisamos tras pasar una rotonda con un jardín sembrado de flores de varios colores. Recorrimos en bici la calle que nos guiaba hasta aquella entrada de Lucca y al llegar nos encontramos con un muro de piedra rojiza y de ángulos rectos, dividido en su parte inferior por tres arcos abiertos, que los viandantes cruzaban para llegar al interior de la fortaleza.

Miré hacia arriba y vi en la ventana central en arco la estatua del culto a la Virgen, en piedra caliza blanca. A ambos lados, dos panteras sosteniendo un escudo de la ciudad la flanqueaban.

—Ya hemos llegado.

A esas horas, muy pocas personas rondaban los muros. El sol caía sobre la Toscana con rabia aplastante. Si el personaje que tenía nuestras instrucciones era la Virgen, no dejaba de ser una estatua; por eso decía en el mensaje que la piedra no hablaba.

—¿Cómo se supone que vamos a subir ahí? —preguntó Thaïs.

—Escalando —contestó Taka quitándose la mochila y tirando la bici al lado—. Debe ocultar una bola de dragón en algún sitio o un papel con instrucciones. No nos va a hablar y a decir qué tenemos que hacer. Debemos subir nosotros.

Miré a Taka anonadada. Si esa era la típica prueba donde mostrábamos nuestras habilidades físicas, entonces estábamos perdidos.

Él parecía muy seguro de sí mismo. Sonreía bajo la visera de su gorra negra, al tiempo que hacía crujir los nudillos de las manos.

—Thaïs, te pones de pie sobre mis hombros. Nos sujetaremos a la pared del muro. Lara...

—¿Sí?

—Tú treparás a través de nuestros cuerpos y te encaramarás sobre los hombros de Thaïs. Haremos una torre de tres. ¿No haces eso en tu tierra?

—¿Estás loco? Los únicos castillos que he hecho en mi vida son los de la arena de la playa.

—Creo que podrás llegar hasta el arco de la Virgen y ver si esconde algo que nos sea útil.

—¿Quieres que suba ahí arriba? —dije, anonadada—. Esto puede acabar muy mal —murmuré dándole la vuelta a la gorra como haría un skater—. No tengo ninguna pericia escalando.

—Vamos, Lara. No te pasará nada. No hay tiempo que perder.

Taka apoyó sus manos en la pared, bajo la ventana en forma de arco de la Virgen. Después se movió Thaïs, que se moría de la risa porque, como yo, no creía que tuviéramos ninguna posibilidad.

—Es de locos —murmujeaba Thaïs subiéndose sobre la espalda de Taka.

Se agarró a su cabeza hasta que casi se la tuerce. Él aguantaba estoico los empujes de la joven. Pisó su espalda y después le clavó las uñas en los hombros, hasta que consiguió, después de cinco minutos largos que nos retrasaron mucho, subirse sobre sus hombros, incorporarse y quedarse tiesa como un palo aguantando el equilibrio hasta que pudo plantar las palmas en la pared, como hacía Taka.

—¡Vamos, Lara! —gritó Thaïs, histérica—. ¡Tengo vértigo!

—Realmente, estaba muy nerviosa, a pesar de que la altura no era nada considerable.

—Y, cuando subas, procura no bajarme los pantalones como ha hecho ella —apuntó Taka, enfadado.

Me acerqué a ellos para estudiar la mejor manera de subir hasta arriba. Tomé aire, pensando en que, claramente, me iba a abrir la cabeza.

Alargué las manos y las apoyé sobre los hombros de Taka, en aquellas partes donde no estaban los pies de Thaïs.

Fui a dar mi primer paso, levantando la rodilla lentamente y, de repente, una ráfaga de viento hasta entonces inexistente azotó mi melena suelta y por poco me tira al suelo.

Desorientada, intenté buscar el origen de aquella ráfaga, cuando vi que un Assassin utilizaba la pequeña torre que habían hecho Taka y Thaïs para llegar hasta la Virgen con la habilidad de un ninja y la rapidez de una gacela.

No me lo podía creer. Nos acababa de usar para lograr sus propósitos, que no había tardado ni quince segundos en conseguir. Cuando yo, muy probablemente, habría invertido parte de la mañana en mi ascenso por la torre humana.

—¡Joder! —dijo Taka, que no me podía ver—. ¡Lara, apenas te he notado!

—No he sido yo —aclaré, boquiabierta.

El Assassin encapuchado, que yo conocía a la perfección, asomó la cabeza para sacarla de la oscuridad de su capucha, y me sonrió con suficiencia.

—Gracias, chicos —dijo Kilian encaramado a la Virgen.

A varios metros tras de mí, Luce, Frederic y Aaron se reían sin disimulo. Luce estaba increíble con el traje de Assassin. Esa chica era guapísima, y la odiaba un poco. O bastante.

Al menos, no había ni rastro de Thomas, todavía convaleciente. ¿Habría cogido ya el avión de vuelta a Estados Unidos? Esperaba que sí.

La ira me cegaba en ese momento. Me dio tanta rabia que Kilian nos utilizara para eso, cuando yo no tenía ni la mísera habilidad de subirme a caballito de nadie...

Vi como metía la mano tras el manto de piedra de la Virgen y sacaba algo, un pergamino blanco.

—¡Lo tengo! —gritó a sus compañeros, que lo vitorearon como a una estrella de cine.

Apreté los dientes. La furia me envenenaba. Pero ¿qué iba a hacer? No tenía puños fuera como Mazinger Z. Era una palurda torpe.

—Lo siento, chicos —dijo él dando un salto que me espeluznó por la altura desde la que lo había hecho.

Cuando la suela de sus botas tomó contacto con la hierba, aprovechó el impulso para hacer una voltereta y después levantarse como si nada.

—Eso ha sido muy rastrero —le increpé acercándome a él con los puños apretados—. No se hace.

—Y tú sigues sin verlas venir ni vigilar a tus espaldas.

Kilian ni siquiera me dejó encararme con él. Empezó a correr a toda velocidad, con la rapidez de una manada de lobos, y me dio la espalda.

—¡Kilian! —le grité, cabreada con él.

Pero él me miró de lado y, mientras seguía a su grupo, dijo algo que me dejó paralizada.

—¡No te enfades, cachorrita! ¡Y mira por dónde pisas! —Me sacó la lengua burlándose de mí.

Lo vi desaparecer tras los muros de la fortaleza. ¿Adónde se dirigían si no sabían lo que ponía en el papel? Era como si tuvieran que correr, con destino o sin él.

Entonces, deslicé la mirada hacia abajo. A punto de ser aplastado por mis pies, descansaba un pergamino como el que Kilian había sustraído de la Virgen.

—¡Ese tío es un capullo! —gritó Thaïs, que ya se había bajado de encima de Taka—. ¡Odio a los Assassins!

—Espera. —La detuve antes de que empezara a soltar sapos y culebras por esa bocaza que tenía y que tan bien sabía hablar mal—. Mira. —Me agaché y tomé el pergamino entre mis manos.

—Joder... —murmuró Thaïs—. ¿En serio nos acaba de dar un pergamino?

—Sí, eso parece —dije igual de consternada que ella.

—¿Qué le has hecho?

—¿A quién? —La miré extrañada.

—A ese tío, Lara.

—¿Yo? —Me señalé con asombro—. Nada.

Thaïs me miró como lo haría un periodista. Sin creerse ni una palabra.

—Kilian nos acaba de ayudar con la prueba. ¿Te das cuenta?

—¿En serio? —Taka se levantó del suelo, pues Thaïs, al haberse bajado de forma tan brusca, lo había tirado, y se colocó la gorra negra—. ¿Por qué ha hecho eso? —preguntó corriendo hacia nosotras, muerto de curiosidad.

—Sí lo ha hecho. Y no sé por qué —afirmé sin preámbulos. Y no sabía ni qué decir. Había sido un detallazo por su parte.

—Podría habernos utilizado para conseguir las instrucciones y si te he visto no me acuerdo —convino Thaïs—. Pero ha tenido la deferencia de facilitarnos una copia a nosotros. O le hemos dado mucha pena porque sabía que seríamos incapaces de conseguir una o... le interesas, Lara. Eres consciente de eso, ¿no? ¿O tampoco te das cuenta?

No era que no quisiera creer en las palabras de Thaïs. Pero Kilian me despistaba. Habíamos comido juntos al mediodía, y no había intentado hacer nada más, cuando lo que yo deseaba era que me besara de nuevo. Ni tampoco había mencionado nuestro beso de la noche anterior. Ese sí había sido mi primer beso, yo no dejaba de pensar en él, pero Kilian lo había omitido.

Me sentía frustrada y un poco impotente al respecto. No sabía llevar la iniciativa ni tampoco tenía idea de cómo expresar lo que sentía. Estaba feliz y muy agradecida por su gesto.

—No sé si le interesa o no —finalicé, peleándome con el nudo de la cinta roja del pergamino.

—No te lo crees ni tú —insistió Thäis recogiéndose el pelo en una coleta y estudiando sin demasiada paciencia mi manera de desenrollar el pergamino—. ¿Se lo vas a pagar en especie?

—Thaïs —espeté, cansada de oír sus soeces—. No todos somos así, ¿sabes?

—Venga ya, no te hagas la santa. Eres una chica como yo —dijo arrebatándome el pergamino de las manos para deshacer el nudo de la cinta roja—. Si tú le gustas, y él te gusta, la llamada de la naturaleza no tardará en explotaros en la cara. Es química. Y ¿quién sabe cuándo os volveréis a ver? No puedes detener esa llamada ni aunque quieras. O lo asumes, o verás con impotencia como tu cuerpo gana la batalla a esa cabecita llena de pelo color chocolate que tienes.

—Déjame tranquila. Me pones muy nerviosa —murmuré.

—No, guapa. Te estoy preparando para lo inevitable. Además, se palpa vuestra tensión en un kilómetro a la redonda. No me jodas.

—¿Podemos dejar de hablar de esto ahora? —Esa chica me enervaba.

—Trae. —Taka le quitó el pergamino de las manos y leyó lo que teníamos que hacer.

Ha llegado el momento de que juguéis con la máquina Enigma. La vuestra está ubicada en Edison Bookstore. Dad el santo y seña y os llevarán al rincón en el que se encuentra la máquina. A su lado, encontraréis un criptograma. Para recibir una bola de dragón, tendréis que descifrar el mensaje cifrado en veinte minutos y después enviar un regalo envenenado a uno de los grupos: deberéis escribir en el teclado de un ordenador que se os facilitará otro mensaje cifrado. Si ellos no lo descifran, quedarán descalificados.

Suerte.

COMANDANTE ALASTAIR

Criptografía. Me encantaba el arte de descifrar mensajes, pero no era muy buena en ello. Mi don podía ayudarme a memorizar letras y símbolos, pero no era demasiado rápida a la hora de descifrarlos. Me faltaba rapidez mental. Thaïs era una investigadora excelente, pero necesitaba constancia y tiempo para conseguir lo que buscaba. Ninguna de las dos éramos muy útiles para una prueba así. Pero, por suerte para nosotras, quien sí era excelente en descifrar los mensajes era Taka.

Por eso chasqueaba la lengua, henchido de orgullo por su talento. Dio una palmada y se frotó las manos.

—Venga. Vamos a esa librería y a merendarnos a alguien.

En el centro de Lucca, justo al lado de nuestro hotel, resguardada en un edificio antiguo y restaurado, se encontraba la librería más bonita y con más encanto que había visto jamás: columnas majestuosas, techos de cristal con motivos a color y dibujos reverentes variados parecidos a los de las vidrieras de algunas iglesias. La claridad del sol se colaba a través de ellos y moteaba las estanterías de diferentes tonalidades.

Olía a libro y a páginas usadas. Me gustaba.

Fuimos directamente a hablar con el librero: un hombre de pelo canoso y gafas de lectura de montura metálica que estaba ordenando los ejemplares clásicos de Homero. Dimos el santo y seña: «La piedra no habla», a lo que el librero, después de comprobar que lleváramos nuestras pulseras amarillas, nos contestó:

—Pero los libros sí. Seguid recto. En la sección de teología, al final, está Enigma —nos informó. Tomó un reloj de arena que descansaba en una balda de madera y le dio la vuelta—. Tenéis veinte minutos —finalizó, volviendo a centrarse en el orden de los libros.

Mientras recorríamos los pasillos pensé: «¿Qué cobrarán los habitantes de Lucca por participar en el Premio Alan Turing y colaborar con ellos?».

Suponía que algo debían de cobrar. O puede que no, y echaran una mano por amor al arte.

Como fuera, estaba deseando ver si Enigma era fidedigna al verdadero decodificador, o solo lo llamaban así para hacer la gracia.

Pues sí. Solo lo llamaban así para hacer la gracia. Se trataba de un iMac plateado, colocado en una mesita de madera. Una silla solitaria, de patas metálicas, esperaba a su colonizador.

Taka tomó asiento y sus ojos rasgados y negros se fijaron en la pantalla, cuya landing eran todos símbolos en movimiento, aunque el mensaje central fuera claro y estuviera fijo.

Había escrito lo siguiente:

dwuhyhwh d frqidu. Jd aq vdowr gh ih.

Yo no entendía nada de lo que ponía en ese mensaje. Sabía poco o nada de descifrar mensajes. Taka, en cambio, que adoraba los enigmas y era el mejor amigo de los algoritmos, partía con ventaja respecto a nosotras.

—De acuerdo —murmuró Taka haciendo crujir los dedos. Odiaba esa manía suya. Cuando fuera mayor tendría artrosis—. Hay que contabilizar el número de veces que se repite una letra, cuáles son las más repetidas. Tenemos que comprobar si esas letras que se repiten son las más usadas en el idioma original del mensaje... ¿Cuál es el código bajo el que estás cifrado, guapo? —le preguntaba Taka al iMac.

—Lo máximo que sé de mensajes cifrados, Taka, es escribir en el teclado con el Widing. No llego a más —asumió Thaïs detrás de él.

—Por eso me tenéis en el grupo —explicó Taka dándole la vuelta a la gorra de tal modo que su pelo azul quedó aplastado contra la frente—. Estas cosas me encantan. Dadme un papel y un boli, rápido.

Me saqué la mochila de la espalda, la abrí con premura y cogí mi bloc de notas y un boli.

—¿Qué hacemos? ¿Cómo podemos ayudar? —pregunté.

Taka se frotó la nuca y señaló la pantalla con el dedo, haciéndolo bailar a cada pensamiento.

—A ver... Letras inconexas... Dejadme pensar...

Le dejamos pensar diez minutos más, en los que apenas parpadeó para comprender qué era lo que tenía delante. El reloj de arena corría sin demora.

—Creo que ya lo tengo...

—¿En serio? —dije con alegría.

—Sí. Escribe el abecedario en horizontal, Lara. Y después, debajo de la A, empiezas el abecedario de nuevo pero iniciándolo en la letra D, así sabremos cuál es el valor real de cada letra —me ordenó—. Creo que es un código César.

—¿Qué es eso? —dijo Thaïs quitándole una brizna de hierba de encima de la gorra.

—Lo inventó el emperador, y se basaba en sustituir las letras del mensaje original por la letra del alfabeto correspondiente desplazada tres posiciones más allá. Para saber qué pone hay que invertir la permutación. Por ejemplo: la A, sería en realidad una D. La B una E, la C una F...

Le hice la relación que me pidió, y quedó tal cual:

Original	a	b	c	d	e	f	g	h	i	j	k	l	m
Cifrado	d	e	f	g	h	i	j	k	l	m	n	o	p

Original	n	o	p	q	r	s	t	u	v	w	x	y	z
Cifrado	q	r	s	t	u	v	w	x	y	z	a	b	c

Taka se quedó mirando las letras y entonces sonrió como un truhán.

—Traducid el mensaje ahora —nos pidió satisfecho—. A ver qué dice.

Yo le iba dictando a Thaïs el valor de cada letra, y ella iba traduciendo el mensaje en otro papel, hasta que dimos con el resultado.

—«Atrévete a confiar. Da un salto de fe» —leyó Thaïs en voz alta.

¿Qué significaba eso?

—Bien. —Taka metió el mensaje decodificado en el ordenador y le dio a enviar.

Veinte segundos después, el MacBook hizo ruido de campanas. El librero se acercó con sangre de horchata y una caja negra entre las manos.

—Esto es para vosotros —nos dijo.

Taka tomó la caja con impaciencia, la abrió y cerró el puño para lanzar un grito de alegría.

—¡Segunda bola de dragón! —exclamó—. ¡La tenemos, niñas!

Los tres nos felicitamos por pasar la segunda prueba. Había sido más complicada que la anterior.

—Ahora os toca dejar un mensaje cifrado a uno de los grupos que aparecen en pantalla. Clicad y se os abrirá un correo. Le mandáis el código encriptado al competidor que deseéis y lo recibirá en su localización y en su ordenador.

El librero se fue sin más. Era un robot. Daba el mensaje y desaparecía.

Estudiamos los grupos que salían en pantalla. No íbamos a enviarles el mensaje a los Assassins porque Kilian nos había ayudado. Nos quedaban los X-Men, los Musculman, Los Vengadores y los Prince of Persia.

—A por los principitos persas —dijo Taka, decidido—. Hay un capullo al que conozco de los foros en ese grupo. Y lo quiero fuera.

—¿A los Prince of Persia? —replicó Thaïs—. A mí me cayeron muy bien. Y estaba ese chico con el que hablé ayer noche... ¿Cómo se llamaba? —Se quedó pensativa—. Ah, sí. Jamie. No se lo envíes a ellos.

Taka la miró de reojo e ignoró el comentario de nuestra amiga.

—Ni lo sueñes. Jamie y los príncipes se van a ir a la mierda. —Tecleó con rabia mientras estudiaba mi relación de letras.

Thaïs desvió la mirada hacia mí, elevó las cejas rubias y bizqueó.

—Este japonés, qué territorial es.

Yo me quedé mirando la pantalla y leí en aquel idioma ininteligible lo que puso. Lo envió tan rápido que a ninguna de las dos nos dio tiempo a traducirlo.

—Ya está. Hecho. —Taka se levantó de la silla y guardó la bola de dragón dentro de mi mochila—. Vámonos.

—¿No nos tienen que dar nada más? —Thaïs esperaba alguna invitación a algo. Pero, esa vez, no había más premio que conseguir la bola con las dos estrellas grabadas.

—No —repuso Taka recolocándose la gorra en su sitio, con la visera hacia delante—. Andando, rubia.

Una hora después, cuando estábamos en el hotel, recién duchados y preparados para dar una vuelta nocturna por Lucca, recibimos dos mensajes en el busca.

Los Musculman habían perdido al no poder ubicar el personaje de la Virgen. Los Prince of Persia también fueron eliminados debido a su incapacidad para traducir el mensaje que les había enviado Taka: un mensaje cuyo abecedario real no venía del inglés, sino del japonés.

Cuando la organización dijo que las reglas eran que no existían reglas se refería seguramente a artimañas como las de Taka.

En ningún lugar se mencionaba cuál debía ser la naturaleza del idioma a codificar.

Taka, que odiaba a James y a los Prince of Persia por alguna razón relacionada con Thaïs, sabía que tenía esa baza y que la podía utilizar.

Hecha la ley, hecha la trampa.

Catorce

—Pero, Lara, ¿no creéis que es injusto participar en ese concurso cuando no tenéis un proyecto serio que presentar? Tal vez los otros tengan más razones de peso que vosotros para estar ahí —repuso mi padre un tanto malhumorado.

—Mira, papá —le expliqué con calma. Me estaba maquillando de nuevo, frente al espejo de mi habitación. Si Gema me hubiera visto, habría pensado que había sufrido un aneurisma o algo parecido por mi nueva afición a los cosméticos—. A Taka no se le puede controlar. Si no puede el gobierno, ¿cómo vamos a poder nosotras? Él ha decidido jugar a esto, y Thaïs y yo nos lo pasamos bien a su lado. ¿Qué hay de malo? —Con mi padre había obviado el hecho de todas esas cosas gordas que nos estaban pasando: me había emborrachado, un tío me había drogado para aprovecharse de mí, y me había dado un besazo de tornillo con mi salvador, al que al principio odiaba, y al que, sin embargo, ya no me podía quitar de la cabeza. Ah, y Thaïs y Taka habían pasado la noche en comisaría.

Menudencias.

—Tú te has esforzado mucho en lograr tus objetivos, nena —dijo mi padre—. ¿Qué pasaría si alguien te fastidiara solo por pasar un buen rato?

—Estamos participando sirviéndonos de las mismas armas que los demás, papá. No hacemos daño a nadie —me justifiqué—. Todos estos chavales tienen un ego descomunal, además de su futuro solucionado. Que ganen el premio o no solo les inflará el amor propio. Nosotros lo queremos ganar también. Nos estamos portando bien.

—¿Seguro, Lara?

—Sí, papá.

—Pregúntale a tu hija si tiene condones —oí que le decía Gema.

El comentario me hizo reír a la vez que me dejó perpleja.

—¡Es broma, Lara! —gritó Gema soltando una carcajada—. ¡Disfruta, cariño! ¡Tu padre se ha quedado pálido! ¡Voy a por una pastilla para la tensión! —añadió para continuar con la broma.

—Lara, no hagas caso de la cabeza loca de mi mujer...

—¿Sabes?, todavía me pregunto qué hace una mujer tan moderna con un carca moralista como tú.

—Amarme. Y respetarme —contestó haciendo el paripé.

Yo sonreí al oír el cariño real de sus palabras hacia Gema. También había amor, aunque sabía perfectamente que no era el tipo de amor que sintió por mi madre.

El amor kelpie solo se experimentaba una vez. Y era horrible al mismo tiempo que grandioso. Y me moría de miedo con solo pensar que alguna vez se me pudiera ir la cabeza queriendo de ese modo, y amar, sentir y vivir por y para otra persona. Era demasiado independiente para eso...

Mi padre estuvo a punto de morir de pena después de que perdiéramos a mi madre. Por eso, siempre defenderé, querré y cuidaré a Gema. Porque yo no era pilar suficiente para sostenerlo. La necesitaba a ella, su energía y su alegría, para que también se hiciera cargo de él cuando yo no estuviera.

La semana siguiente iba a estar en Estados Unidos, y nos separaría un océano azul y enorme.

—Lara...

—Sí, ¿papá?

—¿Estás durmiendo bien?

Dejé el pintalabios a medio camino de mi boca y estudié las profundidades de mis ojos árticos. La noche anterior no había dormido nada mal. Aunque tenía que tomarme las hierbas para no alternar mi descanso con las pesadillas.

—Ya sabes cómo va esto, papá. Algunas noches mejor que otras. —Siempre sería sincera con él al respecto. Juntos lo habíamos pasado muy mal con este tema.

—Bien, cariño. ¿Te tomas las cápsulas?

—Sí.

—No las dejes de tomar. Acordamos que dejarías los tranquilizantes a cambio de que siguieras las recomendaciones de la herbolaria.

—Sí, de verdad. No te preocupes, papá. Me las estoy tomando. Y estoy bien.

—Me alegro.

—Papá, te tengo que dejar. He quedado en cinco minutos en el hall del hotel con mis amigos. Nos vamos a cenar.

—Sí, hija. Pásalo bien.

—Un beso. Mañana te llamo.

—Eso espero. Te quiero, bicho raro.

—Te quiero.

Cuando colgué, no pude controlar mi mente, que se dispersó entre recuerdos agridulces con mi padre. Momentos realmente delicados que juntos intentamos superar; incluso entonces, después de que el tiempo hubiera transcurrido, a veces nos sorprendían azotándonos con dureza, apareciendo cuando menos los esperábamos.

Pasar el trance uno al lado del otro nos unió más de lo que ya lo estábamos, pero también nos hizo creer que éramos fuertes, y que no hablar del tema indicaba que habíamos trascendido al dolor.

Aunque él y yo sabíamos que no era así. Seguía allí. Esperando a asomar la cabeza en los momentos de bajón.

Me pellizqué las mejillas. Debía salir del bucle agónico en el que mi memoria me sumergía con habilidad, así que, después de revisar mi maquillaje al estilo *countouring* de Thaïs, decidí echarme mi colonia y dar un último vistazo a mi pelo, que había dejado suelto y solo recogido con trencitas por un lado.

Había elegido un vestido con escote y tirantes, ajustado, con estampado tropical y unos zapatos de cuña. Nunca iba tan apretada de arriba, pero, con Thaïs al lado, no quería parecerme a su hermana pequeña. Así que me arreglé como mejor pude. El vestido caía en pequeños volantes por debajo de mis caderas, y era muy corto. Tuve miedo de que se me vieran las braguitas cuando me agachara, pero, después de practicar frente al espejo y comprobar que no mostraba nada, me di la aprobación.

En otro tiempo no hubiera querido arreglarme. Habría cogido unos tejanos, una camiseta ancha de algodón y unas zapatillas deportivas, y con eso habría ido a todas partes. Pero entonces no me preocupaba encontrarme a nadie ni causarle una buena sensación. Esa noche me apetecía estar guapa y sentirme bien conmigo misma.

Humedecí mis labios con cacao rojizo de sabor a cereza, me colgué el bolso y miré el móvil esperando recibir un mensaje de Kilian.

Tal vez me lo encontrara esa noche. Tal vez él querría que nos viéramos.

Fuera como fuese, Raúl nos explicó que sus Assassins Traceurs tenían un espectáculo organizado para esa noche en la Piazza San Martino.

Y lo iríamos a ver. Todo el frikimundo estaría allí contemplando el evento. Y no quería ser menos.

Miré por última vez la pantalla de mi iMac, en el que había escrito el último pantallazo que Taka había enviado en código César. Mi memoria fotográfica lo había grabado todo y yo tenía el gusanillo de querer saber qué demonios había enviado el japonés.

Cuando lo logré descifrar, me di cuenta de que había codificado una traducción fonética del japonés que, convertida al inglés, era el idioma que todos hablábamos allí, y significaba: «Thaïs está a años luz de ti. Ni siquiera la mires».

Cuando resolví el código cifrado apenas me sorprendí. Ya intuía que la relación de los dos estaba sin resolver, y sabía que habían rencillas y actitudes propias de los celos. Aunque no las conocía de primera mano, Lucca me estaba abriendo los ojos a las relaciones entre chicos y chicas.

Y me alegraba darme cuenta de que Taka, el frío, duro e inteligente Taka, acababa de encontrar la horma de su zapato.

La cuestión era si sabría o no plantarle cara a Thaïs y decírselo.

Supongo que aún no. Todavía tendría que aguantar muchas pullas hasta que se decidieran.

Pasé una noche espectacular con ellos.

Nos reímos como locos. Cenamos en La Tana del Boia, un restaurante que hacía los mejores bocadillos de Italia. Me pedí un vegetal con queso y una ensalada César.

Bebimos algo parecido a la sangría que, por cierto, estaba delicioso.

En ningún momento hablé con Taka sobre el mensaje que les había enviado a los Prince of Persia y que había supuesto su eliminación. Suponía que era secreto, y así debía ser, hasta que se atreviera a hablar con ella y decirle la verdad.

Mientras tanto fui cómplice de sus bromas, y también puse paz antes de que Taka se ganara una fresca de las grandes de Thaïs.

Vaya dos. Era como estar en un patio de colegio.

Después, como en Lucca no era habitual que hubiera postres en la carta de los restaurantes, nos fuimos a una heladería. La costumbre allí, y más en Lucca, que son especialistas en dulces y repostería, era, una vez que habías comido o cenado, ir a por un *gelatto* o a una pastelería.

Así que nos dirigimos a la Piazza Anfiteatro, que se llamaba así porque había sido construida sobre las ruinas del antiguo anfiteatro romano. En alguna de sus tiendas aún se podían admirar columnas históricas con estructuras del periodo republicano.

Había oído que la Gelateria Anfiteatro tenía helados deliciosos. Por eso entramos en ella sin pensarlo dos veces.

Una vez que pedimos nuestras bolas de helado, la mía de melón y pera, espectaculares, nos sentamos en un banco de la plaza que milagrosamente estaba ocupado solo por dos personas.

Madre mía, aquel lugar estaba abarrotado, no cabía ni un alfiler. Y entendimos por qué.

—¿Qué pasa, chavales? —Una voz conocida nos saludó detrás de nosotros.

Raúl grababa con su GoPro todo lo que sucedía en la plaza. Vestía una camiseta de manga corta, de color negro y con la palabra KILLERS en amarillo. Llevaba una gorra negra de rejilla y sus gafas de pasta roja y cristales negros colgaban de su cuello. Era de noche y seguía llevando gafas de sol.

Tejanos y zapatillas Vans completaban su atuendo.

—¿Este es el espectáculo del que nos hablaste para el jueves noche? —le preguntó Taka chocándole la mano en un gesto de saludo.

—Sí, tío. La gente está deseando que aparezcan los Assassins para que abran el paso a todos.

Habían colocado una torre medieval de madera a un lado de la plaza. La torre tenía una altura de unos cuatro pisos. Era parte de la escenificación del juego *Assassins Creed*.

—¿Para que abran el paso? —pregunté sin comprender.

—Se supone que la gente asciende por la escalera metálica de caracol hasta llegar a la parte más alta de la torre, donde hay un balcón sin barandilla. Y ahí todos los que quieran o tengan valor deben jurar a la hermandad fidelidad y dar un salto de fe: lanzarse al vacío sabiendo que abajo habrá una colchoneta gigante e inflable que detendrá el golpe. —Nos guiñó un ojo.

Cuando comprendí de qué se trataba el espectáculo caí en la cuenta de que el mensaje que habíamos descifrado estaba muy relacionado con eso, y supe, sin margen de error, que Kilian había enviado ese mensaje a nuestro grupo y que iba dirigido personalmente a mí. Solo tenía que decodificarlo.

¿Me estaba invitando?

«A veces hay que saltar al vacío», me había dicho Kilian en nuestra conversación.

Una extraña sensación de antelación recorrió mi columna vertebral y atenazó los músculos de mi estómago.

—¡Mirad! —dijo Raúl señalando las fachadas de las casas que rodeaban la plaza elíptica del anfiteatro.

Y allí estaban.

Un grupo de Assassins modernos, tal y como iban vestidos los Assassins Traceurs de Kilian, saltaban de tejado en tejado, con una habilidad y una fuerza envidiables.

Cuando los veías desde abajo, temías por su seguridad, pero, al mismo tiempo, no querías que se detuvieran, porque era como ver una escena de acción de una película, o los movimientos de un personaje sobrenatural.

Eran mágicos y magnéticos.

Me fijé en que Luce, la única chica de los trazadores, no corría con la manada. Tal vez ella no estaba a su nivel aún.

Los trazadores se detuvieron al mismo tiempo, y después, como una bandada de pájaros que volaban al mismo son, perfectamente sincronizados, saltaron del tejado a la torre.

Me llevé las manos a la boca, sorprendida por la distancia tan abismal que acababan de sortear. Habría como unos tres metros entre la plataforma de la torre y el último ladrillo del tejado en el que se apoyaban para impulsarse.

Si se caían, se mataban. Pero en la mente de un trazador, tal y como me había explicado él, no existía el miedo ni la duda. No barajaban la posibilidad de lesionarse porque, aunque no lo pareciera, lo tenían todo muy controlado.

Uno a uno, los Assassins, todos los tipos que había allí, saltaron al abismo con los brazos extendidos a los lados como los de un ángel y las piernas juntas y estiradas. Algunos daban piruetas, otros volteretas laterales...

Nosotros gritábamos y silbábamos como hooligans ingleses cada vez que uno de ellos se lanzaba al vacío.

En el cielo, por encima de la plaza, fuegos artificiales de todos los colores nos iluminaron. Los equipos de música de las tarimas que estaban colocadas estratégicamente por todo el perímetro proyectaban la música de «Baby Danger» de Wisin y Sean Paul. Me encantaba Sean Paul. Mi iPhone estaba repleto de sus canciones.

Thaïs se subió al banco y empezó a dar palmadas por encima de la cabeza, riéndose de todo y animándome a que subiera con ella.

—¡Sube, bombón! —me pidió dándome la mano.

Yo lo hice muerta de la risa. Me sorprendí a mí misma uniéndome a su fiesta, porque, en otro tiempo, la habría mirado aburrida y le habría dado la espalda.

Esa vez no.

Raúl aprovechó para grabarnos y después desapareció entre la multitud para seguir inmortalizándolo todo.

Taka nos miró con una sonrisa y después, para sorpresa de ambas, se puso a dar saltos y a animar a toda la gente que tenía delante, que lo seguían como locos, sobre todo las chicas.

Si hubiera sido consciente de todo lo que triunfaba, o si le hubiera interesado alguna chica, seguramente cada noche se habría ido con una diferente.

Pero mi Taka era especial. A él solo le interesaba una. Una a la que no soportaba y también deseaba a partes iguales. La rubia que fuera de sí bailaba al ritmo de la música cuya letra no entendía, ya que cantaban en castellano, pero le daba igual.

Los Assassins saltaban haciendo figuras en el aire que emocionaban al público, el cual botaba al mismo son que nosotros.

En ese momento me di cuenta de que haber conseguido la beca, pasando tanto tiempo encerrada en mí misma y sin haber vivido una fiesta como esa jamás, no justificaba todos mis sacrificios.

Me había perdido mucho. Me había perdido las risas y las carcajadas de ese momento. Me había perdido la aventura.

Y me quedaban solo un par de días más para resarcirme. Solo tenía un temor: que esa vida me gustara más que estudiar. Que fuera tan adictiva y que los demás chicos y chicas de mi edad tuvieran razón en entregarse a ese estilo de vida de fiesta y de probar cosas nuevas.

A nuestro banco se añadieron las Sailor Moon para hacerse fotos con nosotras con el palo de selfie. Y Taka sacó el suyo, que llevaba colgando del cinturón del pantalón, e hizo lo mismo.

No sé con cuántas personas nos fotografiamos solo por amor al arte y por hacer el payaso. Fue muy divertido.

El speaker animó a los asistentes con valor a que subieran uno a uno por las escaleras de la torre.

Y eran muchos los que se animaban. Algunos disfrazados: un Alien Predator, un Capitán Spock, los de *Halo*, otros de Super Mario Bros... Aquello era extraordinario y surrealista.

Mientras me movía al son de la música de «Baby Danger» y la tarareaba, Thaïs me pasó el brazo por encima del hombro y pegó su cara a la mía, para señalarme lo alto de la torre.

—¿Ese no es Kilian? —me preguntó.

Mis ojos lo localizaron enseguida. Él estaba de brazos cruzados, como un héroe vengador, en la plataforma de salto de la torre. Incluso desde ese lugar y a pesar de la distancia que había entre nosotros, podía sentir el peso de sus ojos sobre mí. Tragué saliva y lo miré atentamente.

Fue como si el tiempo se detuviera. El ruido, los gritos, la algarabía, todo desapareció para que solo quedáramos él y yo y nuestro microuniverso.

Nadie más.

Me llamaba. Sabía que me estaba llamando. En la prueba de los códigos me había enviado un mensaje. Él ya había lanzado el guante.

Ahora debía recogerlo.

—Parece que sea él el que controle a la gente a la hora de saltar. Apuesto a que no tienes narices de subir ahí y hacer el salto de fe —me desafió Thaïs.

Mi cabeza se volvió hacia ella con decisión. Nuestros ojos se encontraron, los míos azules y decididos, y los de ella verdes y risueños.

—Mírame —contesté bajándome del banco de un salto—. Te dejo con Taka —le solté, comunicándole todo lo que pensaba de ellos con la mirada.

—¿Qué quieres decir con eso? —me preguntó con las comisuras de sus labios alzadas en una sonrisa que significaba que me había entendido.

—¡Ya lo sabes! —le grité de espaldas, permitiendo que las hordas me absorbieran. No me perdí la expresión de los ojos de Taka mirándome de reojo.

Lo que pasara entre ellos y cómo acabara ese viaje dependía del orgullo que ambos mostraran y de si estaban interesados en dejarlo a un lado o no.

Pero aquella no era mi guerra.

Mi batalla personal me esperaba en lo alto de la torre de la fe; tenía ojos de animal, cuerpo de atleta y personalidad misteriosa.

Y yo iba hacia él, como un insecto a la flor.

Delante de mí ya habían pasado como cien personas. Llevaba una hora y media en la cola, y sabía que Kilian continuaba allí arriba, controlando y dando directrices a los que hacían los saltos para que no se hicieran daño. Les enseñaba cómo hacerlo.

Cuando me tocó el turno y retiraron el cordón de contención para que yo pasara al interior de la torre y ascendiera la escalera metálica en forma de zigzag, oí como el guardia decía que tenían que cerrar la fila. Que al día siguiente continuarían con los saltos. Después, le oí movilizando a los que rodeaban la colchoneta inflable apartándolos de las vallas. Ya cerraban el chiringuito.

Los nervios casi no me dejaban respirar al saber que sería la última en saltar.

Los fuegos artificiales seguían estallando en el cielo de Lucca, y la música continuaba sin cesar. Cuando retiraran la plataforma, la Piazza Anfiteatro sería una macrofiesta de nuevo.

Llegué a mi último escalón y la altura me dio mucho respeto. Abajo solo se veían cabezas y brazos que se movían. Me abracé afectada por la sensación de vacío, pero cuando vi a Kilian a un par de metros delante, con sus ojos intensos fijos en mí, la inseguridad se me pasó, pero la ansiedad de volver a verlo en aquel lugar, con todo ese ambiente, en lo alto de un castillo, me sobrecogió.

—¿Cachorrita? —preguntó con una sonrisa de sorpresa en los labios.

Kilian tenía la pose de esos hombres que están de vuelta de todo y que nada les salpica. Era como si no le importase la vida en general.

Pero yo ya había visto aspectos de él que negaban esa condición tan fría; tenía pasión, y no todo era superficial o despreocupado en él.

—Hola —dije mirándole de soslayo con la cabeza gacha.

—Eres la última.

—Sí.

—Pensaba que al final no vendrías.

—Pues... te equivocabas —contesté, nerviosa—. Tenía que agradecerte lo que hiciste por nosotros en la Porta Santa Maria.

—No hice nada —negó rotundo.

—Sí lo hiciste.

—No, en absoluto. Estás equivocada.

Sonreí al comprender que no quería reconocer que nos había echado un cable.

—Lo que tú digas, Kilian.

—Estás tan guapa... —musitó dedicándome una mirada de admiración de arriba abajo.

Él sí que estaba guapo. Los fuegos artificiales alumbraban su rostro y provocaban que sus ojos emitieran destellos vivos de luz, que se movían a su antojo. Deseaba alargar mis manos y posarlas en sus mejillas, para asegurarme de que él existía, que era de verdad. Me picaban los dedos y las palmas de las ganas que tenía de hacerlo.

—Has descifrado el mensaje, por lo que veo. Has aceptado mi invitación.

—Sí —contesté con voz débil.

—¿Te imaginabas que el mensaje era mío?

—No. Hasta que te he visto aquí arriba —me sinceré.

—Entonces... ¿vas a confiar en mí, Lara? —me preguntó alargando la mano con la palma hacia arriba.

Yo miré sus largos dedos y su mano fuerte y musculosa con la que podía agarrarse a cornisas, salientes y balcones. Esa pregunta encerraba más cosas que el solo hecho de atreverme a saltar.

Abajo, «Light Up The Sky» de The Afters nos envolvió como la música de la antesala de una balada.

Él me invitaba a bailar como un caballero.

Y yo solo tenía que aceptar y mecerme con él.

—Conmigo no tienes nada que temer —me aseguró acercándose a mí.

Yo me relamí los labios secos y posé mi mano sobre la suya. La de él era cálida y, en cuanto engulló la mía, pasó el pulgar por mi dorso y dijo:

—Qué piel más suave —reconoció con ternura.

—Gracias —dije.

Kilian tiró de mí y me acercó a su cuerpo para rodearme la cintura con los brazos. La música, los petardos, la ciudad de Lucca a nuestro pies... Y él y yo solos. Mi mente conservaría ese recuerdo para siempre.

—No voy a dejar que saltes sola, Lara —arguyó pegándome a él.

—Ah, ¿no? Los demás lo han hecho.

—Sí. Tienes razón. Pero los demás no son tú.

Mis pestañas titilaron intentando descubrir qué insinuaba.

—¿Qué quieres decir?

—Que a mí los demás no me preocupan —sentenció mirándome fijamente. No obviaba el hecho de que cada vez estábamos más cerca del precipicio.

—No mires abajo, mírame a mí —me ordenó.

—Dios... —dije cerrando los ojos muy fuerte al caer en la tentación.

Kilian rió.

—Te he dicho que no mires abajo.

—Lo siento —dije agarrándome a su chaqueta con fuerza y apoyando mi frente inconscientemente en su pecho—. Madre mía, tengo una sensación malísima...

—Lo sé. —Él me comprendía—. Pero no te voy a dejar sola.

—¿Porque no quieres que me abra la cabeza?

—No —negó él con los labios pegados a mi frente.

Me acababa de oler el pelo y sentía su corazón palpitar a toda velocidad a través de la tela. Eso me emocionó porque pude comprobar que yo a él también le afectaba. Tenía poder, aunque ni de largo tanto como el que él tenía sobre mí, mis emociones y mi cuerpo. La necesidad de sentirle y de tocarle se acrecentaba a cada segundo que pasaba con él.

—Entonces ¿por qué? —insistí.

—Porque quiero que tengas fe en mí y ser el chico con el que saltes al vacío —me dijo abrazándome con fuerza, dejando caer su boca sobre la mía al mismo tiempo que nuestros cuerpos entrelazados caían al abismo.

La ingravidez debía de parecerse a eso.

Sus manos y sus brazos envolviéndome como una anaconda. Su olor noqueándome y haciéndome sentir como si en realidad estuviera volando y no cayendo a la nada.

Y su boca. Nos estábamos besando, como haría Superman con Lois Lane en el cielo, entre las nubes.

No pude ver nada. Solo sentir su lengua contra la mía, y sus labios besándome con hambre y al mismo tiempo una necesidad de ser tiernos que me volvió loca.

Kilian se me estaba colando bajo la piel, y ya apenas tenía la facultad de protegerme o de evitarlo.

No quería detener el caudal de sensaciones que me arrasaban cuando él estaba cerca, o en mí, como en aquel momento de intimidad.

Mi primer beso en el cielo sería un excelente modo de morir. Cualquiera querría morir así.

Entonces Kilian cortó el beso, me abrazó con fuerza contra él, y se volvió en el aire para que el impacto contra la colchoneta se lo llevara todo él.

Allí, justo allí, en aquella nube era donde yo quería quedarme. A solas con él, pues ya no había nadie que la rodeara. Con el cuerpo de Kilian debajo de mí, nuestras piernas entrelazadas y sus manos... masajeando mi espalda y mi nuca.

Sentí como me dio un besito leve en el hombro, y murmuró contra mi piel:

—¿Estás bien?

No me salían las palabras. El salto de fe era como revivir en muchos aspectos; como, por ejemplo, el de tener fe en los demás, y confiar en que otro me cogiera cuando cayera, como había hecho Kilian.

Mis ojos se humedecieron a pesar de sentirme pletórica.

—Es la adrenalina —señaló Kilian tomándome la cabeza con sus manos para ver mi rostro. Después, me secó las lágrimas con los pulgares.

—No sé por qué lloro —dije, perpleja.

Los ojos de Kilian parecían colmados de una afabilidad que no había visto todavía en él.

—A veces también se puede llorar de alegría. —Me retiró parte del pelo de la cara y me obligó a mirarlo—. Joder, Lara, no sé si esto es bueno...

—¿El qué?

—Que continuemos adelante con este juego. Creo que es justo que te avise de algo.

—¿De qué?

—Lo mejor para ti sería que te alejaras de mí, porque, cuando algo me gusta, no tengo paciencia como para esperar por ello —aseguró, atormentado y avaricioso—. Hago lo que esté en mi mano por conseguirlo. Será mejor para ti que dejemos las cosas tal y como están, aunque me cueste.

—Eso lo decidiré yo, Kilian. No soy una niña.

—Sí lo eres.

—No seas idiota. —Me estaba enfadando—. Que tengas un par de años más que yo no te convierte en el maduro de los dos.

Él se mantuvo en silencio, como si luchara contra sí mismo y sus deseos.

—El domingo nos vamos de Lucca todos —explicó.

—¿Crees que no lo sé? —Por supuesto que lo sabía. Desde el martes, que fue cuando le conocí, llevaba restando días al calendario, lamentando el poco tiempo que estaría allí con él.

—Si nos seguimos viendo, no voy a poder dejar quietas las manos —me dijo disculpándose con una sonrisa, aunque sus ojos lanzaban verdades como puños—. Querré más.

—¿Y qué quieres decir con eso? —Tenía la piel de gallina porque sentía cómo él dibujaba pequeños círculos con los dedos por mi espalda—. ¿Que me hipnotizarás y caeré en tus manos sin fuerza de voluntad? Yo hago lo que quiero, cuando quiero. Son decisiones mías también.

Él apoyó la cabeza en la cama de aire y miró al cielo.

—No me ayudas. Trato de hacer lo correcto.

—Pero, Kilian... —Intenté incorporarme, pero me costaba mucho moverme en esa colchoneta. Me estaba diciendo que quería acabar con lo que fuera que teníamos, incluso antes de que lo empezáramos. No tenía ningún sentido.

—Lara —me tomó la cara con las dos manos. Parecía enfadado al mismo tiempo que decidido—, somos contrincantes.

—¿Y qué?

—Somos muy diferentes.

—¿Y eso es malo?

—Yo soy exigente, ¿comprendes?

—Sí. —Y entenderlo me ponía más nerviosa todavía—. Yo no sé lo que quiero, pero sí estoy segura de no querer dejar esto aquí, en este punto. Nunca... nunca me había pasado algo así. —No sabía cómo explicar lo que agitaba mi interior—. ¡Y no quiero que decidas dejarme de ver solo porque creas que no estoy preparada para lo que sea que tienes en esa cabeza! —exclamé con convicción.

—Dios, estás loca —murmuró mirándome maravillado—. Luego no me digas que no te lo advertí.

Me atrajo a su boca y me besó hasta colocarme debajo de él.

Las sensaciones se dispararon en la boca de mi estómago y en la parte baja de mi vientre.

Kilian sacudía mis labios, tocaba mi lengua, acariciaba mis dientes. Y, mientras, se hacía un hueco entre mis piernas para colocar sus caderas.

Sin dejar de besarme, apretó su ingle contra la mía y tuve que exhalar por la sorpresa.

—¿Tendrías miedo de esto? —me preguntó.

Yo me quedé mirándolo en silencio. Notaba los labios hinchados y me palpitaba la entrepierna.

Mi cuerpo estaba loco, como una cabra descontrolada.

Creo que quería más.

Lo tomé de la nuca, y tiré de él para que me volviera a besar.

—Eh... Kilian.

Una voz masculina nos interrumpió en ese preciso momento y yo me morí de la vergüenza al ver que era Frederic, que nos miraba con una sonrisa burlona.

Kilian alzó la cabeza y contestó:

—¿Qué pasa, Fred?

—Tenéis que dejar esto libre. Luce va a hacer su salto de aquí a quince minutos.

Kilian asintió con la cabeza.

—De acuerdo. Ya vamos.

Me tomó de las manos y tiró de mí para salir de la colchoneta. Me alisó el vestido por detrás, pasando la mano por mi trasero y comprobó que estuviera todo bien y en su sitio. Como si mi trasero se fuera a ir a alguna parte.

Me sonrojé, cómo no.

—Ya está. A pesar de tener la cara roja estás perfecta.

Yo le di un pellizco en el brazo, y él se echó a reír.

—Pensaba que yo era la última en saltar —dije dejando que él me guiara a través de las barreras y del interior de la torre.

No me contestó, porque primero pegó mi cuerpo a una de las tarimas de madera que constituían la base de la torre y me besó de nuevo. Me robaba el aire. A cada beso, más mareada me sentía.

—Y lo eres —contestó después de compartir varios arrumacos más—. Pero el espectáculo lo cierra un Assassin.

—Pero si ya nadie está mirando —aduje.

—Son rituales internos. De nuestro grupo, ya sabes —explicó—. No lo hacemos para lucirnos. Antes de acabar una demostración, uno de nosotros salta para cerrar el ciclo.

—¿Parafernalia?

—Básicamente.

—¿Y Luce va a saltar?

—Sí.

—Lo habrá hecho antes, supongo.

—Ha entrenado. Pero este será su primer salto oficial.

No me imaginaba lo nerviosa que tenía que estar la pobre. Al menos, yo estaría hecha un flan.

—¿Y no quieres quedarte a verla?

Kilian miró hacia arriba y sonrió con seguridad.

—No. Lo hará bien. Se ha esforzado mucho y sé que saldrá como ella quiera. La aplaudiré desde abajo. Además, a ella no le gusta que estén pendientes de lo que va a hacer. Mientras tanto, te invito a tomar algo —me propuso—. ¿Qué te apetece?

No osé contestar. Mi cabeza y mi cuerpo me pedían cosas relacionadas con Kilian, su boca y su cuerpo. Me asustaba tener tan poco control.

—¿Limonada? —sugirió—. ¿Tequila?

—Tequila con limón —contesté. Haciéndole entender que quería volver a jugar a ese juego con él.

Kilian parpadeó concentrado en mi cara, como si no se cansara de mirarla.

—Vamos, cachorrita.

Tomó mi mano y salimos del interior del castillo con los dedos entrelazados como si fuéramos una pareja. Pensé que me fascinaba observar nuestros tamaños tan dispares.

Una vez en la Piazza Anfiteatro, luchamos por hacernos hueco entre la gente que bailaba al ritmo del DJ que aparecía sobre una de las tarimas.

La música de Sean Paul y su «How Deep Is Your Love» animaron a Kilian, que mientras avanzábamos entre la gente se arrimó a mi cuerpo por la espalda, a moverse al ritmo de la música.

Me pareció tan sexy su manera de moverse y me gustó tanto que me cantara al oído mientras se pegaba a mí que las rodillas me temblaron. Él me impulsaba a querer bailar con él como nunca había bailado con nadie.

Era todo tan nuevo y tan intenso que temía perderme entre la novedad.

—*How deep is your love, how deep does it go... How deep is your love, let us explore...*

Por un momento sentí como si me mordiera el lóbulo de la oreja, y sentí el mordisco por todo mi cuerpo.

Él me dirigió una sonrisa socarrona. Me di la vuelta entre sus brazos para besarle a placer, pero en ese instante una chica que se hacía selfies con la colchoneta detrás empezó a gritar histérica.

A su grito se unieron otros chicos que, atraídos por la curiosidad, se habían asomado a ver lo que ocurría con sus propios ojos.

Kilian y yo nos miramos y acudimos corriendo para saber qué demonios pasaba con la colchoneta.

El guardia intentaba retener a la multitud que se le abalanzaba en estampida. Los demás ayudantes recolocaron las vallas de contención que habían empezado a quitar para retener a la jauría curiosa y alterada.

Kilian y yo conseguimos llegar hasta las vallas, justo detrás de uno de los guardias de seguridad. Cuando este se apartó para dejarnos ver qué sucedía, la sangre se me congeló en las venas.

Allí, en una posición antinatural, estaba el cuerpo de Luce, con un charco de sangre bajo su cabeza que tintaba escandalosamente el blanco impoluto de la cama de aire, casi deshinchada en su totalidad.

Quince

—Ha sido un accidente.

Aquella era la frase más oída en la Piazza Anfiteatro durante toda la noche.

La fiesta se detuvo por completo, e incluso pasadas dos horas de el trágico suceso, algunos grupos permanecían hablando en voz baja de lo ocurrido, queriendo enterarse de todo, hasta el último detalle.

Kilian no me volvió a decir nada más después de ver a Luce en aquel estado; saltó la valla y empezó a gritar pidiendo ayuda. Fui yo la que llamó a Urgencias.

Él actuaba como lo que era: estaba estudiando medicina y asistiría a Luce en lo que pudiera. No me atreví a acercarme a ellos. Kilian desprendía un aura que daba a entender que no quería a nadie a su alrededor, y yo, como si estuviéramos conectados, lo capté a la primera.

Me dejó sola cuando llegó la ambulancia y se fue con Luce, para acompañarla. Kilian les dijo que era médico y los dos señores de Urgencias no dudaron en escuchar el parte de su boca. Después se hicieron cargo de todo.

Thaïs y Taka estaban sentados en el banco junto a mí, uno a cada lado.

Y yo no podía hacer otra cosa que fijarme en todo lo que acontecía frente a mis ojos: en las ambulancias, las sirenas continuas, las luces intermitentes que cegaban y que venían de todas partes...

Los policías uniformados corriendo de un lado al otro acordonando la zona; la intervención de la policía científica, la obtención de pruebas, la movilización de Luce, que seguía viva pero en estado crítico, a la Unidad de Cuidados Intensivos...

—Ha sido un accidente —aseguraban todos ellos hablando los unos con los otros.

Yo permanecía allí, manteniendo distancias con la escena de la tragedia, aunque totalmente involucrada a niveles analíticos y emocionales.

Veía la imagen de Luce una y otra vez en mi mente mientras no dejaba de oír a todo hijo de vecino afirmar con naturalidad que había sido un error, que la chica había caído mal, cuando la cama de aire ya estaba casi desinflada.

—El impacto de una caída de cuatro pisos es casi mortal —aseguraba el forense a su compañero, mientras tomaba una muestra de la sangre de Luce derramada por la superficie de la colchoneta—. Ha sido mala suerte. Pobre chica.

No podía dejar de recordar la escena, no me la podía quitar de la cabeza. Ese era uno de los inconvenientes de mi don: verlo todo mil veces en mi mente, sobre todo cuando había algo que no encajaba, aunque yo no fuera consciente de ello. Me iba a costar dormir y me tenía que mentalizar para ello.

—¿Me oyes, Lara?

Thaïs me estaba hablando y ni siquiera la había oído.

—¿Qué?

—Que será mejor que nos vayamos al hotel —repitió—. Aquí ya no podemos hacer nada. La plaza está vacía. Luce está en el hospital y Kilian la acompaña.

—Sí. Sí, tienes razón.

Sabía que allí ya no podíamos ayudar. A pesar de que no me gustaba la facilidad con la que cerraban el caso y daban carpetazo a lo sucedido, me molestaba no saber cómo se encontraba Kilian, o si podía ayudarle en algo.

Tampoco quería incordiarle con llamadas. En el hospital estarían sus amigos, seguro que se encontraba respaldado. Sabía que Luce era su amiga y que un golpe así en un grupo de hermandad no era fácil de digerir.

Pero deseaba que Kilian me hablara y quisiera apoyarse en mí.

Cuando nos íbamos, divisamos a Raúl con la GoPro al cuello, las manos en los bolsillos y la vista fija en la zona acordonada. Tenía el gesto pensativo, parecido al mío cuando no me cuadraban las cosas. Eso me llamó la atención.

Nos paramos para saludarle con gesto cariacontecido.

—Ha sido una putada. Pobre tía —dijo Raúl.

—Todos dicen que ha sido un accidente —convino Thaïs abrazándose a sí misma porque a esas horas refrescaba—. Que dieron el aviso de que estaban quitando el aire de la colchoneta y ella lo malentendió y se tiró igualmente.

—¿Qué opinas tú? —quise saber.

—¿Yo? —Raúl resopló y se frotó el pecho—. Opino que o Luce tiene muy mala coordinación o no lo entiendo.

—¿Qué quieres decir?

—Grabo con mi cámara todo lo que sucede en los eventos más importantes de Lucca. Grabo las frikadas más grandes que os podáis imaginar, a cada prenda y cada iluminado que se quieren hacer famosos a base de hacer gilipolleces. Son una mina de oro para mí. Pero también me gusta editar vídeos y colgarlos de manera creativa. Hago tomas desde muchas perspectivas. Y he estado revisando planos para ver si por casualidad había cazado el momento en el que Luce saltó.

—¿Y tuviste suerte? —Sería interesante verificar lo que pasó en realidad.

—Sí. He pasado la imagen a mi móvil.

—¿La podemos ver? —pidió Taka.

—No sé, tíos. Si no me metéis en un lío... No sé si quiero sembrar dudas.

—No te preocupes. Lo que nos enseñes se quedará entre nosotros —le prometí.

—Entonces os pasaré el vídeo por WhatsApp en cuanto tenga wi-fi. Pero si vais a hacer algo con él, sea lo que sea, antes consultádmelo. Los derechos son míos.

Cuando llegué al hotel y me metí en la habitación, no pasaron ni dos minutos hasta que Taka y Thaïs golpearon mi puerta.

Thaïs llevaba puesto un pijama de Snoopy corto. Taka vestía igual que hacía un rato, y cargaba con todo lo del minibar de su habitación, pero ambos llevaban la misma cara. Estaban un poco impactados por todo y sabían que esa noche era mejor dormir juntos, para evitar la aparición de posibles fantasmas.

No hizo falta intercambiar palabras. Les dejé entrar sin más.

Había escrito no sé cuántas veces a Kilian para ver cómo estaba, qué sabía de Luce, o si él necesitaba algo, y no me había contestado ni una vez.

Yo también necesitaba compañía porque estas cosas me afectaban mucho.

Lo entendía. Entendía a Kilian. Pero, por otra parte, me daba mucha rabia y me hacía sentir muy mal, porque, por alguna razón, me urgía estar con él y tranquilizarle.

Thaïs se tumbó en mi cama cuan larga era. Taka tomó mi portátil y miró el mensaje que había traducido y que tenía que ver con él.

El japonés me habló entre dientes al tiempo que disimulaba:

—¿Qué mierda has hecho?

—Nada, Takataka —le contesté—. Solo quería saber lo que...

—Baja la voz —me ordenó.

—¿Qué cuchicheáis? —preguntó Thaïs desde la cama.

—Nada. Estamos eligiendo qué película comprar de iTunes —le mentí.

Taka tomó el word que había abierto y lo eliminó, enfurruñado conmigo por violar su intimidad. No iba a decirle nada a ella, no tenía que enfadarse.

—No seas tonto, Takataka —gruñí por lo bajo—. No pienso decir ni una palabra. No soy una chivata. Pero o espabilas o pierdes el tren. Tienes que serle sincero.

—No me sale de los huevos —me espetó con ese carácter de genio y borde cortante que tenía cuando le provocaban..

—Vaya —dije, asombrada—. Pues sí que te ha dado fuerte, ¿eh?

—¿Queréis poner la película ya? —Thaïs exhaló y fijó los ojos en el techo—. Hasta que Raúl no nos pase el vídeo necesito ver algo que me distraiga. Tengo mal cuerpo. ¿Creéis que mañana continuará el concurso? Es viernes, el último día, la gran final, pero el equipo de Kilian está muy jodido. Thomas se ha ido de Lucca, y Luce... Bueno, lo de Luce no tiene buena pinta —lamentó.

—No sé si la organización Turing puede decidir suspender el concurso porque uno de los concursantes saltó al vacío en horas fuera de concurso —opinó Taka cargando con los Toblerone y las coca-colas que había cogido de su nevera—. Sea como sea, esa chica no lo va a tener fácil para salvarse.

No, no lo tenía. Un traumatismo de ese tipo era muy difícil de sanar. La joven estaba en coma y los chicos de Urgencias no fueron nada optimistas al ver su estado.

A mí el premio me daba igual. Taka nos apuntó para que lo pasáramos bien como desafío a nuestros intelectos. Al menos, estábamos en la final.

Joder. No se me borraba el rostro de Kilian al contemplarla. Fue como si el mundo se le cayera encima. Él era el delegado de la hermandad a la que pertenecían. ¿Caería en él la responsabilidad de todos los problemas que había habido en su grupo?

No sería justo que le culparan de los actos de los otros. Ni de la crueldad de Thomas ni del descuido de Luce...

Con el portátil delante, decidimos comprar la película *Guardianes de la galaxia*. A los tres nos encantaba. Y eso nos ayudó a apartar de nuestra mente lo sucedido esa noche.

Hasta que, veinte minutos después, sonó el móvil de Taka.

Los tres dimos un brinco de golpe.

Taka se incorporó en la cama y descargó el vídeo que Raúl le acababa de pasar.

—Espera —le pedí—. Pásamelo al mail. Lo descargaremos en mi ordenador y veremos qué hay.

—Pero, Lara —Thaïs me miraba con el ceño fruncido—, ¿qué es lo que esperas encontrar?

—No lo sé. —Me encogí de hombros—. Es que hay algo que no sé qué es —expliqué impotente— que no me encaja. —No lo sabía explicar. Era algo que me chirriaba o que no me cuadraba demasiado en el conjunto de imágenes recopiladas en mi cabeza. Como una pieza mal puesta en un puzle. No podía explicarle eso a Thaïs, porque suficientemente raro me sonaba a mí.

—Me pones la piel de gallina, en serio —murmuró Thaïs.

—Sí, eso ya me lo has dicho otras veces.

Recibí la campana del mail conforme acababa de entrar un nuevo correo.

Lo abrí y lo descargué en el ordenador al instante.

Los tres nos quedamos mirando la reproducción de la toma que había grabado Raúl.

—Mirad, aquí. —Taka señaló en lo alto de la torre. Solo se veía de perfil, no era una toma demasiado buena, pero sí lo suficiente como para ver a Luce caminando hacia atrás, con el cuerpo descontrolado, como si alguien la hubiese empujado o forzado de algún modo. Hizo el salto de espaldas.

Vimos la secuencia cuatro veces más, en un silencio sepulcral.

—¿Se tropezó? ¿Cayó hacia atrás? —dijo Thaïs, poco convencida.

—No. —Taka negó rotundamente—. Bueno, no sé...

—O forcejeó con alguien —dije yo.

—Ahí no veo a nadie más —señaló mi amiga.

—La estructura de madera de la tarima oculta a la otra persona —contesté—. Alguien estaba con ella. Perdió el equilibrio, se fue hacia atrás y cayó. —Señalé la pantalla—. Esto no es un salto de fe. Los saltadores saben saltar, Luce se disponía a hacerlo por primera vez y de manera oficial. Kilian me dijo que era un ritual de su hermandad y que le tocaba a ella. Luce no iba a ser tan tonta de jugarse el tipo saltando de esa manera. Yo creo... Creo que no ha sido un accidente —sentencié.

—Te encanta ver tramas oscuras donde puede que no las haya —intervino Thaïs, nerviosa.

—Me ciño a las imágenes, Thaïs. Puede que la persona que estuviera con ella no quisiera tirarla. Tal vez se peleaban por algo y forcejearon y... salió mal —deduje.

Thaïs se frotó la cara angustiada.

—Las imágenes son poco concluyentes. Como periodista, puedes hacer muchas conjeturas de lo que muestra el vídeo, pero ninguna clara que te diga que fue una agresión. —Negó con la cabeza—. Yo no me metería, Lara.

«Yo no me metería, Lara», esa frase retumbaba en mi cabeza.

Taka y Thaïs dormían: ella en la cama y él en el suelo, cubierto por la manta. Olvidarse de ello sería fácil para mis amigos, porque no tenían la naturaleza curiosa que yo tenía, ni un don que revivía una escena como miles de fotogramas.

Era demasiado tarde para mí. Ya estaba involucrada. Ellos también lo sabían y por eso estaban tan preocupados.

Me conocían. Sabían qué carrera iba a estudiar, y entendían que eligiera esa rama por mi don para el análisis.

Pero no solo era por eso. Taka y Thaïs me conocieron durante mi época oscura, unos dos años después de que mi madre hubiese muerto. Nunca les expliqué qué pasó, nunca quise hablar de ello con nadie. Solo con mi padre y con mi psicóloga, la señora Caterina.

Pero, aún en ese momento, pasado tanto tiempo, no me creían. Ni los policías, ni los forenses, ni mi psicóloga... ni mi padre.

Así que mis sesiones iban dirigidas a que no alterase la realidad de lo que había visto, más que a tomarlas como pruebas concluyentes del caso.

Desde entonces, mi único objetivo era estudiar y acabar la carrera que había elegido. Porque era obvio que no me gustaba nada que cerraran casos sin encontrar a la persona que arrebataba la vida de otra; y todavía me gustaba menos saber que no encontraron a los que se la arrebataron a mi madre.

Cuando me licenciara, yo reabriría el caso. Y no descansaría hasta dar con ellos.

Cerré los ojos pensando en mi madre. Esperando soñar con ella de nuevo, y charlar, tranquilas, en un lugar en calma.

Aunque, en el fondo, tenía claro que no sería ella quien estuviera en mi mundo astral esa noche.

Sería Luce.

Me encontraba en la plataforma de la torre del salto de fe.

A mis pies, la colchoneta inflable estaba salpicada con motas rojas que rodeaban la cabeza de Luce, como si fuera un Picasso.

Ella tenía los ojos abiertos y respiraba con espasmos. La veía claramente a pesar de estar cuatro pisos por encima de su cabeza.

No oía nada, ni la música ni el jaleo de los adolescentes en la plaza. Nada. Solo silencio.

Sentía la brisa en mi rostro; y arriba, en el cielo, no brillaba ni una mísera estrella. Los escenarios en mi cabeza se modificaban según mi estado anímico. Pero nunca cambiaban los hechos.

Salté al vacío como una superheroína y caí de pie sobre la colchoneta, que ya no tenía aire. Noté como mis pies tocaron suelo duro, tal y como Luce tuvo que notar el impacto de su cabeza contra la grava.

Me quedé de pie frente al cuerpo inerme de Luce y la observé detenidamente: su pecho subía y bajaba arrítmicamente y sus pestañas titilaban desacompasadas.

Me acuclillé frente a ella y estiré la mano derecha para cerrarle los ojos. Me daba pena. La belleza de Luce estaba empañada por el rictus de sorpresa y pérdida que había quedado grabado en su rostro. Era muy joven, tenía mucha vida por delante. En caso de que se recuperase, ¿cuáles serían las secuelas de un golpe así?

Tenía las yemas de los dedos de la mano derecha manchadas de sangre. No podía comprender cómo había llegado la sangre allí.

En ese instante, algo captó mi atención.

Luce vestía con una casaca con capucha más oscura que la del resto, con un tono borgoña. La chaquetilla se cruzaba a la altura de su plexo solar, donde algo destellaba.

Tener memoria eidética quiere decir que mis ojos y mi mente registran todo lo que ven, aunque en el momento en que ocurren los hechos yo no registre todos los detalles.

Como por ejemplo, no me fijé en el colgante que pendía del cuello y reposaba torcido, semioculto bajo la tela de la chaqueta. La cadena resplandecía con las luces de los petardos sobre nuestras cabezas. Eso había sido así en la realidad, pero yo estaba más distraída viendo la imagen desoladora de Luce. Los seres humanos siempre nos fijamos en los detalles más macabros, como la posición del cuerpo, la sangre, la expresión de la cara...

Por suerte, mi cabeza lo englobaba en un todo.

Tomé la cadena entre mis manos y observé la figura que pendía de ella. Era una cruz de madera, de color negro. Pero no era una cruz cualquiera. Una obertura la dividía en dos. Y sabía por qué.

Era un USB. Tenía una diminuta luz verde encendida en el palo corto de la cruz.

Yo tenía un colgante parecido. Pero en vez de una cruz, era una Arale. Se le sacaba la cabeza y el cuerpo era el USB. Estos dispositivos podían enviar datos vía bluetooth a móviles u ordenadores. Pero para ello tenían que estar encendidos.

Kilian saltó la valla en ese instante y yo me aparté aunque me quedé muy cerca de él. Sabía que esa vez, si me concentraba, podía oír lo que Kilian le dijo. Mi mente registraba todos los sonidos, como una grabadora, y después, como si se tratase de una mesa de mezclas, podía bajar y subir el volumen de los elementos hasta que diera con lo que quería oír.

—Luce... ¡Joder, Luce! ¡Llamad a una ambulancia! —gritó sin mirar a nadie. Aunque estaba claro que se dirigía a mí. Kilian no se atrevía a tocarla. Como futuro médico, sabía que no podía moverla, y mucho menos cuando hubiera un corte o una brecha como la que se suponía que tenía Luce en el cráneo—. ¿Qué demonios?... ¿Cómo ha pasado esto?

Kilian, asustado, levantó la vista hacia arriba. Y vio lo que todos. Es decir, nada. Después, fue consciente del poco aire que tenía la colchoneta. Aire y nada eran lo mismo.

Se habían quitado las bombas de aire demasiado rápido.

El salto de Luce se encontró con el suelo.

—Apártate.

Me di la vuelta de golpe al oír esa voz y me encontré con mi madre, mirándome con ternura como siempre.

—¿Qué dices, mamá?

—Que te apartes.

—¿Por qué?

—Vas a tirarme de la cama.

—¿Eh? ¿De qué hablas?

El escenario se resquebrajó como lo hacía un cristal que recibía el seco impacto de una piedra, y cayó a mi alrededor. Me estaba despertando, y no podía permanecer más tiempo en el mundo de mis sueños.

Cuando abrí los ojos, me encontré a Taka a mi lado, aplastándome contra Thaïs. Y a Thaïs gritándole a Taka.

—¡Apártate! ¡Vas a tirarme de la cama!

—Cállate, rubia —contestó Taka con los ojos cerrados y la cabeza en mi almohada—. Igual te crees que dormir en el suelo es cómodo.

—¡Mírame, Taka! ¡No me dejáis nada de cama! ¡De verdad que me voy a caer! —refunfuñó dándole un cojinazo.

Taka empezó a empujarme y a sacar el culo para que Thaïs se cayera.

Cuando fui consciente de dónde me encontraba y de que estaba de vuelta a la realidad, lo primero que hice fue mirar mi iWatch. No había recibido ningún mensaje de Kilian, y eso me chafó.

Miré la hora: eran las siete de la mañana.

—Chicos —anuncié sentándome entre los dos.

—¿Qué? —Thaïs estaba enfadada porque no la dejábamos dormir. Pero me importaba un comino.

—Acompañadme al hospital de Lucca.

—¿Qué? ¿Ahora? —A Taka no le hacía demasiada gracia.

—Sí. Luce lleva un collar USB al cuello, de esos que pueden pasar archivos vía bluetooth. Si conseguimos sacar lo que hay dentro, puede que obtengamos algo interesante que tenga relación con lo que le ha pasado.

Los dos se incorporaron a medias con ojos legañosos y me dirigieron una mirada de incredulidad.

—Pero ¿cómo sabes tú eso? —dijo Thaïs, histérica.

—Lo he... visto. Me fijé. —Me encogí de hombros—. He soñado con eso.

—Es una de esas cosas que hace tu cabeza Nikon, ¿verdad? —Taka bostezó y me señaló.

—¿Nikon?

—Sí. Tu cabeza fotográfica. —Se echó a reír de su propio chiste.

Yo también lo hice, porque me hizo mucha gracia que Taka me viera así. Me encantaba. Adoraba su sentido del humor. Para él no habían raros. Solo gente especial.

—Dios... —Thaïs se levantó de un salto y se sacudió como si tuviera bichos recorriéndole la piel—. ¡Me ponéis los dos la piel de gallina! ¡Par de frikis!

—Vale, pero ¿vamos o no? —insistí con calma, ignorando sus nervios.

—¡Joder! —gritó Thaïs cogiendo el Toblerone que le había sobrado a Taka y mordiéndolo con ansiedad—. ¡Pues claro! ¡Soy periodista! ¿Qué crees?

—Te estás metiendo carbohidratos por un tubo —señaló Taka, divertido.

—¿Me meto yo con tu tinte? —Le dio la espalda como una reina, al tiempo que añadió—: me cambio y en diez minutos os veo abajo.

245

—Vale.

Thaïs salió de la habitación y cerró la puerta. Taka se quedó mirando el lugar por el que la rubia se había marchado.

—¿Te has fijado —pregunté golpeándolo con el codo— que es guapa hasta cuando amanece? Yo debo de parecer una psicópata con el rímel corrido. Y tú estás como si nada... Con esos ojos siempre parece que te hayas acabado de despertar.

Taka giró la cabeza hacia mí. Su ojos rasgados me miraron sin más. Después sus labios dibujaron una curva ascendente.

—No estás tan mal —me espetó.

Él salió de mi cama, se levantó y siguió el camino de Thaïs.

Cuando me dejaron sola, corrí al baño, a darme una ducha rápida y vestirme para estar en el hall en diez minutos.

No sabía si estaba bien o no lo que íbamos a hacer. Pero la necesidad de saber la verdad podía más que los buenos modales o la moralidad.

A veces, por respetar demasiado, nunca se llegaba al fondo de la cuestión.

Hospital San Luca

En las afueras de la ciudad amurallada, todavía en el distrito de Lucca, se encontraba el San Luca. Un hospital cuyo exterior estaba formado por paneles de colores ocres y diferentes tonalidades, y por cristaleras azuladas en su interior. Lo rodeaban prados rectangulares de hierba verde y perfectamente cortada.

Fuimos en taxi porque en bici nos iba a tomar más tiempo.

Acudimos directamente a la recepción de Urgencias. Miré por todas partes, a un lado y a otro de los pasillos, esperando encontrarme con Kilian. ¿Qué le diría si lo veía? ¿Qué me diría él?

Ignoraba mis mensajes, a pesar de que yo veía que estaba en línea. Hablaba con otros, pero conmigo no.

Conocía el apellido de Luce porque Kilian me lo había dicho. Suponíamos que no habrían demasiadas mujeres ingresadas con ese nombre en Lucca. Posiblemente, ninguna.

Me acerqué al mostrador y miré a la señorita Aurelia, que llevaba una bata rosa y registraba todas las entradas en Urgencias. Miraba la pantalla del ordenador sin dejar de teclear.

—Disculpe...

La mujer nos miró. Se quedó prendada de la cresta azul de Taka, y después volvió la vista hacia mí.

—¿Sí?

—Han ingresado a una chica llamada Luce Gallagher en este hospital. Quisiéramos saber en qué habitación está, para poder visitarla.

—Ah, sí... Luce —afirmó—. ¿Sois familia?

—Somos sus amigos —apuntó Thaïs mintiendo un poco.

Aurelia nos repasó de nuevo. Miró la pantalla del ordenador y nos dijo:

—Luce está en la UCI. Primera planta. Cabina 102. Las visitas están restringidas. Solo podéis entrar dos personas como máximo. Os daré tres pases para que podáis visitarla.

—Sí. Gracias. —Sonreí. Aurelia era diligente—. ¿Sabe si hay alguien con ella ahora?

—Había un chico... Un *ragazzo* muy guapo. Pero se fue hace un par de horas.

Un *ragazzo* muy guapo. Ese era Kilian. Sin duda.

—Muchas gracias.

Nos fuimos de la recepción y llegamos a la Unidad de Cuidados Intensivos. Estábamos frente a la habitación de Luce.

La vimos a través de las ventanas. Le habían puesto la respiración asistida. Señal de que no podía respirar por sí sola. El corazón se me encogió. Tenía el pelo rizado esparcido por la almohada, y los ojos cerrados, como si durmiera. Pero no dormía. Luchaba por su vida. No le habían quitado el colgante. Porque era una cruz. Tal vez, ese tipo de abalorios sí estaban permitidos.

En cualquier caso, la situación era gravísima.

Habíamos acordado en el taxi que solo entraría Taka. Él, como buen hacker, tenía un programa ripeado en su móvil que descargaba archivos de donde él quisiera. Solo necesitaba estar cerca del dispositivo a descargar. Lo localizaba, lo obtenía... y listos.

—Date prisa —le pedí mirando a todas partes— Y, Taka...

—¿Qué?

—¿Crees que podrás conseguir la ficha médica de lesiones de Luce?

—Me ofendes cuando me hablas como si dudaras de mí —dijo sin más, entrando en el box acristalado.

Thaïs, por su parte, se quedó en el otro extremo del pasillo vigilando que no apareciera nadie conocido.

Él se colocó el gorro, las calzas y la bata desechables y entró sin más; ni protocolos, ni miramientos. Iba a lo que iba, metódico como siempre.

Desde fuera, parecía como si Taka estuviera velando por Luce cuando, en realidad, había sacado su móvil para detectar el USB.

Habían pasado cinco minutos cuando Thaïs, que vigilaba desde el final del pasillo, empezó a hacerme señas y a correr hacia mí.

—Es Kilian. Kilian —dijo entre susurros—. ¡Agua! ¡Agua!

Taka salió de la habitación mirando su móvil, con los nervios templados, justo lo que yo no tenía.

—Ya está. Lo tengo descargado —me dijo en voz baja—. Voy a intentar entrar en la base de datos del hospital, a ver si encuentro el informe de Luce.

—Perfecto. Ahora largo los dos. —Los empujé para que se fueran en dirección contraria a Kilian—. Esperadme fuera.

—¿Y tú? —preguntó Thaïs con paso firme.

—Voy a hablar con él. En un rato os veo —les expliqué.

Ellos dos se fueron y me quedé de pie, en la puerta de Luce, con mis ojos en alerta, esperando verlo a él.

Ardía en necesidad de darle consuelo.

Aunque él, por lo visto, no lo quisiera.

Cuando Kilian me vio allí, plantada, con mi pantalón tejano corto, mis Victoria con estampado de flores, la camiseta blanca de tirantes ajustada, la cara recién lavada y el pelo húmedo de la ducha, no ocultó su gesto de sorpresa.

Dios. Me dolió ver lo preocupado que estaba por todo y lo mal que lo pasaba. Tenía el entrecejo arrugado por su expresión contrariada, la mandíbula dura y pétrea, y ese músculo tenso que le aparecía en la mejilla cuando algo le disgustaba le palpitaba sin cesar.

Sí. Lo veía desde allí.

Sus preciosos ojos mostraban ojeras de no dormir y sombras de remordimiento. ¿Cuánto peso acarreaba él sobre sus hombros?

¿Por qué?

Dieciséis

—¿Qué haces aquí?

Sí. Era la bienvenida con la que había soñado. Ni más ni menos. Con esa cara no parecía contento de verme.

—Hola, Kilian. He venido a ver a Luce.

Me ponía nerviosa. Me miraba de un modo que me incomodaba.

—Ah. —Él desvió el rostro al cristal y contempló a su amiga, conectada a una máquina—. Supongo que no te ha saludado al verte.

—Esa broma es de muy mal gusto —aduje.

—Todo es de muy mal gusto, Lara —espetó, rabioso.

Me quedé callada. Comprendía cómo se sentía. Sabía el trance por el que pasaba el familiar o el amigo de una víctima cuando contemplaba el horror de cerca. Era devastador, y demasiado cruel.

Carraspeé y me miré la punta de los pies.

—¿Necesitas... necesitas algo?

—Necesito despertarme de esta maldita pesadilla —dijo sonriendo sin ganas—. ¿Puedes hacer eso?

—No.

—Entonces, no me puedes ayudar.

—Siento mucho lo que le ha sucedido a Luce, Kilian.

—Sí. Y yo más, créeme.

Tragué saliva. Me dolía el pecho de verlo tan cerrado y poco expresivo.

—¿Habéis avisado a sus padres?

—Sí. Están al llegar. Ellos viven en Inglaterra. El vuelo solo les supone unas horas —comentó con la mirada perdida—. Les esperamos al mediodía.

—Imagino lo duro que ha tenido que ser para ti hablar con ellos.

—No. No te lo imaginas.

Pero sí lo sabía. Porque ya había pasado por algo así.

—Sé que estás enfadado y nervioso. Es muy duro ver a alguien a quien quieres en esas condiciones. Pero, Kilian...

—Todo en Lucca ha sido una mierda. Thomas hace lo que hace y deja de participar en el torneo. Luce... Luce se tira de la plataforma por error cuando ya estaban desinflando la colchoneta. Y ahora está en coma. —Apoyó los dedos abiertos en su cintura y se relamió el labio inferior—. Todo ha salido mal. Todo.

—¿Todo? —dije, afectada por sus palabras. Yo estaba preocupada por él. Él me había afectado en todos los sentidos, hasta el punto de que me daba miedo admitir que mi posible kelpie pensaba que yo era un error. Eso no podía pasar.

—Solo quiero irme de aquí y olvidar esta mierda.

—Ya entiendo. —La voz me tembló. Me sentía triste por él, pero si estaba a punto de llorar era porque me dolía sentir que no era nada—. Bueno, solo venía a ver cómo estabas.

—Jodido, Lara. ¿Cómo voy a estar? —dijo, furioso—. Mira, no tengo tiempo para esto ahora...

—¿Tiempo? ¿Tiempo para qué?

—Para ti. Para estar pendiente de otra persona. No me apetece hablar.

—No he venido para que me hagas de niñera ni me entretengas. Creí que agradecerías tener compañía. Estaba preocupada por ti —repuse enfadándome con él.

—Ya tengo a Fred y a Aaron. Ellos están hechos polvo. Cuando necesite tu compañía te lo diré.

Cogí aire, ofendida.

—¿Por qué me hablas así? Yo no te he hecho nada.

No me gustaba cómo me hablaba. Pero lo aceptaba porque en esos instantes tan delicados las emociones están a flor de piel. Su actitud era fruto de la impotencia porque las cosas no eran como él quería.

Él se mantuvo en silencio y miró hacia otro lado, esquivando mi mirada.

Yo le hacía perder el tiempo, por lo visto. Pero no iba a perseguirle, que estuviera tranquilo.

—Está bien. Entonces, te dejo solo. No te molesto más —parpadeé para apartar las lágrimas.

Me di la vuelta, dispuesta a salir de allí antes de caer rendida a mis sentimientos más dolorosos.

Me puse las gafas de sol al salir del hospital para no levantar suspicacias entre mis amigos. No quería que vieran lo afectada que estaba, impresionada por las palabras de Kilian.

Entré en el taxi con ellos, en silencio, y volvimos a Lucca, con la información del USB descargada en el móvil de Taka y con mi corazón contuso por la sacudida recibida.

Tal vez debí quedarme en la UCI para que me trataran a mí también.

El amanecer del viernes no acompañaba demasiado. Estaba igual que nosotros: sombrío, gris e inquieto. Las nubes espesas y oscuras encapotaban el techo italiano y no nos apetecía estar en alguna de las adorables terracitas de la ciudad.

Nos fuimos a la cafetería del hotel, para estar más resguardados y mirar tranquilamente la información que había obtenido Taka del dispositivo de Luce. Aproveché para tomar mi portátil, por deseo expreso de Taka, que lo necesitaba para conectarse a un programa de cosecha propia y petar un encriptado de la información descargada.

Para mí, escucharlo hablar era como si me hablase en otro idioma desconocido, por eso me limitaba a decir que sí y a traerle lo que me pidiera.

En la tele, los canales se hacían eco de lo sucedido en la Piazza Anfiteatro y del accidente sufrido por una de las saltadoras, que permanecía con diagnóstico reservado en el hospital San Luca. A lo que ya sabíamos, habían añadido datos relevantes: Luce había fumado maría y tenía una alta tasa de alcohol en sangre. Por eso ignoró el aviso de su compañero de que no saltara.

—Borracha y fumada —dije—. Mala combinación.

Thaïs pidió cafés para todos, lo necesitábamos después de la noche que habíamos pasado.

Pero yo necesitaba algo más que café para lidiar con el varapalo que me había llevado con Kilian en el hospital. No se lo quería tener demasiado en cuenta. Bajo el shock, los comportamientos cambiaban, las personas se volvían más ariscas y mucho menos pacientes.

Pero me hizo daño igual. Hacía solo cuatro días que conocía a Kilian, pero tenía la impresión de estar conectada a él de una manera a la que no podía dar explicación.

Era como si estuviéramos vinculados. Aunque creo que eso solo lo sentía yo, visto lo visto. Y me deprimía pensar que era así.

—¿Veis? —nos dijo Taka señalando la pantalla de mi ordenador—. He pasado la información al ordenador. Y me sale una especie de carpeta iZip que está encriptada. Me pide un código de acceso para abrirla.

—¿Un código de acceso? —Thaïs silbó—. Pues sí que procuraba mantener lo que tuviera ahí dentro a buen recaudo...

—¿Y puedes averiguar el código?

—Necesitaré unas horas —contestó—. Es un código de cinco dígitos, y no sé si será un híbrido de números o letras. Mi software probará combinaciones hasta que lo adivine. Puede llevarle un tiempo. Tenemos que dejar el ordenador encendido y conectado, Lara —me pidió.

Thaïs metió la nariz en la pantalla, dio un sorbo a su café de medio litro tipo Starbucks y entrecerró sus ojos verdes. Esa era su cara de periodista.

—¿Ese es el archivo encriptado? —señaló un icono con una calavera y un nombre abajo. «La voz de Artemisa».

—Sí —respondió Taka—. ¿Qué pasa? ¿Y esa cara de Watson?

—Joder... —Se colocó un mechón de pelo rubio detrás de la oreja—. No sé si tendrá algo que ver o no.

—¿El qué? Me estás poniendo nerviosa, Thaïs —dije, impaciente.

—Joder, ¿en serio no la conocéis? —Abrió un servidor para conectarse a internet e introdujo en el buscador el nombre entero—.

Es... es *La voz de Artemisa*... Es... ¡Joder! ¡Yo creé mi propio blog por ella! —Dio la vuelta al ordenador y nos mostró una página web con tonos violeta y fucsia, con el mismo nombre.

—¿Nos lo traduces, por favor? —pidió Taka tan impaciente como yo.

—Hace cuatro años irrumpió en las redes una blogera que creó un blog de noticias visuales inmediatas. Se llama *La voz de Artemisa*, en honor a la diosa cazadora. Ella cazaba noticias, ¿entendéis? En su blog subían vídeos en los que los informadores eran los usuarios; ella los rectificaba, los mejoraba, y los subía con su voz en off de fondo. Al cabo de un año, seguían su blog dos millones de personas. Tres años después, su blog se convirtió en web. Tiene más de diez millones de afiliados, le han pagado mucho dinero por publicidad y además tiene secciones para todas las partes del mundo. Para subir noticias en italiano, en inglés, en castellano, en los idiomas que quieras, dependiendo de cuál sea tu país. Y nadie, absolutamente nadie, sabe quién es la dueña de la web.

—¿Es anónima? —pregunté.

—Sí —contestó—. Como yo.

—Es decir, que tú la copiaste —apuntó Taka, malicioso.

—No, cretino. Ella editaba todos los vídeos que le subían, y hablaba sobre todo de temas turbios: corrupción, política, mafias... Esas cosas. Mi blog es más relajado —se defendió—. Aunque las noticias son igual de interesantes.

—Bueno, yo no diría que... —Taka iba a insistir, pero yo le hice callar con una mirada.

—Si la información tiene algo que ver con esta web... Si tenía algo interesante entre sus manos... No sé lo que puede haber dentro —finalizó—. ¿Y si ella es Artemisa? Estamos hablando de una noticia internacional, ¿comprendes? No sabes lo que esto puede suponer... ¡Sería un bombazo!

—No diremos nada, por ahora —decidí.

—Pero, Lara...

—No, Thaïs. Precisamente porque puede ser algo muy delicado y Luce sigue viva, no vamos a decir nada. Antes tenemos que descifrar la información y leerla. Y después, valorar. Tenemos un vídeo donde se ven movimientos raros y antinaturales de la víctima antes de caer. Y también tenemos esto. Seguiremos indagando. ¿Cuánto crees que tardaremos, Taka?

—Mmm —comentó, pensativo—, teniendo en cuenta los millones de variaciones que pueden haber en una clave de cinco dígitos, y suponiendo que sea híbrida... Hasta mañana sábado por la mañana no tendremos nada.

Solo nos quedaba esperar. Pero qué dura era la espera cuando la sensación de tener algo gordo entre las manos te hervía la sangre.

—¿Crees que Kilian va a continuar en el juego? —me preguntó Taka, muy serio.

—No lo sé. No tengo ni idea —asumí—. No sé si como hermandad abandonarán la competición. Han tenido dos bajas, una de ellas muy grave. Si me pongo en su lugar, creo que solo tendría ganas de irme.

Como Kilian.

Que quería dejar todo lo sucedido en Lucca atrás, incluso lo que estábamos empezando él y yo.

El «bip» del concurso nos tomó a todos por sorpresa, en mi habitación, después de comer, mirando con ojos expectantes el programa decodificador de Taka, cuya barra avanzaba a paso de tortuga, como era de esperar.

Nos sorprendió el busca por varias razones: porque no creímos que el concurso continuara, por consideración a uno de sus concursantes; después, porque la chispa de la competición había desaparecido en nosotros. Solo pensábamos en Luce y en si llegaría a recuperarse o no.

Durante todo el día me imaginé a Kilian, solo, atormentado por el peso de su responsabilidad como delegado de la hermandad Neptuno, que estaba despedazándose por momentos. Habría querido cogerle la mano y quedarme a su lado como una boya en un océano, como un puerto seguro en el que resguardarse cuando la marea remontara.

Pero Kilian no pensaba en mí para eso. Ya no le envié ningún mensaje más esperando a que, si él quería algo, contactara conmigo y no al revés; y, a pesar de que esa era mi decisión, me sentía triste y apagada, como si me hubieran dejado a medias y a oscuras.

No sé en qué pensaba Kilian o si pensaba en mí de algún modo, pero yo sí.

Leímos las indicaciones del busca:

Lugar: tierra santa, estructura imperfecta a causa del diablo. Personaje: griego y defensor de la humanidad. Santo y seña: «La búsqueda llega a su fin».

—Yo sé a lo que se refiere —dijo Thaïs—. Es la Piedra del Diablo, está en el Palacio Bernardini. Lo conozco.

—¿Estás segura, Lonely Planet? —preguntó Taka como siempre metiéndose con ella.

—Sí, cepillo de dientes —aunque Thaïs nunca se quedaba atrás. Todavía no había nacido la persona que la dejara sin palabras—. La familia Bernardini ordenó demoler muchos edificios en esa plaza para construir su palacio, entre ellos una iglesia muy pequeñita de culto a la Virgen. Fue tan grave la afrenta que la construcción del palacio nunca fue perfecta, porque, desde el momento en que empezaron a edificarla, una piedra en la fachada nunca pudo ser insertada en la pared, como si jamás pudiera reposar en paz. Esa es la Piedra del Diablo.

A mí, Thaïs sí me dejaba sin palabras. No debía sorprenderme, porque su vocación era investigar, pero eso no quería decir que no me alucinara su capacidad para memorizar datos históricos, nombres y hechos.

Taka sonrió a Thaïs por primera vez con una dulzura inusitada. Creo que se le escapó. Pero Thaïs lo notó y enrojeció, extrañada por el momentáneo cambio de actitud.

—¿Vamos o no? —dijo para zafarse de la incomodidad.

—Sí, vamos —le di una colleja a Taka para que reaccionara.

Los tres salimos del hotel en dirección a la última prueba. Había tres bolas de dragón en juego, y mucho más que el orgullo de ganar un premio.

Si ganábamos nosotros, no nos quedaríamos el premio.

Sabríamos lo que hacer con él.

Era el último día del concurso. Y, por alguna razón, nos quisimos vestir como verdaderos Watch Dogs.

El atardecer caía sobre la Toscana, y no se preveía buen clima. El cielo cada vez estaba más negro y amenazaba no con lluvia, sino con una auténtica tormenta.

Yo vestía con pantalones cortos negros, una camiseta negra de tirantes y unas botas de verano desabrochadas. Me había atado una chaqueta negra a la cintura por si durante el día refrescaba o si al final llovía. En mi mochila Channel negra llevaba el móvil, chocolate, barritas de cereales y sándwiches, pues el día iba a ser largo, y Rockstar de guaraná, porque era lo que le gustaba a Taka y nos había viciado a nosotras. Y, además, compramos un frappuccino tipo Starbucks para Thaïs.

Hacer otra prueba en lo que quedaba de día sería agotador, y no sabíamos cuándo y cómo íbamos a acabar. Al menos, tendríamos combustible.

Lamentablemente, Kilian se había apropiado de mi gorra negra, así que decidí ponerme la que había llevado todos los días y que tanto me gustaba.

Cuando nos plantamos bajo la fachada del Palacio Bernardini nos dimos cuenta de que ese mediodía en la plaza que llevaba el mismo nombre había un concurso de disfraces. La organización Turing sabía dónde tenía que celebrar las pruebas, ya que las hacía coincidir con eventos que dificultarían nuestra búsqueda.

No sabíamos a quién debíamos encontrar. Puse «defensor de la humanidad» en Google tal cual, en inglés y luego en español, a ver qué opciones me salían. Y el resultado que más se prodigaba en castellano era: «Sasha Piqué, el hijo de Shakira y Gerard, lleva nombre de guerrero y defensor de la humanidad».

Con lo cual, era imposible que el personaje que buscábamos fuera él.

Pero sí que me dio a pensar que, si «Sasha» significaba eso, tal vez «griego y defensor de la humanidad» fuera el significado de su nombre.

Busqué «etimología» y «significado de nombres», y cuando encontré el resultado, no pude más que aplaudir a los organizadores del concurso.

Alastair. Era a Alastair a quien debíamos encontrar. El criptólogo y antagonista del personaje de Alan Turing.

—¿Y cómo se supone que es Alastair? —quise saber.

—En la biografía que leí sobre él —nos dijo Taka— decía que era jugador de hockey hierba. Eso es lo más llamativo, supongo.

Yo me había cruzado con uno nada más entrar en la plaza, y había pensado: «¿Qué demonios...?».

Tendría que haberlo relacionado con la prueba, porque era de locos, como una de esas piezas que no encajaban en mi mente y que me molestaban hasta que no les daba la vuelta y las hacía encajar.

—¡Yo lo he visto! —exclamé.

Fui corriendo en su busca, yendo a contracorriente de la gente, hasta que lo vi al cabo de diez minutos en la Via Santa Croce. Lo detuve agarrándolo por la muñeca.

El tipo llevaba su stick al hombro, iba vestido de corto y tenía un peinado antiguo. Le miré y sin resuello dije:

—La búsqueda llega a su fin.

Alastair me contestó muy serio:

—Pero el fin solo es un comienzo, señorita Lara.

Era normal que supiera mi nombre, pues para recoger los packs de participación Taka tuvo que facilitar nuestra documentación. Pero de todas formas me impactó que lo supiera.

Era un hombre mayor, de pelo canoso, ojos muy azules, cejas espesas y nariz prominente. Tendría unos sesenta años, pero la energía y el porte de un chico joven.

Lo guié hasta donde estaban mis amigos y él nos invitó a entrar en el palacio convertido en un hotel, y nos condujo al interior del patio, cuyas vistas al jardín eran muy hermosas.

Allí, en dicho patio, había una mesa alargada con cuatro portátiles abiertos.

Alastair miró su reloj analógico de muñeca y comentó:

—Os quedan cinco minutos antes de que empiece la siguiente prueba.

Taka, Thaïs y yo nos sentamos en las sillas frente al que se suponía que iba a ser nuestro ordenador y esperamos pacientes a que aparecieran los otros grupos.

Entonces, un segundo Alastair entró en escena precediendo a Kilian, Aaron y Fred: a los tres Assassins.

El corazón me dio un vuelco al verlo. Él iba el primero. No había descansado nada, se le veía abatido aunque con decisión para continuar la prueba. Me miró durante unos segundos y me dijo:

—Hola.

Yo no le contesté, solo le hice un gesto con la cabeza. En realidad, aquel no era lugar para hablar, aunque, para ser franca, poca cosa me apetecía decir después de oír de su boca la «gran mierda» que había sido Lucca para él.

Después se centró en la pantalla que tenía delante, a mi izquierda, aunque de vez en cuando miraba hacia mi posición, y yo hacía como que no me enteraba.

Tres minutos después aparecieron Los Vengadores y los X-Men con un Alastair acompañando a cada grupo. Ya estábamos los cuatro grupos finalistas. Cuando tomaron asiento, el Alastair que yo había encontrado empezó a hablar:

—Antes de nada, queremos expresar nuestra pena a los Assassins Traceurs por lo sucedido la noche anterior con la señorita Luce. Lamentamos todos los percances que vuestro grupo ha sufrido, chicos. —Hablaba con mucha sinceridad—. Pero habéis decidido continuar, y sabéis que no vamos a compadeceros por ello. Las reglas siguen siendo las mismas para todos.

—No pretendemos jugar con ventaja a consecuencia de nuestras desgracias, señor —replicó Kilian con honestidad—. Queremos continuar porque sería el deseo de nuestra compañera. Lo haremos por ella —sentenció.

Sus ojos amarillos recayeron en mí, los notaba persistentes sobre mi persona. Pero yo me mantuve firme. Me había gustado su respuesta, aunque no iba a demostrárselo.

—Bien, dicho esto —Alastair colocó su stick tras su nuca y apoyó los brazos en él—, como sabéis, hoy es el último día del concurso, y tendréis aún tres pruebas más. Si superáis la primera, que realizaréis aquí, se os entregará vuestra tercera bola de dragón. Las indicaciones para superar la segunda prueba de hoy, por la que obtendréis otra bola, se os facilitarán cuando hayáis conseguido pasar la primera con éxito. —El hombre caminó con aire ceremonioso alrededor de nosotros y de la mesa con los ordenadores—. Y luego deberéis pasar la última prueba, que será la que definitivamente decidirá el vencedor. Bien, vayamos por la primera: tenéis frente a vosotros cuatro terminales. Los terminales están protegidos, y vosotros debéis entrar en ellos con vuestros conocimientos sobre hackering y programación desde vuestros móviles. ¿Seréis capaces?

No era que la organización Alan Turing instigara a ser un hacker, pero les interesaban las mentes rápidas en programación, y para ello teníamos que dar lo mejor de nosotros mismos y aceptar esos desafíos.

Taka crujió los dedos estirándolos hacia delante.

Fred, el alemán, como yo le llamaba, crujió el cuello a un lado, y los otros dos que se encargarían de jugar a las decodificaciones hicieron lo propio.

En aquella lucha de egos, ni Thaïs ni yo, ni ninguno de los que no supieran sobre programación, tenían vela en el entierro, pero eso no nos prohibía apoyar a nuestros compañeros.

Eso fue lo que hicimos.

Media hora después, Taka entró en su terminal. Fue el primero en superar la prueba. Nosotras empezamos a dar saltos de alegría y a abrazarlo con fuerza, alegres por su facilidad para solucionar ese tipo de escollos informáticos. Para él seguramente había sido un juego de niños.

Alastair, el nuestro, nos retiró de los demás grupos, que seguían en la prueba, y nos llevó a un lugar aparte del patio. Allí, en secreto, nos ofreció nuestra bola de dragón, que nosotros aceptamos gustosamente.

Ya teníamos tres.

—Para la siguiente prueba, deberéis elegir a uno de vosotros. Solo a uno.

—¿Cómo? ¿Por qué? —pregunté, preocupada.

—Deberá buscar la cuarta bola de dragón en solitario.

Thaïs y Taka lo tenían clarísimo.

—Lara. A ella se le da muy bien encontrar cosas —anunció Thaïs.

—No. Pero yo sola... Yo sola no sé si podré.

—Sí podrás.

—Primero hay que ver cómo es la prueba, japo. No corráis —les pedí con cautela—, porque si me piden algo de informática o programación vamos a perder.

—Estas son las directrices a seguir:

Lugar: donde el carro de fuego descansa. Personaje: hermosa y noble: no tiene alma. Santo y seña: «Hay belleza en el dolor».

Era yo quien tenía que resolver la prueba.

Y eso intentaría. Cogí la bici y me dirigí a toda prisa al Jardín Botánico.

Según Thaïs, decían que cada noche de luna llena un carro de fuego daba vueltas alrededor de la ciudad para, al final, hundirse en el estanque del Jardín Botánico. En el interior de ese carro habitaba Lucida Mansi, una noble del siglo XVII que vendió su alma al diablo para ser eternamente joven y bella.

Se suponía que en el estanque del Jardín Botánico estaría Lucida esperándome para darme la segunda prueba.

Me moría de los nervios al pensar que fuera algo tan difícil como para que fracasara en la prueba y me volviera al centro de vacío, sin bola y con mi orgullo por los suelos.

Pero en las pruebas también se hallaba la aventura y me gustaba sentir la adrenalina recorrer mis venas y mi sangre.

Me emocionaba.

Así que entré en el jardín con la bicicleta, aunque no me dio tiempo suficiente como para admirarlo, ya que me urgía encontrar a Lucida y su estanque. En teoría, por la tarde estaba cerrado, por eso tenía que apañármelas para entrar en él y saltar la barrera metálica que impedía el paso.

Oscurecía por momentos en Lucca, y me temía lo peor.

Me rodeaban como gigantes amenazadores que dibujaban sombras todo tipo de árboles, coníferas y pinos de grandes dimensiones, además de plantas leñosas y zonas ajardinadas constituidas por flores variopintas y llenas de colores.

No sabía cuánto llevaba caminando cuando por fin encontré el estanque. Me detuve frente a él y no vi nada en absoluto.

Extrañada, busqué en derredor, fijándome en cada esquina, barriendo cada lado, pero allí no había ni carro ni nada.

Cuando me di la vuelta, preparada para llamar a Taka y a Thaïs, me choqué de lleno contra un engendro joven pero con grandes entradas en el pelo, y por eso se peinaba hacia delante, y por la parte de detrás se despeinaba de modo que las puntas señalaran a todas las direcciones. Sus ojos marrones y pequeños me evaluaban como si fuera un mosquito, como si no valiera nada. Iba disfrazado de... ¿De qué iba disfrazado? ¿De Lobezno? No estaba segura. Sonrió y me enseñó dos colmillos. Dios, era raro. Creo que el disfraz no le salió como esperaba.

—¿Te has perdido? —Su voz sonaba insolente.

—No.

—¿Sabes dónde tienes que mirar?

—Yo sí, ¿y tú? —Pasé de largo, incómoda con su presencia.

—Te llevo observando desde que entraste en la capilla —anunció, empezando a seguir mis pasos.

Yo le miré por encima del hombro y, cuando lo vi tan cerca y con el gesto un tanto siniestro, me sentí insegura.

—Pues me alegro.

—Me pareces una chica muy guapa.

—Ya... Oye, ¿por qué me sigues?

—¿No quieres compañía?

—No. No podemos ir juntos. Cada uno por su lado.

—Bueno, guapa, pues es una pena. Espero que no me lo tengas en cuenta. —Se encogió de hombros y se detuvo.

—¿En cuenta el qué?

—Ya sabes. —Se metió la mano en el bolsillo y sacó una venda empapada en un líquido... Era cloroformo. Olía hasta donde yo estaba, cuatro metros alejada de él—. Las reglas son que no hay reglas.

—¿No hablarás en serio? —Empecé a retroceder.

—Sí, hablo en serio. Quiero llegar a la final. Supongo que como tú, ¿no?

—Sí, pero lo que vas a hacer es un delito. No creo que valga todo. —Puse mis manos por delante.

—Bueno, son meros conceptos. ¿Qué es todo? Para mí, todo es llegar a la final y ganar. No importa lo que haga para conseguirlo.

—Este concurso mide la inteligencia, y parece que tú no tienes mucha.

Él alargó el brazo para intentar sujetarme y yo arranqué a correr. desesperada por ir más rápido que él y huir en cualquier dirección.

Y eso lograba: a cada zancada le sacaba un poco de distancia. El atletismo me había servido. Solo tenía que procurar alargar bien la pierna, plantar bien el talón, impulsarme de nuevo hacia delante y...

¡Crac!

Me torcí el tobillo, perdí el equilibrio y caí al suelo.

Diecisiete

Ese chico se abalanzaba sobre mí con cara de salvaje e ido por completo. ¿De eso se trataba? ¿De pisotear a los demás?

De ganar costase lo que costase. No era nada ético.

—Aunque no hayan reglas, yo prefiero seguir una ética y una moral. Jugar limpio —espeté, rabiosa por el dolor que sentía en el tobillo—. ¡No como tú, cerdo!

—Qué peleona eres. —Negó con la cabeza y se acuclilló frente a mí—. No será para tanto. Te quedarás inconsciente y dormirás unas horitas. Como una resaca. Ven aquí...

—¡No! —grité.

Y no me pasó nada.

Una silueta placó al X-Men feo y lo lanzó al suelo. Me recordó a las apariciones de Flash Gordon, el superhéroe: no lo veías venir.

—¡No la toques! —gritó dándole una patada en las costillas.

Me di cuenta de que el Assassin que me acababa de salvar no era otro que Kilian, el cual parecía ido por completo, hundido en la furia ciega que lo arrasaba de dentro hacia fuera.

Agarró al tipo por el pescuezo, lo ahogó por detrás y le arrebató el pañuelo lleno de cloroformo, para a continuación taparle la boca y la nariz con él.

—¿Qué te parece si te vas a dormir tú, miserable? —gruñó en su oído, mostrándole los dientes como un salvaje.

Fui incapaz de decirle que se detuviera. Quería que Kilian le hiciera lo que él me iba a hacer a mí sin ningún tipo de remordimientos.

Advertí que Kilian tampoco los tenía. La máscara de odio que reflejaba su cara hablaba por sí sola. Si hubiera podido, seguramente le habría dado una paliza. Él ya había pegado a Thomas por lo que pretendía hacerme, no sería nada nuevo ni me dejaría demasiado impactada.

Me di cuenta de que Kilian aparecía siempre en el momento adecuado, para ayudarme, para salvarme de los problemas en los que me metía sin querer. Como si tuviera superpoderes y oyera mi grito interior de socorro.

Cuando el Lobezno con entradas y larguirucho se quedó inconsciente, Kilian lo dejó en el suelo y se apartó de él asqueado.

—Escoria —murmuró.

Después me miró.

Pensé que se iba a ir. Si no tenía ganas de verme ni de hablar conmigo, ¿para qué se iba a quedar?

Yo tenía parte de mi pelo en la cara y lo vigilaba a través de mis largos mechones castaño oscuro, como una chica de la selva.

—¿Te das cuenta de que eres un imán para meterte en líos?

Me repateó. Me repateó que me dijera algo así, como si yo le hubiera pedido ayuda cada una de las veces que él había dado la cara por mí.

—¡Eres tú el que tiene un imán conmigo! —protesté—. ¡Yo no te he pedido que me ayudes! —grité, enfadada con él por su poca delicadeza en todos los aspectos. Por cómo me trató en el hospital, sobre todo. Me daba vergüenza estar delante de él cuando sabía que no quería nada de mí, o cuando yo más bien le estorbaba. Era una carga para él.

—De nada —contestó, monótono y con la mirada teñida en una emoción que no sabía definir.

Parecía enfadado. ¿Conmigo? ¿Con él mismo? ¿Con el mundo en general?

Intenté levantarme, pero el tobillo me dolía.

Kilian se acercó para ayudarme, pero no quería que me tocara.

—¡No! —aullé—. ¡Ya puedo yo sola!

—No puedes —negó condescendiente—. Si te has torcido el tobillo...

—¡Cállate! —Estaba perdiendo la paciencia—. ¡Eres un sabelotodo! ¡Sí puedo! —Me tragué el dolor, que hacía saltar mis lágrimas. Pero me levanté con mi orgullo como último impulso. Alcé la barbilla y lo miré de frente—. ¡¿Ves, sabiondo?, sí puedo!

Un trueno relampagueó sobre mi cabeza. Las copas de los árboles se iluminaron. Él dejó caer la cabeza hacia atrás y permitió que las primera gotas de lluvia golpearan su apuesto rostro.

Después, con la cara húmeda, volvió a centrar su atención en mí. Con gesto adusto y decidido dio un paso adelante.

—¡Que no te acerques! —chillé con toda la fuerza de mi novato corazón enamorado y dolorido.

Porque sí. Lo que yo sentía por ese chico, al que apenas conocía pero que se había cruzado en mi vida con la fuerza de un huracán, tenía que ser amor. Lo sentía cada vez que lo veía. Como un puñetazo en el estómago, que me dejaba sin aire y que me obligaba a levitar.

Y no era un amor cualquiera. No era un capricho. Era amor kelpie. Y aún tenía que valorar si era afortunada o desgraciada por haber encontrado a mi caballo de mar, porque este era complicado, duro y reservado. Y yo no tenía ni idea de lidiar con ningún tipo de amor. Porque sabía que era la primera vez que caía en sus garras. Y sentía, a ciegas, que sería la última. Porque era una O'Shea, y sobre mis hombros pesaba el estigma de las mujeres de mi familia.

Nos enamorábamos solo una vez.

—Lara, no vas a poder andar. Está empezando a llover —advirtió.

—¿Y qué? Buscaré refugio en este... —miré alrededor—, este jardín lleno de árboles.

—No. Te vas a empapar. Y además no puedes caminar.

—Sí puedo. —Fui a dar un paso y vi las estrellas. Me quejé y me encogí.

—Lara, ya está bien.

En un momento, Kilian me cogió en brazos y corrió conmigo a cuestas, mojándonos, calándonos hasta la ropa interior.

Fue como si me hubiera dado un vahído y hubiese perdido el mundo de vista. La sensación de caer era la misma.

Pero no caí. Estaba protegida por los brazos y el duro torso de Kilian, resguardada como nunca antes me había sentido. Y me dio pena sentirme tan dichosa en esas condiciones, cuando sabía que él no sentía lo mismo que yo.

—¡Bájame! ¡¿Y qué va a pasar con ese chico inconsciente?!

—¡Que se joda! ¡Me importa un comino lo que haga! ¡Por ahora, que duerma!

Habían anunciado lluvias en la Toscana, pero no me imaginé que iban a ser torrenciales.

Apenas veía por dónde avanzábamos.

—¡Aquí! —gritó él al cabo de unos minutos—. ¡En el invernadero!

Con una mano abrió la puerta y nos metimos dentro, por fin resguardados de la cascada de agua que nos estaba cayendo encima.

Era un invernadero de estructura verde y una cubierta exterior translúcida de vidrio. Todo tipo de plantas exóticas se desarrollaban bajo aquella cúpula. La contemplé atraída por sus formas y sus colores.

Era precioso. Y hacía calor, pues los cristales conservaban la temperatura.

Kilian me dejó con cuidado en una butaca blanca que había a mano izquierda. Inmediatamente se sacó su mochila y la chaqueta empapada de agua, que goteaba como una regadera. Como también lo hacía toda mi ropa y el resto de mi cuerpo.

En ese instante de silencio recibimos un mensaje en el busca.

—«Se detiene el concurso hasta que amaine la tormenta —leyó Kilian en voz alta—. Quedaos en vuestras posiciones. Se reinicia el concurso a las seis de la mañana del sábado. Queda prohibido ponerse en contacto con el resto de vuestro equipo.»

—¿A las seis? ¿Tenemos que pasar la noche aquí? —pregunté, horrorizada.

—Eso parece —dijo él pasándose la mano por el pelo negro y corto para quitarse el agua.

—¿Incomunicados?

—Sí.

La situación era insostenible para mí. ¿Cómo iba a quedarme con él allí? Kilian no quería mi compañía; así que, decidida, no iba a ser yo quien le obligara a aguantarme.

—Pues lo siento por ti —dije—. No te preocupes, que me iré a la otra punta del invernadero. Así no tendrás que sufrirme.

—Lara, no te muevas de aquí —me ordenó con severidad.

—Mira por dónde me paso tus órdenes... —Me levanté, deseosa de encararme con él. No me vería más, pero me iba a oír.

—Tu pie...

—¡Mi pie está bien! —clamé manteniendo el equilibrio. Era verdad, ya no me dolía tanto. Se me hincharía un poco y ya está. Pero solo había sido una torcedura.

—¡Lara! —Se me puso gallito.

—¡¿Qué?! ¿Sabes, Kilian?, ¡me vuelves majara! —le dije de repente—. ¡¿Por qué te preocupas tanto por mí si después me tratas como a un trapo?! Me defiendes, te burlas de mí —enumeré dejando que mi carácter, que solo explotaba cuando la olla estaba a máxima presión, arrasara con todo: con mi educación, mi impotencia y mi frustración—. Me salvas de Thomas, me besas; me dices que soy especial y que te gusto y después me apartas de ti en el hospital, como si no quisieras tenerme cerca. ¡Pues, ¿sabes qué?, que ya estoy harta! ¡Déjame en paz! ¡Y vete con tu bipolaridad a otra parte!

—¡No puedo! —gritó él, contrariado y tan irritado como yo—. ¡Tú no sabes nada de mí, ¿me oyes?! ¡Nada! ¡No sabes si lo mejor para los dos es que yo te mantenga alejada!

—¡¿Por qué?!

—¡Porque es lo mejor para ti, Lara!

—¡Deja que yo decida qué es lo mejor para mí! —le rogué, frustrada—. ¡No tienes que ser tú el que me ponga freno! ¡Ya soy mayorcita!

—Lara —su voz sonó ronca—, solo intento protegerte.

—¿De qué?

—¡De mí, joder!

—¡No necesito tu protección, Kilian! ¡Ni la de nadie! Soy responsable de mis actos y de mis decisiones. Lo que quiero... Lo que quiero es saber que esto que siento por ti es de verdad. Hace poco que te conozco, y sé que puedo parecerte ridícula —dije emocionada—, pero me gusta estar contigo, y siento muchas cosas... ¡Y no las puedo evitar! —añadí con la voz rota—. Nunca me había pasado esto, y no me lo quiero perder, me lleve a donde me lleve. Porque la vida es muy corta. Hoy estamos aquí y mañana no lo sé. Lo de Luce ha sido una desgracia que nos ha dejado tocados a todos —me llevé la mano al corazón—, pero también me ha abierto los ojos. Cada día es único y especial, y hay que vivirlo al límite. Y tú, Kilian —tomé su rostro entre mis manos—, me robas el aliento. —Sonreí sin más— . Haces que se me acelere el corazón y que quiera cruzar ese límite por primera vez.

Las pupilas de Kilian se dilataron y sus ojos se tornaron transparentes para mostrarse tal y como eran: solitarios. En ellos vi un anhelo y una necesidad parecida a la mía. Era un imperativo para mí estar cerca de él, tocarle... Quererle. Quería demostrarle que no estaba solo; que si quería, en ese momento y durante todo el tiempo que él quisiera, yo podría estar a su lado.

Y si no, al menos, quería vivir la experiencia con él. No con el chico que había elegido, sino con el que no había podido evitar ni aunque quisiera. Era él. Él sería mi primera vez, porque no concebía que fuera otro. En cuatro días, Kilian me había dado mucho más que cualquier chico en mis dieciocho años. Por eso, por lo especial que era para mí, debía ser él.

Tal vez después, cuando Lucca hubiera acabado y cada uno se fuera a su respectiva universidad a continuar con su vida, llegaría mi arrepentimiento. Puede que sintiera contrición por haber entregado mi corazón a alguien al que quizá no viera nunca más. Pero me daba igual.

Nunca antes me había sentido tan viva como entonces. Y, con el recuerdo de Luce en mente, decidí dar un paso adelante e ir a por lo que quería en ese instante.

—Kilian...

Él me agarró las muñecas con fuerza y pude comprobar en primera persona esa lucha interna que le compelía a hacer lo que creía que era lo correcto. Pero al final, gracias a Dios, ganó la misma emoción que barría la conciencia y nos convertía en animales primarios.

Nos dejamos vencer por el instinto.

—Al menos, lo he intentado. No digas nunca que no te lo advertí, cachorrita —murmuró antes de dejar caer su boca sobre la mía.

Nunca lo diría.

No me arrepentiría jamás.

Porque el beso de Kilian lo suponía todo para mí. Me abrió un mundo de abanicos de colores que no sabía que existían. Y me dejé ir con él.

Sin dejar de besarme y con un lentitud exquisita, deslizó sus manos por mi espalda hasta posarlas en mi trasero. La sensación que me recorrió me erizó la piel.

—Lara... —susurró sobre mi boca—. ¿No me vas a parar?

Yo negué permitiendo que él me mordiera el labio inferior y acariciara el superior con su lengua.

¿Cuántas formas de besar había? No las contaría, porque las de él eran deliciosas.

—No voy a pararte. Es lo que quiero —dije.

Él me abrazó con fuerza y pasó su boca por mi garganta y mi hombro húmedo y desnudo.

—Sabes a lluvia.

—Y tú.

Su boca regresó a la mía, enzarzándose en una batalla de contenciones. Mi lengua fue en busca de la suya, para batallar entre nosotros como espadas de esgrima.

Besarse era como un baile.

Kilian hundió los dedos en mi pelo mojado y sonrió:

—Hueles a frutas, cachorrita.

—Es el champú —contesté cada vez más nerviosa y caliente.

Sí. Estaba caliente. A eso se refería Thaïs. Las manos y los labios de Kilian me subían la temperatura; sus ojos y su manera de mirarme me hacían arder.

Poco a poco, me fue desnudando. Primero me quitó la camiseta de tirantes blanca; me tomó de la cintura, se agachó y besó mi vientre.

Una sensación de cosquilleo recorrió mi entrepierna.

Madre mía.

Mientras me besaba las caderas y la cintura, desabrochó mi pantalón y lo deslizó por mis piernas.

La ropa quedó en el suelo como un amasijo.

Llevaba un conjunto de ropa interior deportiva blanca. Kilian dio un paso atrás, sosteniéndome por las caderas, y me miró de arriba abajo.

—Joder, Lara...

—¿Qué? —dije, insegura—. ¿Hay algo mal?

Él se relamió el labio inferior y negó con la cabeza, con la vista fija en mi sexo. Ya suponía lo que veía: la ropa estaba empapada y el blanco transparentaba.

—Eres preciosa. De verdad... Eres... —Se calló para atraerme hasta él y besarme con un ansia que enseguida igualé.

Me agarré a su cuello y a sus hombros musculosos. Su ropa me estorbaba, así que, con manos temblorosas, le quité la camiseta negra con el símbolo plateado de los Assassins en el pecho.

Su torso era increíble. Bien formado, con un abdomen marcado que me dejaba sin respiración y unos músculos oblicuos que desaparecían por la cinturilla del pantalón. Su piel morena y lisa cubría otros músculos definidos. Pasé la mano por su pecho y por su abdomen y percibí toda la fuerza contenida en él. Era mucho más grande que yo, podría romperme cuando quisiera, pero no lo haría.

Me tocaba con suavidad y dulzura.

—Kilian —dije sobrecogida—. Tú eres... hermoso.

Sonrió y me dio un beso suave en los labios.

—Quítame los pantalones —me pidió agarrándome todo el pelo mojado con una sola mano.

Le obedecí, porque tenía ganas de verlo como él me veía a mí.

Cuando le quité los pantalones y divisé todo su cuerpo, solo cubierto por unos calzoncillos tipo slip negros y ajustados, la boca se me secó.

Estaba buenísimo. No había más.

Un bulto gordo y largo asomaba en el interior de sus calzoncillos. No me imaginé cómo sería ver un miembro viril tan de cerca, pero me moría de la curiosidad por ver el suyo.

—¿Estás segura? —me preguntó.

Nunca había estado tan segura de algo como de querer hacer el amor por primera vez con él. Porque me había enamorado.

—Sí —dije en un susurro.

Nos quitamos la ropa interior el uno al otro. El miembro de Kilian estaba erecto y temí por si me iba a doler o no. Para mí, era grande.

Una vez desnudos, Kilian improvisó una cama mojada con la ropa que nos habíamos quitado.

Después me miró a los ojos y me abrazó. Sentimos nuestros cuerpos fríos piel con piel. Pero inmediatamente nos calentamos.

Noté su miembro sobre mi vientre y me excité. Sentí que estaba húmeda entre las piernas, por eso me avergoncé un poco.

Con cuidado me tumbó en el suelo y se colocó encima de mí.

—Ya sé que es tu primera vez —me dijo besándome la nariz.

—¿Quién te lo ha dicho? —bromeé.

Kilian sonrió.

—¿Cómo te sientes?

—Bien.

—¿Tienes miedo?

—Un poco.

—Bien, cachorrita —afirmó feliz. Abrió la mochila y de su cartera sacó un preservativo. Se lo colocó hábilmente—. Conmigo no tienes nada que temer. Intentaré que disfrutes.

Pero yo ya disfrutaba de tenerlo a él encima. Todo su cuerpo en ese instante era mío. Lo abracé y me agarré a su cabeza cuando empezó a besarme la clavícula, y después, para mi sorpresa, se llevó uno de mis pezones a la boca. Yo di un respingo de gusto. Kilian no se detuvo e hizo lo mismo con el otro. Repitió el mismo movimiento varias veces hasta que estuve descontrolada bajo su influjo.

Con cuidado me abrió las piernas y colocó sus caderas entre ellas.

—Me gustaría hacerte tantas cosas, Lara... —me dijo colocando sus antebrazos a cada lado de mi cara—. Pero es tu primera vez, y no voy a pasarme.

¿Qué había más que eso? No me lo podía imaginar.

—Abre bien las piernas y relájate —me pidió uniendo su frente a la mía.

¿Que me relajara? Me temblaban las rodillas y al mismo tiempo quería más, mucho más. Me abrí un poco más como él me pidió, y Kilian recolocó sus caderas en posición. Llevó su miembro a mi vagina y presionó ligeramente—. Adoro ser el primero para ti —me dijo con una sinceridad que me llegó al alma.

Ojalá yo hubiera sido la primera para él. Pero era imposible. Kilian tenía pinta de haber sido un promiscuo. Con ese cuerpo y esa cara de pecado, incluso las mayores habrían querido algo con él. Seguro que lo sedujeron a temprana edad.

—Mírame, preciosa —me pidió, ronco.

Yo le miré y nuestras miradas conectaron, y se vincularon para siempre. A través de ese momento de unión, yo siempre estaría con él, en su memoria, y también él en la mía. Sobre todo, él en la mía.

Kilian me besó, avanzó las caderas y me penetró rompiendo mi barrera física y también la emocional. Acababa de romper mis defensas y derribar mi escudo. Nunca volvería a ser la misma.

Gemí en su boca por el dolor. Él se quedó muy quieto en mi interior. Sentía como si me fuera a partir en dos. El dolor era el mismo.

—Ya no hay vuelta atrás, Lara. Eres mía —sentenció.

Aquella declaración me hizo volar. Después, su bamboleo suave y rítmico provocó que acomodara mejor su erección. Y me poseyó.

Me hizo el amor como yo siempre soñé que debía ser mi primera vez.

Fue maravilloso.

Bajo aquel invernadero, con la lluvia cerrada cayendo sobre los cristales del techo, con Kilian en mi interior haciéndome suya, sentí que mi cuerpo y mi alma cambiaban y que se anudaban a él para siempre, como la cola de un caballito de mar se agarraba a un dedo salvador en el océano.

Aunque Kilian se sintiera posesivo conmigo solo por ese instante, yo sería de él para siempre.

Ya no lo podría remediar.

Era mi kelpie.

Nos quedamos dormidos, uno encima del otro, en aquel suelo templado, bajo el calor del habitáculo.

Desperté con mi mejilla apoyada en su pecho. Percibí sus dedos jugando con mi pelo, y escuché su respiración acompasada. Me relajó.

Me sentí como las plantas de ese lugar: cautivas por su propio bien, porque así podían ser cuidadas como se merecían. Pero fuera de ese microcosmos no podrían coexistir. Seguramente, como lo mío con Kilian, que merecía más tiempo y más cuidados. Ojalá hubiera podido estar así entre sus brazos toda la vida y no sentir que sería efímero.

—Eres como la lluvia —me dijo de repente.

Ya sabía que estaba despierta, igual que él lo estaba.

—¿Cómo?

—Que eres como la lluvia. —Deslizó un mechón de mi pelo entre sus dedos y se lo llevó a la nariz. Inhaló profundamente—. Limpia y fresca.

Sonreí y pegué mi nariz a su pecho.

—¿Me acabas de llamar fresca?

Él se echó a reír.

—Sí, supongo que ha sonado así. —Me besó la cabeza y juntos permanecimos en silencio, hipnotizados por el repiqueteo de las gotas en el techo acristalado. Una cortina uniforme descendía entre los laterales y daba la sensación de que estábamos dentro de una pecera. En un mundo aparte.

—Me refiero a que limpias como la lluvia, Lara.

Me incorporé a medias para mirarlo con atención.

—¿Por qué dices eso? ¿Acaso te sentías sucio?

—No soy el más bueno de todos. Podría corromperte.

—¿Corromperme? Será si yo me dejo, ¿no?

Él no parpadeó.

—Creo que algo tan puro como tú no debería haber caído en unas manos como las mías.

—No digas eso.

Él se encogió de hombros.

—Pero, de todos modos, nadie podría haberme apartado de ti. Ni siquiera yo mismo. Me has volado la cabeza, Lara —aseguró con asombro—. Tendría que estar preocupado por el concurso, por el mal comportamiento de Thomas, por el accidente y el estado de Luce... Y, en vez de eso, aquí estoy. Refugiándome contigo, porque es el único lugar donde quiero estar. Me limpias de toda la mierda que tengo encima. Siento haberte hablado así en el hospital —entrelazó sus dedos con los míos—. Estaba nervioso.

—Lo sé.

Sus palabras me encogieron el corazón y después lo hicieron expandir en el centro de mi pecho. Era emocionante oírle hablar así sobre lo que yo le hacía sentir. Pero ambos sabíamos que ese invernadero no era la vida real. Cuando saliéramos de ahí, tendríamos que enfrentarnos al mundo en general. Él regresaría a Utah con todos sus problemas a cuestas, y yo a mi nueva vida en Yale, pensando en él a diario, sabiendo que lo nuestro sería imposible.

—¿Puedo hacerte una pregunta? —susurré.

—Claro.

—¿Crees en el destino?

—El destino es el que baraja las cartas, pero nosotros somos los que jugamos.

Oírlo recitar a Shakespeare me enmudeció.

—Eso lo dijo Shakespeare.

—Vaya, ¿te gustan los clásicos?

—Algunos, no todos —aclaré—. Pero me gustaría que me contestaras con tu opinión, no con una frase hecha.

Kilian suspiró al tiempo que me peinaba la melena con los dedos, deslizándolos entre mis mechones con suavidad y una cadencia que me animaba a cerrar los ojos y a abandonarme a sus caricias.

—Creo que el destino es una suma de nuestros actos, nuestros hábitos y nuestro carácter. Nuestra vida nos la labramos nosotros.

—Eso es un «no».

—Es un «no lo sé».

—Entonces ¿crees que tú y yo nos hemos conocido porque así lo hemos decidido?

—Creo que una casualidad te puso en mi camino, cuando chocaste contra el gigante verde hace casi cinco días. Pero todo lo que ha sucedido después lo he buscado yo, a pesar de haber intentado evitarlo. Podría haber ignorado al destino.

—Y no lo hiciste.

—No —murmuró, como si fuera imposible.

—Y, si nuestros caminos se han cruzado, ¿por qué crees que eres malo para mí y no lo que yo estaba buscando en realidad?

Kilian me miró y yo alcé el rostro hacia él. No sabía si me iba a contestar, pero esos ojos que me quitaban la vida y me la devolvían a voluntad me hablaban por sí solos. No tenían respuesta. Esa era la verdad.

—Porque dudo que una chica como tú crea solo en una aventura en Lucca y no exija más.

Claro que exigía más. Pero era realista. Una relación con él era, por ahora, imposible. No era chica de rollos, y si me había entregado a él era porque mi corazón ya había decidido nada más verle. Él sabía que le quería, incluso antes de que yo me diera cuenta. No podía luchar contra eso.

—¿Tú estarías dispuesto? —pregunté, esperanzada.

Él se quedó callado, con una expresión de pesar.

—Una relación a distancia es muy difícil. Y mi vida, ya de por sí, está regida por cosas que no puedo controlar. Intento poco a poco llevar las riendas de todas mis decisiones.

—¿Qué eres?, ¿un príncipe o algo así? —le dije con sorna.

—No —contestó—. Pero ya te he dicho que no puedo decidir todo lo que quiero. Tengo muchas responsabilidades.

No sabía qué tipo de vida llevaba Kilian en Estados Unidos. Sabía muy poco de él. Pero me había tomado la licencia de observarlo y psicoanalizarlo un poco. Un chico que se interesaba por la medicina era alguien que quería dedicar su vida a ayudar a los demás. También era sensible, pues le encantaba la ilustración, y eso era un arte de por sí. Leía a Shakespeare, era un romántico; además, lo había notado en su modo de mirarme y de hacerme el amor. Y practicaba parkour, no porque fuera un atleta, que lo era, sino porque era su manera de ser libre, moverse como él quisiera y desafiar esas leyes estrictas de las que me hablaba. De ahí su amor por ese deporte. Era un modo de vida para él, su escape particular de la realidad que tenía.

¿De dónde venían las normas? ¿Por parte de su familia? ¿Por parte de la hermandad? ¿Qué era eso de lo que Kilian intentaba huir y que tanto le agobiaba?

No podía exigirle nada. Sería injusto para él y para mí. Encontrar al chico con el que quería estar en un viaje a Italia era algo que ni de largo entraba en mis planes. Pero había sido así.

Y tenía que lidiar con ello. Él no se quedaría. Y yo tampoco cambiaría mis planes por él. Mi objetivo estaba clarísimo, y dejarlo todo por un chico era una locura. Un absurdo.

Pero ¿qué era el amor sino una locura dolorosa? Una vez leí un libro sobre Teresa de Calcuta. De hecho, hice un trabajo sobre ella para humanidades. Una de sus frases se me quedó grabada, por lo hermoso de sus palabras y también por lo extrañas y ajenas que me eran a mí. Ella dijo: «Ama hasta que te duela. Si te duele es buena señal».

Pensé que nunca experimentaría una sensación así. Pues bien, ahí estaba, muerta de dolor por la brevedad de mi historia con Kilian. Pero si me dolía era buena señal. Así que sonreí por haber sido la afortunada de experimentar algo así y decidí que no tenía nada que perder. Que aprovecharía el tiempo.

—Pues como es complicado para los dos —dije apoyando mi codo en su pecho y mirándolo con la barbilla sobre mi mano—, ¿qué te parece si creamos un recuerdo brillante y hermoso que siempre podamos atesorar? Y un día, cuando esté triste y tenga a mi lado a un hombre que me llene solo la mitad, pensaré en lo que tuvimos en este invernadero, y mi vida no me parecerá tan desgraciada. Diré: «Al menos tuve eso».

Kilian me retiró el pelo del rostro y me acarició con un cariño y una suavidad que me tocó de lleno el corazón. Era como si ninguno de los dos quisiéramos la vida que nos tocaría vivir después de Lucca y solo dispusiéramos de esas horas de felicidad antes de salir de nuestro mundo de Nunca Jamás.

—El destino es tiránico —susurró besándome hasta llegar a mi alma.

Pero la culpa nunca estaba en las estrellas. La culpa era de nuestros vicios y nuestras necesidades, de lo adicta que repentinamente era a sus besos que me giraban el cerebro. De la necesidad que tenía de que me hiciera el amor de nuevo.

—Lara... ¿Estás dolorida? Es pronto para ti...

Pero lo hice callar con un beso de los que él me había enseñado a dar.

Por supuesto que estaba dolorida. Pero era bueno. Lo dijo Teresa de Calcuta.

Dolía de amor.

Dieciocho

Sábado

Las horas se nos pasaron volando.

En aquel lugar no existían las tragedias personales. Solo estábamos él y yo. Y el aquí y el ahora.

Amanecimos entre caricias, besos, charlas y confidencias. Compartimos la comida y las bebidas que llevaba en la mochila mientras hablábamos de todo lo que queríamos, de tonterías, de banalidades y de quiénes éramos.

Fue Kilian quien, mientras se comía un sándwich y bebía de su Rockstar, me habló de lo que haría con el dinero del premio.

Yo estaba sentada entre sus piernas, con la espalda apoyada en su pecho desnudo. Teníamos la ropa húmeda todavía, menos mi chaqueta negra, que había guardado en la mochila y aún permanecía seca. Me la puse por encima para cubrirme, pues no quería enfriarme, a pesar de que el microclima del invernadero era una gozada.

Me encantaba sentir su voz retumbar en mi espalda.

—Quiero crear una aplicación basada en el dibujo y mezclada con conceptos de medicina —dijo, emocionado—. Quiero que sea dinámica. Una guía de primeros auxilios donde el usuario pueda ver al momento y paso a paso, con ilustraciones, cómo debe proceder para ayudar a otro en una urgencia de vida o muerte. Una maniobra de Heimlich perfectamente ilustrada, una tablilla para un pie roto, un boca a boca, una traqueotomía...

Arqueé las cejas y saboreé el sándwich mixto.

—¿Quieres ilustraciones como las de Jim Lee?

—Sí. Admiro mucho su trabajo. Quiero ese arte adaptado a las ilustraciones anatómicas.

Por eso observaba entusiasmado el proceder del autor en la carpa de cómics.

—Es una buena aplicación —reconocí—. Puede servir a muchos.

—Tal y como yo lo explicaría, sí —afirmó sin tapujos.

Me fascinaba esa seguridad en él. Solo conocía a un tío igual o más seguro que él: Taka.

—¿Y tú, Lara? —me preguntó—. ¿Para qué querrías el dinero?

Me obligué a ser sincera, pues él se estaba abriendo conmigo.

—¿La verdad?

—Claro.

—En realidad, no he pensado en ello. Participo en este concurso por una decisión de mi amigo Taka.

—El japonés del pelo azul —asumió.

—Sí.

—No me preguntes cómo porque no lo sé ni yo. Pero estamos aquí.

—Jugando las semifinales.

—Sí.

—Piensa que solo quedamos tú, el bello durmiente de fuera y yo. Quien pase la prueba de hoy, competirá en la prueba final.

—Sí —dije, pensativa.

—¿Sabes?, lo del premio para mi aplicación —explicó— ya no me importa después de todo lo que nos ha pasado. Luce está en el hospital debatiéndose entre la vida y la muerte, y nuestro grupo ha mermado muchísimo. Tenemos pocas posibilidades de ganar. Y al final, ganar o no, ya me da igual. Me siento como un perdedor. No he sabido controlar a mi equipo —se lamentó—. Ya he fracasado.

—No seas tan duro contigo mismo, Kilian. No eres responsable de los actos de los demás, solo de los tuyos. Y tú lo has hecho lo mejor que has podido —le dije. Necesitaba calmar su agonía y lo que le dije lo dije porque así lo sentía—. ¿Quién puede culparte de lo que ha pasado? Nadie.

Él puso una cara de no estar tan seguro de eso.

Fuera lo que fuera lo que hubiera en Utah, era exigente e inmisericorde. Ya me había quedado claro.

—¿El rector de tu universidad te va a acusar? —quise saber.

—No lo comprendes.

—Pues explícamelo.

—Mi hermandad es la más fuerte de la facultad. Tenían muchas esperanzas puestas en nosotros. Querían que el Turing cayera de nuestra parte. Pero —se frotó la frente agobiado— ¿con qué cara puedo llevar el premio cuando Thomas fue dado de baja del concurso por lo que hizo y Luce tuvo un accidente? Los padres de Luce...

—¡No fue culpa tuya! —insistí—. Deja de flagelarte.

—Sí lo fue —aseguró—. Sí fue culpa mía.

—¿Por qué? —quise saber impaciente.

—Porque yo tenía que asegurarme de que Luce saltara. Debía estar en la plataforma con ella. Pero, en vez de eso, me lancé contigo por los aires.

La revelación fue como un mazazo.

De alguna manera, el hecho de que yo subiera a la torre tuvo unos daños colaterales inimaginables. Me sentí muy mal. Si no hubiera subido, Kilian habría estado allí, esperando a Luce, y posiblemente nada de lo que pasó habría sucedido.

—Dios mío —murmuré apenada.

Me levanté, vestida solo con las braguitas aún mojadas por la lluvia, y la chaqueta tejana negra cerrada.

—Espera, Lara —dijo levantándose conmigo. Se había colocado el slip negro, ya no iba desnudo—. No pasa nada. Fui yo quien quiso estar contigo. Nadie me obligó.

—Ya, pero si yo no hubiese subido... —Palidecí.

—No digas tonterías. Estabas justo donde quería que estuvieras. Yo te invité, ¿recuerdas? Fuiste la última y me tiré contigo.

Alargó los brazos hacia mí, para tranquilizarme. Pero yo le cogí por las muñecas.

—Kilian...

—Lara, tranquilízate.

—No, espera. —Los nervios hicieron que quisiera contarle lo que habíamos visto en el vídeo de Raúl—. Respecto a lo que le pasó a Luce...

—¿Sí?

—Tenemos un vídeo que muestra una perspectiva distinta de lo que dicen los medios.

Kilian dejó caer los brazos a cada lado y arrugó la frente.

—¿De qué hablas?

—Los partes informativos afirman que fue un accidente. Que hubo un malentendido. Que avisaron de que la colchoneta se estaba desinflando y que nadie más podía saltar, pero ella lo hizo igual.

—Sí. Luce había bebido mucho entre bambalinas, durante el espectáculo —dijo Kilian—. Incluso había fumado hierba. Fred la avisó cuando los encargados de la colchoneta le alertaron de que ya la estaban deshinchando. Pero Luce saltó igual, porque iba borracha.

—Luce podía ir borracha y drogada —argumenté—. Pero el vídeo muestra que... que saltó de espaldas, como si hubiera perdido el equilibrio porque alguien...

—¿Alguien? —repitió, incrédulo.

—La empujó.

«Bip.» «Bip.»

Los dos permanecimos con la mirada fija en el otro e ignoramos el sonido del busca del concurso que nos decía que se reanudaba la prueba.

Kilian, estupefacto, sonrió descreído.

—No digas tonterías. Arriba no había nadie más. Fred le dijo que no saltara desde las escaleras. Que no saltara y que bajase. Luce le contestó a grito pelado que ya bajaba. Pero, borracha como iba, habría jugueteado un rato más en la plataforma y después, cayó.

—¿Esa es tu versión? —pregunté, seria.

—No hay otra versión, Lara. No digas tonterías.

—No son tonterías —espeté, comprendiendo que no quisiera creerme—. Pero tengo un vídeo que demuestra nuestra teoría.

—¿Vuestra teoría? ¿Qué sois, investigadores privados? —Empezaba a perder la paciencia—. ¿Aún no has empezado la carrera de criminología y ya quieres ejercer? Vas demasiado rápido.

—Entiendo que te ofusques, Kilian.

Él se estaba poniendo la ropa aún mojada encima, con gestos bruscos y algo de mala leche.

—No me ofusco. Es un tema muy delicado como para insinuar algo así. —Me censuró con la mirada—. No vayas por ahí, ¿de acuerdo? Porque estás insinuando que uno de nosotros, un Assassin, quería hacerle daño, ya que éramos los únicos, además del guardia y de los demás trazadores invitados que saltaron y se fueron, que teníamos permiso para acceder a la plataforma. Y yo me aseguraba de que la gente saltara y dejara la tarima vacía. Nadie se quedó allí. Esa versión está muy lejos de la realidad. Es información amarillenta, y va muy poco con la sensatez que me has demostrado hasta ahora.

—No te enfades —le pedí, dándome cuenta de mi error al haberle dicho lo que había visto en el vídeo. Para mí, la imagen estaba allí, pero entendía que a Kilian no le iba a sentar nada bien—. Por favor —le tomé del rostro—, no te enfades conmigo.

—¿Dónde está ese vídeo? —quiso saber, rabioso—. Lo quiero ver.

—De acuerdo. —Intenté tranquilizarle acariciándole las mejillas—. Si quieres, te lo enseñaré cuando acabemos el torneo. Pero ahora no te molestes conmigo. No he querido ponerte nervioso.

Kilian tomó aire para relajarse. La sola idea de imaginar que alguien le había hecho eso a Luce le ponía enfermo, sobre todo cuando él podría haberlo evitado, de haber estar en el lugar que le correspondía.

De no haber querido acompañarme en mi salto.

Yo también me sentía responsable.

—Está bien. No me enfado. Pero quiero verlo —repitió.

—Te lo enseñaré sin falta.

Le di un beso en los labios. Cuando se enfadaba era como un toro cabreado. Menos mal que yo no tenía nada rojo y sí mucha paciencia.

Cuando él respondió a mi beso, los dos nos relajamos y nos abrazamos.

—Tenemos que continuar con la prueba, Lara —me dijo apretándome fuerte contra él, apoyando los labios contra mi hombro—. Cuando salgamos de aquí, seremos contrincantes otra vez.

—Hasta que acabe el concurso —asumí—. Pero, después, espero que celebremos tu éxito o el mío juntos. ¿De acuerdo?

—De acuerdo —contestó uniendo su frente a la mía—. Tengo mal perder, así que, por si me olvido luego —esos ojazos brillaron con verdad y una pizca de melancolía—, me has dado la noche más bonita de mi vida. Gracias por haberte cruzado en mi camino.

Mis ojos se humedecieron, porque su noche más bonita también había sido la mía.

Carraspeé para deshacer el nudo que tenía en la garganta.

—Bueno, aún no nos podemos despedir —le dije—. Todavía nos queda otra noche más. Hagamos que nuestras últimas horas en Lucca nos saquen miles de sonrisas en el futuro. Aunque sean de añoranza.

—Sí —susurró besándome en la frente—. Te veo más tarde. Suerte, cachorrita.

Kilian arrancó a correr. Yo hice lo propio en mi dirección.

Los dos seguiríamos el mismo camino. Mi tobillo no estaba demasiado hinchado, podía apoyarlo y andar. No me iba a impedir continuar con la prueba.

Y aunque me doliera, nada me iba a detener, porque estaba decidida a llegar a la final.

Cuando llegué al estanque, había una carroza dorada semihundida en él, que la noche anterior no estaba.

Era la carroza de Lucida. Habían creado un escenario muy fiel y dramático. ¡Me gustaba!

No estaba Kilian por ahí; por tanto, suponía que ya había dado con ella. Con lo rápido que era y por cómo corría, seguro que ya tendría las instrucciones para conseguir su cuarta bola de dragón.

El sol se alzaba en el horizonte llano de la Toscana, a través de sus montañas, e iluminaba el agua del estanque.

—Hay belleza en el dolor —dije en voz alta.

La puerta del carruaje se abrió y de él emergió una mujer vestida de época, parecida a Helena Bonham Carter cuando era más joven. El recogido clásico, con el pelo muy rizado con tirabuzones por todas partes, me recordaba a las portadas de las novelas románticas de época que leía Gema, mi pijastra.

—Y dolor en la vejez —contestó la noble—. Una chica —murmuró con satisfacción.

—Hola —la saludé—. ¿Te has mojado mucho?

—Estoy calada hasta los huesos —contestó hastiada—. Entra agua por todas partes. Pero es mi penitencia por cerrar tratos con el diablo.

—Vaya. Lo siento.

—Desde la organización del concurso me han pedido que os traslade sus disculpas por haber tenido que esperar —añadió sin sentirlo demasiado—. No podemos controlar el tiempo, todavía.

—No pasa nada. También nos hemos mojado.

—En fin. —Puso los ojos en blanco—. Esta es la prueba de los acertijos. Valoraremos vuestra rapidez mental y vuestro ingenio. A cada uno os plantearemos un problema diferente.

Mierda. Las matemáticas no eran lo mío. Lo mío era la observación, el análisis, la lógica. No los números.

—¿Estás lista? Tú no tendrás que ir a ninguna parte. Pero tendrás que contestar ante mí en menos de cinco minutos. —Sacó un reloj antiguo y lo sostuvo para que yo viera cómo se movían las agujas.

—¿Cinco minutos? —Adiós premio.

—Sí. Mi pregunta es la siguiente: ¿cómo hacemos para que al veinte, agregándole un uno, nos dé diecinueve? El tiempo empieza... Ya.

Al principio pensé que me estaba tomando el pelo. Me quedé en shock. No comprendía nada. Pensé en fórmulas matemáticas, en negativos y positivos, en algoritmos, en lo poco o mucho que yo sabía sobre los números. Tenía un sobresaliente en matemáticas aplicadas a las ciencias sociales, pero mi bachillerato de humanidades no tocaba más matemática que esa.

Me concentré e intenté ver la pregunta como un acertijo más que como una ecuación. «La regla es que no hay reglas. Todo vale», me recordaba una y otra vez. Los minutos pasaban y yo me angustiaba por mi falta de pericia para pensar de otro modo. Hasta que miré el reloj.

Me di cuenta de que los números del reloj estaban escritos en números romanos.

El diez era una X. Mi cabeza trabajó como solía hacer, con imágenes y posibilidades, construyendo lo que yo quería ver una y otra vez.

Y lo descubrí.

—El veinte en números romanos son dos equis. Si le añadimos un uno romano en medio, nos da diecinueve.

Tragué saliva y esperé a que estuviera en lo cierto.

Lucida parpadeó con el gesto inmóvil y serio.

Después abrió la parte trasera del reloj y sacó de dentro una bola de dragón.

—Es tuya. Estás en lo cierto.

Di un salto de alegría, pero al caer me hice daño en el tobillo y me quejé ligeramente.

—Gra-gracias. —Me acerqué a cogerla, sin mojarme demasiado las botas. Pero poco importaba porque las había dejado perdidas con la lluvia torrencial.

—De nada. Te toca volver con Alastair. Él os dará las directrices de la última prueba.

—Sí, gracias —repetí saliendo de allí a paso ágil.

Tenía que llegar al palacio cuanto antes y unirme a Taka y a Thaïs para juntos pelear en la final y, si se podía, ganarla.

Palacio Bernardini

Al parecer, en Lucca no había robos, ya que, cuando salí del Jardín Botánico, me encontré con la bici tal y como la había dejado: apoyada en la verja.

Regresé lo más rápido que pude, pero cuando Thaïs y Taka me dieron la bienvenida divisé al maldito lobezno sonriente junto a sus X-Men y a Kilian, flanqueado por Fred y Aaron. Los vengadores habían sido eliminados.

Me dirigí al Lobezno con ganas de arrancarle la cabeza.

—¿Has dormido bien, capullo? —le provoqué.

—Has llegado la última, guapa —espetó él.

Sí, había llegado la última.

—Lo siento —me excusé con Taka y Thaïs—. Me torcí el tobillo intentando escapar de este demente y he intentado ir lo más rápido posible. ¡No deberías seguir en el concurso! —le grité.

El Lobezno sonrió y se encogió de hombros.

Mis dos amigos me felicitaron por conseguir la cuarta bola de dragón, estaban orgullosos de mí igualmente, y comprendieron que, lesionada, no podía ir al ritmo de los demás. Pero los tres asumimos que, al haber llegado la última, nos penalizarían de alguna manera por el retraso.

Alastair, ubicado en el centro del patio interior del señorial palacio, colocó sus manos detrás de su espalda y se meció adelante y hacia atrás, como hacía mi profesor de historia.

—La última prueba de este concurso, y que dictaminará al ganador del Turing de este año, se basará en vuestro poder de convocatoria y en vuestra visión para atraer la atención de los demás. Como sabéis, internet es el mundo de hoy en día. Las imágenes y los vídeos se comparten en un suspiro, y los vídeos virales son la nueva tendencia o «trending topic», como bien dirían en Twitter. Me da igual cómo lo hagáis, o cómo lo consigáis, pero os insto a que, en cuatro horas, consigáis con vuestros conocimientos sobre programación o sin ellos, no importa, crear un vídeo viral que supere los dos millones de visitas en menos de tres horas en YouTube. Visitas reales. Nada de comprar likes —aclaró—. Empezaréis en orden. Primero saldrán los X-Men, después los Assassins, y después, vosotros, Watch Dogs, por haber llegado los últimos. —Me miró y yo me encogí de hombros—. Tendréis media hora menos.

Cuando Alastair dio el pistoletazo de salida, sabíamos que debíamos viralizar algo que llamara la atención lo suficiente como para que los usuarios quisieran verlo más de una vez y compartirlo en diferentes plataformas.

Podía ser una chorrada, una torta, un vídeo de un cachorrito...

—Tenemos un problema —dijo Thaïs—. Con mi blog y los conocimientos de programación de Taka, podemos conseguir muchas visitas en tres horas, pero dos millones es un hit. Y crear un hit en tan poco tiempo es prácticamente imposible.

—Bueno, todos tendrán las mismas dificultades —supuse—. ¿No?

—Depende. Yo estoy vetado en según qué servidores —explicó Taka—, y no me dejarán subir información. Estos tíos de aquí son en su mayoría programadores, y no están censurados. Podría usar mi nick para atraer a las masas, pero creo que los federales se cabrearían conmigo. Y crear un álter ego ahora es una chorrada, porque no me seguiría nadie. Habría que subir un vídeo en una plataforma de visitas masiva y colarlo como vídeo más visto. Aunque esas visitas no fueran reales. Pero Alastair ya ha dejado claro que eso no es lo que quiere. Sin embargo... —dijo concentrado en algo que sólo él tenía en la mente.

Miré de reojo a Kilian y a su grupo, que ya se iban. Él desvió los ojos hacia mí. Le sonreí y le deletreé «buena suerte» con los labios.

Él me guiñó el ojo y desapareció.

Solo quedábamos nosotros en aquel patio. Y los cuatro Alastair, que eran como una versión mala de los hermanos Dalton.

—El tiempo va en nuestra contra. ¿Qué mierda de vídeo vamos a subir y a viralizar con tan poco margen? —pregunté.

—Bueno..., no quiero ser oportunista, pero tenemos uno que es una bomba —intervino Thaïs, circunspecta, como si lo que hubiera dicho no estuviera bien del todo.

Yo abrí los ojos como platos.

—¿El vídeo de la caída de Luce? —dije, asombrada—. No. Eso no.

—Piénsalo, Lara —me dijo ella—. Nadie tiene eso. Están tratando a Luce de borracha y porrera. Y puede que lo fuera, porque nosotros no la conocíamos —añadió—. Pero el vídeo refleja algo con lo que nadie, ni los policías, cuentan. Soy periodista y sé cuándo hay un bombazo. Tuviste una intuición, bicho raro —me tomó por los hombros—, y el vídeo de Raúl corroboró lo que pensabas. No sabemos quién es Luce, no sabemos lo que le pasó. La verdad todavía tiene que salir a la luz, y podemos ayudar a que lo haga, ¿no crees que es lo justo?

—¿Sabes lo que puede suponer para los padres de Luce ver a su hija cayéndose de la torre? —dije, asustada.

—Sí.

—No. No lo sabes —negué—. Les destrozará.

—No es verdad —argumentó Thaïs—. Lo que de verdad les destroza es ver el modo en que los medios están tratando a su hija. Ella sigue viva, pero inconsciente: no se puede defender. Sea como sea, el vídeo muestra otra versión; ¿y si su hija no se tiró por ir bebida? ¿Y si alguien se aprovechó de su condición? ¿No crees que es justo que esto se sepa? Viralizar el vídeo abrirá otras vías de investigación, y, si no lo hace, tendríamos que preocuparnos —finalizó, más seria que nunca.

—Sea lo que sea lo que decidáis, hay que hacerlo ya. Tengo la plataforma perfecta para viralizar el vídeo —dijo mientras escribía por WhatsApp—. Pero tenemos que estar de acuerdo los tres. Lara, tú decides.

¿Yo decidía? ¿Yo tenía que decidir entre agravar la tristeza de unos padres o abrir una nueva vía de investigación por una posible agresión?

No quería tener esa responsabilidad. ¿Y Kilian? ¿Cómo se sentiría Kilian al ver el vídeo? ¿Qué pensaría de mí?

¿Se sentiría traicionado?

El vídeo era claro en cuanto a los movimientos poco ortodoxos de Luce al caer de espaldas. No era un salto. Era un empujón. Era cierto que parecía aturdida y con poca capacidad de reacción, posiblemente por el alcohol. Pero... ahí no había voluntad de saltar.

—Lara, ¿qué dices?

—Antes habría que hablar con Raúl, ¿no crees? —Él decía que los derechos eran suyos. Pero los derechos de la verdad nos pertenecen a todos.

—Eso es justo lo que estoy haciendo —contestó Taka—. ¿Eso es un sí, Lara? ¿Le damos al play?

No sabía si mi decisión iba a ser la correcta o no, pero de lo que sí estaba segura era de que el caso de mi madre se cerró sin hallar a los culpables, y a mí nunca me creyeron. Aquello sí fue injusto.

Y si estaba en mis manos que no se cometiera ninguna injusticia más de este tipo, haría lo posible para conseguirlo.

Por eso, por la promesa que me hice a mí misma de no rendirme hasta encontrar la verdad, miré a Thaïs con todo el pesar de mi conciencia pero con toda la justicia de mis principios y dije:

—Adelante. Subid el vídeo.

Diecinueve

Cinco horas después, estaba en la habitación del hotel, secándome la cabeza después de la ducha caliente que me había dado, sentada sobre la cama y contemplando, algo intimidada, la cantidad de visitas por minuto que tenía el vídeo que habían titulado: «La verdad de Luce».

Taka había conseguido un pelotazo. Resultó que Raúl, el chico moreno que grababa todo el festival con la GoPro, era un youtuber conocidísimo con más de dos millones de seguidores: su nombre era Auron Play.

Él estuvo de acuerdo en subir el vídeo, pues también creía que era una manera de sacar a relucir la verdad, y que no debía quedar impune. Lo editó dejando claro que era una toma grabada por él y editada por Thaïs, de *Frikinews*.

Auron Play subió el vídeo a su canal de YouTube, y cada uno de sus seguidores lo compartió. Con lo cual, conseguimos en tiempo récord más de cuatro millones de visualizaciones, que aumentaron hora tras hora de manera exponencial.

Ninguno de los tres sabía dónde nos habíamos metido, pero la viralización internacional era un hecho.

Como segundos ganadores del torneo, quedaron los Assassins, con un vídeo de parkour extremo disfrazados. Y, después, los X-Men, que no consiguieron las visitas deseadas con su cosplay en el que representaban con unos efectos especiales muy cutres los poderes mentales de Magneto. A mí me hizo mucha gracia, pero no era lo suficientemente bueno como para atraer a las masas.

Mis compañeros me habían propuesto ir a celebrarlo y estar toda la tarde de copas. Yo les dije que no, porque esperaba la visita de Kilian. Le había escrito un montón de mensajes para quedar con él y conversar sobre lo que opinaba del vídeo y demás, pero no daba señales de vida.

Estaba preocupada. Mucho. La principal necesidad que tenía era verle, y compartir nuestras últimas horas en Lucca juntos.

Tenía las noticias del mediodía del sábado puestas en la televisión, y como noticia de entrada anunciaban el vídeo colgado por un aficionado del «extraño salto» de Luce, dejando entrever que podría haberse peleado con alguien antes de caer. Pero no confirmaban nada, ni tampoco lo desmentían.

Estaba sola, y Kilian no hablaba conmigo.

Me estaba frustrando. ¿Qué le habría pasado?

Decidí que iría a buscarle. Conocía la zona donde se alojababa, y a lo mejor le pedía a Taka que me hiciera un favor y viera en qué hotel estaba registrado.

Estaba a punto de cambiarme cuando oí que llamaban a la puerta. Aún llevaba puesto el albornoz blanco del hotel.

Debía de ser Kilian, porque Taka y Thaïs no podían regresar tan pronto de su fiesta.

Pero al abrir la puerta de par en par, mi cara esperanzada se tornó agria: fue una desagradable y muy inesperada sorpresa.

Él tenía los rizos negros que le enmarcaban el rostro aniñado y bello. Llevaba gafas Ray-Ban de cristales metalizados, unos tejanos desgastados y bajos de cintura, la camiseta Dolce & Gabbana blanca que le quedaba como un guante, y una sonrisa fría y soberbia por bandera.

—Hola, Lara.

—¿Thomas? ¿Qué... qué estás haciendo aquí? —pregunté sin dejarle pasar—. Kilian me dijo que habías vuelto a Estados Unidos.

—Kilian, Kilian... —murmuró burlón—. Kilian dice tantas cosas, ¿verdad? Pero son todas mentira.

—Él me dijo lo mismo de ti.

—¿Me dejas pasar? Podemos hacer las paces.

—No te dejo pasar, y como no te largues voy a gritar o a llamar a la policía.

—Bueno, no te pongas así. Qué carácter. No voy a hacerte nada. Solo vengo a decirte un par de cositas. —Se quitó una pelusa inexistente de su camiseta—. Nada importante, en realidad.

—¿Qué?

—Kilian te dijo que ya no estaba en Italia, pero como ves sigo aquí. —Abrió los brazos como un chulo prepotente y a mí me apeteció darle una patada en los huevos—. Te mintió.

—¿Qué quieres, Thomas? En serio, vete de aquí. —Iba a cerrarle la puerta en las narices, pero él colocó el pie para evitarlo.

—Sí, preciosa, ahora mismo. Pero no sin antes decirte algo. —Se cernió sobre mí, pero yo no me amilané, ni tampoco le cedí un metro de mi espacio: no iba a entrar en mi habitación—. Kilian no va a venir. De hecho, no os volveréis a ver nunca más —espetó con inquina.

—Eso no es verdad. Kilian...

—Mi hermano tiene que follar muy bien para dejaros a todas tan encandiladas, ¿no?

Por un momento me olvidé de respirar. Y despúes mi corazón se resquebrajó. ¿Que Thomas era su hermano? No. No podía ser verdad.

—¿Qué? Kilian no te dijo que somos hermanos, ¿a que no?

—N-No, no es verdad.

—Sí lo es. Por eso no me dijo que me fuera. Me quedé aquí, en Lucca, en el hotel, viendo los espectáculos y pasando unas vacaciones... —Adoptó un tono de burla para reírse de mí—. Teníamos que irnos de aquí juntitos y en familia, para no enfadar a papi.

—Te lo estás inventando.

—No, no me lo invento.

—¿A qué has venido, Thomas? —le pregunté con voz temblorosa, a punto de echarme a llorar.

—A decirte que lo que habéis hecho con ese vídeo ha sido un golpe muy bajo —señaló—. Mi hermano quiere muchísimo a Luce. Y ahora lo vas a atormentar para siempre. —Eso me dolió como el demonio. Quería hablar con Kilian por eso.

—Quiero hablar con Kilian. ¿Dónde está?

—Te he dicho que no lo verás más. Y también vengo a dejarte claro que cualquier palabra que te haya dicho o promesa que te haya hecho mi hermanito guapo son falsas.

—Solo estás rabioso porque él te paró los pies. Porque no tuviste lo que querías.

—Error, guapa. Nos habíamos jugado entre los dos quién iba a desflorarte primero.

—¡Mientes!

—No, para nada. Somos muy competitivos, ¿sabes? Nos gustan las pruebas y los juegos. Al final —me miró de arriba abajo—, todo queda en casa. —Sorbió por la nariz—. Él te folló primero. —Se encogió de hombros—. Pero no creas ni por un minuto que le importas. De hecho, ha sido él quien me ha mandado a decírtelo.

Ya no podía dejar de llorar, me era imposible. Sabía que Thomas estaba diciéndome eso para hacerme daño, porque había perdido el concurso y porque Kilian le había dado una paliza al protegerme.

Pero una parte de todo eso la sentía verdadera, y me estaba destrozando.

Fui a darle una bofetada, pero Thomas me agarró la muñeca y me la apretó con fuerza.

—Me dejé pegar por Kilian para que hiciera el paripé de héroe contigo. Pero nada fue verdad. Kilian me detuvo porque quería ser él quien se llevara el premio de la competición que teníamos entre los dos. Quería ser él el que se metiera entre tus piernas.

—Estás enfermo.

—No... —Me soltó la muñeca con rabia y yo por poco no caí al suelo—. ¿De verdad creías que lo vuestro era especial? Niña tonta —murmuró—. Tú no eres suficiente para él. Kilian está en otra liga, ¿de acuerdo? —Cómo odiaba esa palabra—. Y ya tiene novia. ¿Te queda claro?

Claro no, clarísimo. Si eso era verdad, acababa de darme una estocada de muerte que tardaría mucho en superar.

—Lárgate —contesté, abatida.

—Perfecto —asintió con desdén—. Adiós, *cazorrita*. Ahora sí nos vamos de Italia. *Arrivederci.*

Esa rectificación en el mote cariñoso con que Kilian se me había dirigido desde que me conoció acabó de hundirme en la miseria.

Cerré la puerta con rabia y me apoyé en ella para llorar como de verdad me apetecía, con el desgarro de mi corazón roto. Me deslicé por la madera y caí al suelo, hundiendo mi rostro entre las rodillas.

Perdida y rota porque lo de mi kelpie era una farsa.

Mi sueño se había convertido en una pesadilla.

¿Cómo me había equivocado tanto?

La puerta blanca de casa estaba entreabierta. Mamá siempre la cerraba, pero aquel día llegué a mi hogar después de que mi padre me fuera a recoger al colegio, subí las escaleras del porche imaginando que jugaba a la rayuela y, cuando vi que la puerta estaba semiabierta, no lo dudé y entré.

—Toc, toc —canturreé—. ¿Se puede, mami?

Asomé la cabeza y abrí la puerta de par en par.

La olla exprés seguía cociendo el estofado, uno de los platos favoritos de mi madre. Ese olor se me quedaría grabado para siempre.

A continuación del recibidor, adornado con muebles blancos, paredes grises y parqué de madera de wengué, venía un ancho pasillo que daba a la cocina y acababa en el salón, cuyas cristaleras de cuerpo entero daban al jardín.

Fue allí, en ese pasillo, donde la encontré, como una muñeca de las que yo solía desnudar para después volver a vestir.

Era mi madre. Estaba tumbada dentro de un círculo blanco hecho con sal. Su cuerpo estaba colocado como si simulara una estrella, y en cada punta había dibujado un símbolo con tiza blanca.

Sus hermosos ojos, una vez llenos de vida, permanecían abiertos como si se hubieran quedado prendados de algo existente en el techo, o como si viera a su propio espíritu levitar. En el cuello, un corte perfecto por la mitad, de lado a lado, le abría la garganta.

Y, sin embargo, no había ni una gota de sangre alrededor.

Mis ojos lo memorizaron todo: la hora que marcaba el reloj vintage de madera blanca de la estantería, lo bien que tenía el pelo rizado alrededor, como si se hubiesen cuidado de extenderlo. Su desnudez.

Yo, a la edad de ocho años, tuve la desgracia de hallar a mi madre muerta en mi propia casa.

Y en mis sueños, cuando el estrés de mi realidad me desbordaba por alguna razón, revivía esa secuencia como una primera vez. Oí un ruido frente a mí que venía del salón: aguanté la respiración y clavé mi vista inocente y aniñada al frente.

Entonces le vi.

Vi al señor de los cuernos caracolados en la frente. Y oí la voz de otro decir: «La niña nos ha visto. Hay que irse».

Pero el demonio no se movía. Me miraba, me analizaba. Lo sabía por la manera que tenía de torcer la cabeza a un lado. Después, como si decidiera que ya había visto suficiente, salió corriendo por la puerta del salón que daba al jardín y desapareció.

Lo único que recuerdo después es a mi padre detrás de mí, gritando el nombre de mi madre, pidiendo socorro con desesperación.

Y yo gritando con él.

Y así me despertaba.

—¡Mamá, no!

Como lo hacía en ese momento. Salí de la pesadilla empapada en sudor, gritando tan fuerte como podían mis cuerdas vocales.

Miré el reloj: eran las seis de la tarde. Después de la maldita visita de Thomas, me quedé llorando hasta que me dormí.

Y con mi desgracia y el palo emocional que suponía saber que Kilian había jugado conmigo y que formaba parte de una apuesta con Thomas, mi mente trajo el recuerdo de otro instante en mi vida en el que me sentí profundamente desvalida: el día que encontré a mi madre, Eugene, muerta en mi propia casa, víctima de algún ritual macabro que los policías no supieron resolver.

Su caso se archivó; se cerró, sin culpables. Sin castigo.

Pero yo no me iba a quedar de brazos cruzados. Por eso iba a estudiar criminología, para ser lo competente que los policías no fueron.

Para darle descanso al recuerdo de mi madre, poniendo todas las cartas sobre la mesa y cazando a su asesino. Lo iba a conseguir. Y si no, me encargaría de resolver, a ser posible, todos los casos en los que tuviera que trabajar cuando por fin ejerciera.

Me limpié las lágrimas con la manga del albornoz que aún no me había quitado, y oí el pitido del programa decodificador de Taka, que acababa de encontrar la clave del iZip de *La voz de Artemisa* y que yo misma me iba a encargar de abrir.

Me senté frente al ordenador y descargué en el escritorio la carpeta que ya estaba abierta y que había sustraído del cracker.

Era un diario, el diario de Luce Spencer Gallagher, la mismísima creadora de *La voz de Artemisa*. Sí, era ella.

—Thaïs estaba en lo cierto —susurré, impresionada.

Luce realizaba una investigación sobre hermandades, concretamente sobre una muy especial llamada Huesos y Cenizas, cuya sede se encontraba en Yale. Una hermandad continuadora de la filosofía y los ritos de la denostada y crucificada Skull and Bones, «Calavera y Huesos».

Un escalofrío me recorrió la columna vertebral.

Me incliné hacia delante, absolutamente abismada en sus líneas, y quedé absorta en su redacción, en sus conclusiones, observaciones y todo tipo de sospechas sobre esa logia.

En su escrito había una lista de nombres de los miembros de dicha hermandad: veinte individuos que formaban parte de la membresía, aunque mis ojos se quedaron clavados en dos en particular: Thomas y Kilian Alden.

Thomas y Kilian.

—Joder... No... —musité.

Dios mío, Kilian. Apoyé la frente sobre el escritorio y volví a acongojarme.

¿A quién me había entregado? ¿A quién le había dado mi regalo de mi primera vez?

¿De quién me había enamorado?

Ni Kilian ni Thomas estudiaban en Utah. Me habían mentido. Eran de Yale, formaban parte de la hermandad Huesos y Cenizas y eran hermanos. Le dije a Kilian que iba a estudiar en su misma universidad y mantuvo su mentira hasta el final. ¿Por qué?

Aquella investigación que tenía frente a mis narices, repleta de detalles, fechas y hechos, debía analizarse con paciencia y cuidado. Era el trabajo de Luce, el diario de su experiencia y su incursión en ese mundo, en el que, según iba leyendo, su tono aumentaba y se hacía más alarmante, alejada de su exterior inicial porque sus sentimientos respecto a uno de los miembros llamado «Alfil» crecían y se hacían profundos hasta el punto de que ella misma dejaba su objetividad a un lado y se involucraba más de lo necesario.

¿Quién era Alfil, por el amor de Dios? ¿Por qué tenía la desagradable sensación de que Thomas tenía razón? ¿Y si Luce y Kilian tenían una relación? Pero Thomas aseguraba que Kilian tenía novia. No se podía tratar de Luce.

¿Y si Luce solo era un «rollo» para él?

Me iba a explotar la cabeza. Sentía que la tierra abría un abismo bajo mis pies, en el que me engullía y me hacía formar parte de la causa de Luce, y sobre todo ahora que había sido vilmente engañada por el chico de quien me había enamorado y Luce había sufrido una agresión cuyas consecuencias podrían ser que no se despertara.

¿Quién? ¿Por qué?

Para colmo, Thomas y Kilian habían abandonado el país y ya nada ni nadie podría pedirles explicaciones sobre lo sucedido con su compañera.

Solo unas frases introspectivas a final de página dejaban claro que en algún momento Luce temió por su seguridad.

Huesos y Cenizas no acepta mujeres en su hermandad. Han adoptado las bases firmes y estrictas de su predecesora: Calavera y Huesos. No obstante, me he ganado su confianza a base de esfuerzo y de fortalecer mi historia con Alfil, después de dos años de continuos flirteos y encuentros clandestinos. Puede que yo sea la primera en formar parte de la logia. Yo, Luce Spencer, una chica inglesa becada por Yale, estoy a punto de dejar a un lado todo lo averiguado, y aceptar en mí la filosofía de esta hermandad. O soy uno de ellos o, de lo contrario, Alfil y yo nunca podremos estar juntos. A cambio, debo pasar una prueba que todos los miembros debemos realizar. Un viaje en el que dé un salto de fe definitivo.

Con aquellas últimas palabras en mente y mi corazón acelerado a punto de salirme por la boca, me levanté de la silla y ascendí las escaleras de la habitación que me llevaban al balcón.

Necesitaba aire fresco. Desde esa diminuta buhardilla descubierta, observé cómo atardecía en Lucca y cómo todavía algunos visitantes resistían sus pesados disfraces, a pesar del calor, por vivir unos minutos más en aquel mundo de fantasía que tanto deseaban en su realidad.

Pero la vida real era otra. Y yo acababa de aprender la lección cruda y dura en aquella ciudad amurallada. Un micropaís rodeado de paredes de piedra donde se habían demolido todos mis muros de contención, dejándome desnuda y desvalida, y muy confusa sobre todo lo que experimenté allí.

Pero debía reaccionar, por mucho que me costara.

Tenía entre manos más de lo que me imaginaba. Más que una agresión, más que un posible homicidio... Una investigación hasta la raíz de una conflictiva hermandad que se creía desaparecida; pero nada más lejos de la realidad. Había rebrotado con el nombre de Huesos y Cenizas.

El estudio que realizó Luce dejaba constancia de su existencia.

Saqué mi móvil y llamé a Thaïs.

—¿Lara? ¿Estás con Kilian? ¡Venid a la Piazza San Martino! ¡Hay fiesta de clausura del festival!

—No puedo. Venid vosotros, tengo mucho que contaros.

Veinte

Y yo te busco, te miro y te enseño que...
tengo una cosita para ti, una cosita para ti...

Escuchaba esa canción de Minna Singer con los cascos puestos y la mirada fija en las montañas americanas bajo mis pies, abstraída en mis pensamientos.

Alguien me dio con el dedo varias veces en el hombro, y me apartó de esos pensamientos. Me descolgué el casco de la oreja.

—¿Sí?

—Por favor, señorita —dijo la azafata—, en cinco minutos iniciamos el descenso. Debería apagar el móvil.

Yo asentí con la cabeza, pero esperé a que la canción, que me ayudaba a visualizar mi futuro, finalizara.

Como el suspiro del recuerdo me llegó
una cosita para ti, para ti.

Iba a aterrizar en mi nueva vida, mi nuevo hogar durante los cuatro años que duraría la carrera. Atrás había dejado a mi padre y a Gema, que se pasaron todo el domingo y parte del lunes despidiéndose de mí y llenándome de arrumacos que, por cierto, necesitaba como el aire para respirar.

Porque de Lucca había salido tocada y hundida. Tocada en cuerpo, mente y espíritu.

Pero, esa vez, no solo iba a estudiar en la facultad. Había modificado mis objetivos y mis prioridades; y, entre ellas, estaba licenciarme, por supuesto, pero también enfrentarme a Kilian y a Thomas, y continuar con lo que Luce había iniciado, que seguía en coma, y a la que habían trasladado a Inglaterra.

Después de hablarlo con Taka y Thaïs, coincidimos en que lo que tenía en mi poder era información muy gorda. Ellos me ayudarían en todo lo que pudieran para averiguar la realidad de lo que pasó.

Luce había descubierto cosas incómodas acerca de la hermandad, y yo estaba dispuesta a corroborarlas antes de sacarlas a la luz. Pero no podía llevar esa información encima: ni en USB, ni en el disco duro del ordenador ni en una cuenta Dropbox. Nada, porque tenía que cubrirme las espaldas.

Nadie debía sospechar jamás de mí. Nadie.

Por eso memoricé en mi mente cada página, y añadí imágenes asociativas en cada numeración, colocando en la parte superior de las páginas la imagen de una calavera. Ninguna igual, todas distintas. Cuando quisiera tirar de archivo y releer información, recordaría las calaveras y después podría visualizar la información de cada folio.

Indagaría hasta las entrañas de la logia, y descubriría la verdad sobre su accidente, desenmascararía al individuo que la empujó y, sobre todo, resolvería y ahondaría en el misterio que rodeaba a los integrantes de Huesos y Cenizas.

Y lo haría con la rabia de mi corazón destrozado. Seguiría adelante a pesar del peligro que suponía jugar en esa liga mayor de la que Kilian tanto alardeaba. Una liga en la que me podría meter con la mitad del dinero del Premio Turing. La otra mitad se la habíamos dado a los padres de Luce, para que pudieran encargarse de los cuidados de su hija.

Thomas no me esperaba, y eso era lo extraño. Porque, cuando se despidió de mí en el hotel, no dijo nada sobre mi futura estancia en Yale.

Pero Kilian sí lo sabía. ¿Por qué no le dijo nada?

Esas y más preguntas retumbaban en mi mente, y me encargaría de darles respuesta, contestaría a todas y cada una de ellas, a pesar de que lo que descubriera al final pudiera incriminar a mi kelpie traidor; al chico a quien, erróneamente y por una fatalidad del destino en el que yo aún creía, mi corazón había elegido.

Era una realidad para mí: a pesar de todo, me había enamorado de él hasta los huesos.

Y él, en cambio, había convertido mi sueño en cenizas.

 lenavalenti